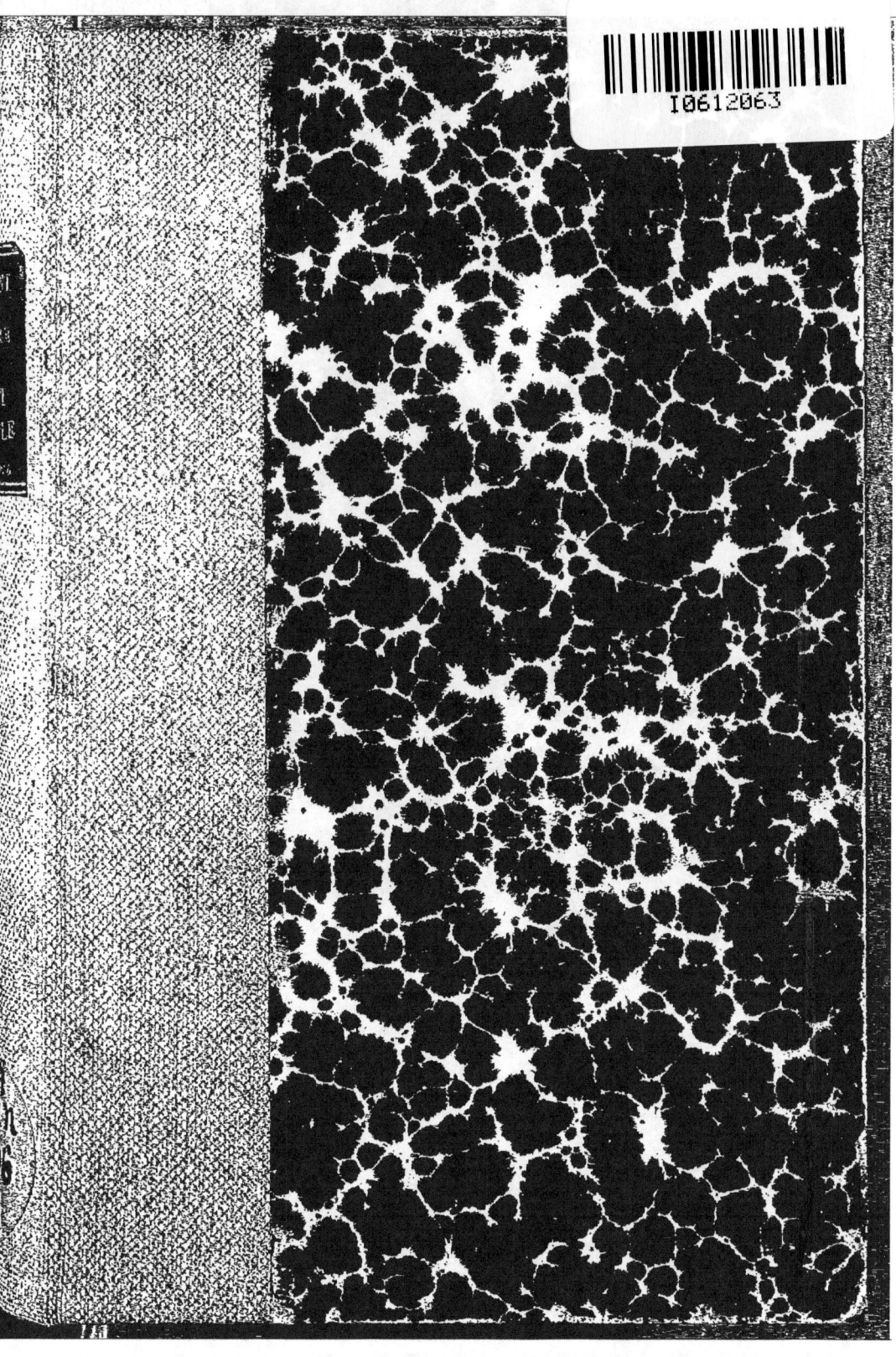

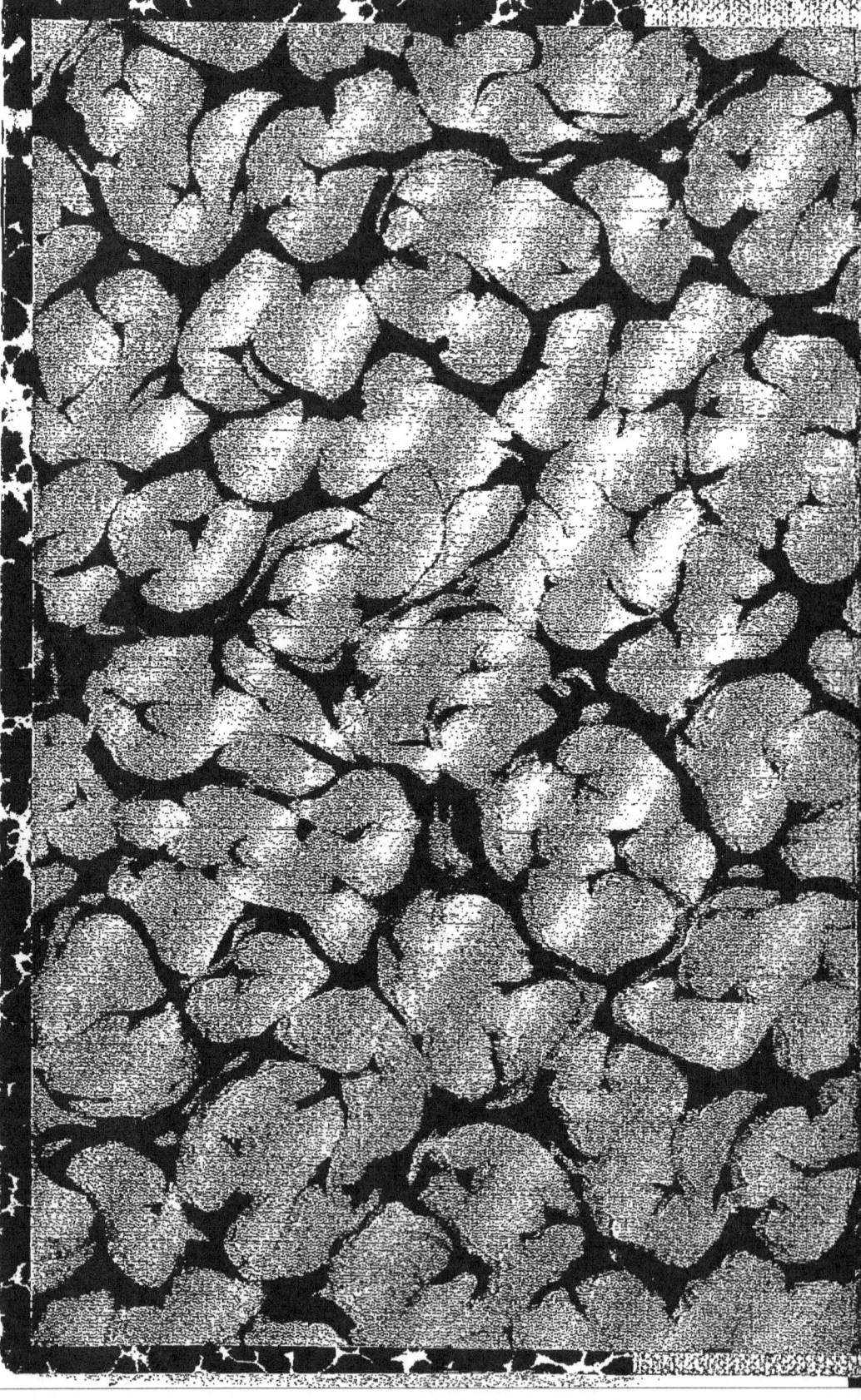

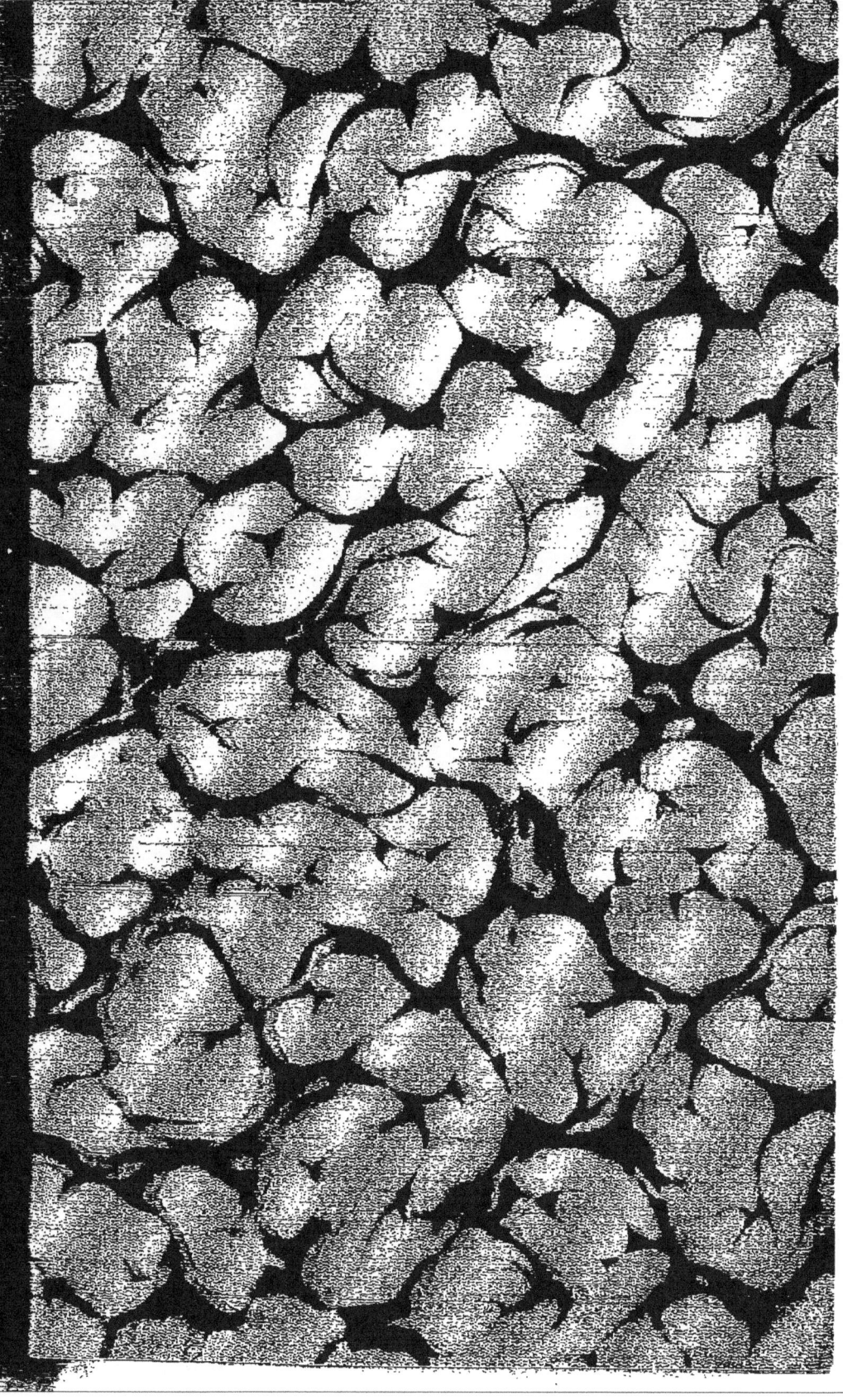

HISTOIRE

D'UN

ENFANT DU PEUPLE

JACQUES IMBERT

DE MARSEILLE

Décoré de Juillet 1830, Combattant de Février 1848

1793-1851

Par Ch. DUPONT

ANCIEN CONSEILLER GÉNÉRAL DES BOUCHES-DU-RHÔNE

La foi qui n'agit point, est-ce une foi sincère?
RACINE.

MARSEILLE
IMPRIMERIE NOUVELLE ALFRED VALZ
9, RUE PISANÇON, 9

1886

HISTOIRE

D'UN

ENFANT DU PEUPLE

JACQUES IMBERT

DE MARSEILLE

Décoré de Juillet 1830, Combattant de Février 1848

1793-1851

PAR CH. DUPONT

ANCIEN CONSEILLER GÉNÉRAL DES BOUCHES-DU-RHÔNE

La foi qui n'agit point, est-ce une foi sincère ?
RACINE.

MARSEILLE
IMPRIMERIE NOUVELLE ALFRED VALZ
9, RUE PISANÇON, 9
1886

A LOUIS DUPONT

ÉLÈVE DU LYCÉE DE MARSEILLE

Je n'ai pas pour toi une plus vive affection que pour mes autres petits-fils, Émile, Louis et les deux Charles.

Cependant, c'est à toi que je dédie ce livre.

Pourquoi ?

C'est que tu portes mon nom, que tu es l'aîné de ton frère et que tout honneur est dû au drapeau du régiment.

Puissiez-vous tous, quand vous aurez lu cette histoire, qui est véridique de tous points, vous efforcer constamment de ressembler par le cœur et par le caractère à celui qui en est le héros !

En faisant ainsi, vous deviendrez des patriotes dévoués, des citoyens utiles, et vous acquerrez des droits à la reconnaissance des amis du progrès et de la liberté.

CH. DUPONT.

AVANT-PROPOS

Le Marseillais dont je raconte ici l'histoire est un de ceux qui ont le plus lutté et le plus souffert pour la cause de la Révolution.

Lafayette lui tendait volontiers les mains ; Armand Carrel était son ami ; Godefroy Cavaignac avait été son compagnon de captivité.

Quand il mourut, victime de son dévoûment aux institutions républicaines, la presse démocratique tout entière exprima des regrets sur sa perte, énuméra ses services, rendit hommage à ses vertus civiques et privées.

Et cependant, à part quelques républicains de sentiment, qui se souvient aujourd'hui, même dans la cité phocéenne, de Jacques Imbert, décoré de Juillet 1830, combattant de 1848 ?

Pour l'exemple des générations présentes et futures, il est utile que son nom ne reste pas dans l'oubli ; et je suis heureux d'avoir pu, à l'aide des documents que ses fils ont mis à ma disposition, consacrer moi-même le souvenir de ce vaillant serviteur du peuple, que Barbès honora de son estime et que Ledru-Rollin nomma gouverneur des Invalides civils.

Une vie comme celle d'Imbert, vie de dévoûment et d'abnégation, n'est pas seulement un exemple et un enseignement : elle est encore un sujet de légitime satisfaction pour les amis de l'humanité qui considèrent le principe républicain, loyalement pratiqué, comme la base de l'égalité entre les individus et de la fraternité entre les peuples.

PREMIÈRE PARTIE

LE PATRIOTE

JACQUES IMBERT

(1835)

LE PATRIOTE

I

Naissance d'Imbert. — Ses Parents
Imbert Père conspire contre la Révolution
Il est arrêté. — Sa Condamnation
Sa Mort. — Le Tribunal-Criminel-Révolutionnaire

Jacques Imbert naquit à Marseille, le 6 février 1793, dans la rue de l'Évêché « île deux cent huitante-neuf, maison vingt-deuxième » (aujourd'hui n° 19), à quelques pas de l'hôtel de la famille Riquetti de Mirabeau.

Sa famille, honnête et probe, était de moyenne condition et possédait, en divers capitaux, une centaine de mille francs.

Le père, Nicolas Imbert, né à Saignon (Vaucluse), était capitaine marin et résidait depuis son enfance à Marseille, où ses parents étaient venus s'établir.

Jeune encore, il s'y maria, le 23 mai 1774, dans l'église Saint-Laurent, avec Thérèse Portal, fille mineure de Thomas Portal, patron pêcheur, originaire du quartier de Mazargues. Plus tard, il se fit armateur de navires ; et jusques aux premiers jours de la Révolution, tout marcha au gré de ses désirs.

Mais, à partir de cette époque, entraîné par l'esprit

de parti, il suivit une voie qui troubla son bonheur et le conduisit à sa perte. Tandis que des nobles et des prêtres reconnaissaient la légitimité des revendications populaires, lui, sorti des rangs obscurs de la société, se déclara l'ennemi de toute idée émancipatrice, et devint même l'auxiliaire de ces privilégiés de l'ancien régime qui, non contents de conspirer contre les nouvelles institutions du pays, n'hésitèrent pas à faire cause commune avec les étrangers (1).

En mars 1794, sur l'ordre du *Comité général infernal des sections de Marseille*, il s'embarqua comme second à bord d'un Parlementaire envoyé à Gibraltar pour y traiter avec les Anglais en faveur des Bourbons (2). Dénoncé pour ce fait par un patriote marseillais, il fut arrêté, puis traduit devant le tribunal révolutionnaire, qui le condamna, le 4 du mois d'avril, à la peine de mort et à la confiscation de ses biens. Son exécution eut lieu le lendemain, à dix

---

(1) Par opposition à la conduite anti-patriotique de ces royalistes, je me plais à rappeler ici celle du républicain Armand Barbès, qui, dans la prison où il était détenu depuis six ans, sans espoir d'en sortir un jour, faisait des vœux pour le triomphe de nos armes en Crimée, et s'écriait dans une lettre devenue célèbre : « Quand l'épée de la France est sortie du fourreau, elle ne doit pas y rentrer sans gloire ! »

(2) Le but de ce complot était d'autant plus coupable que, trois mois auparavant, les Anglais avait complètement incendié le port de Toulon, qui leur avait été livré par des traîtres, indignes du nom de Français. Cette démarche était la seconde que le Comité royaliste faisait auprès des Anglais. En août 1792, il envoya des députés à Toulon pour supplier l'amiral Hood, d'accorder assistance à la ville de Marseille pour proclamer Louis XVII.

heures du matin, au point d'intersection de la Cannebière et du cours Saint-Louis, où l'échafaud était en
permanence.

Le malheureux avait quarante-quatre ans et laissait
sa femme presque sans ressources avec deux enfants
en bas âge.

Le même jour, quinze autres royalistes furent condamnés à mort. Parmi eux se trouvait « *Charles-
Benoît Roux, âgé de cinquante-cinq ans, ci-devant
évêque, né à Commune-Affranchie, domicilié à Aix,
convaincu d'avoir, le 14 juillet 1793, appuyé et opéré
la contre-révolution, en prêtant l'exécrable serment
de ne plus reconnaître la Convention, après avoir, à
la tête de son clergé, célébré une messe solennelle, à
l'autel de la Patrie, sur le cours d'Aix.* »

Le placard de ce jugement, dont j'ai un exemplaire
sous les yeux, est ainsi conçu pour ce qui concerne
Nicolas Imbert :

« Jugement du Tribunal-Criminel-Révolutionnaire
qui condamne à la peine de mort, et comme étant
hors de la loi, Nicolas Imbert, âgé de 44 ans, capitaine en second sur le Parlementaire, envoyé à
Gibraltar, pour y traiter avec les infâmes Anglais, né
à Saignon, département de Vaucluse, domicilié à
Marseille.

« *Au nom du Peuple Français.*

« Vu par le Tribunal-Criminel-Révolutionnaire du

département des Bouches-du-Rhône, les réquisitions du citoyen Antoine Riquier, accusateur public, pour que soit traduit, interrogé, entendu et jugé Nicolas Imbert ;

« Vu l'acte d'accusation de l'accusateur public conçu en ces termes :

« Nicolas Imbert à émis son vœu pour redemander un Roi ; il s'est montré contre-révolutionnaire ; il a été nommé commissaire de sa section.

« Vu les pièces produites à la procédure, dépositions, dénonciations, certificats, attestations, auditions des témoins en séance ;

« Vu les débats et entendu les réponses ; ouï les conclusions de l'accusateur public, le président, après avoir pris les avis des membres du Tribunal, en commençant par le plus jeune, et qui ont motivé leur opinion à haute voix :

« A prononcé, au nom du Tribunal-Criminel-Révolutionnaire, qu'en vertu du décret du 27 mars dernier, Nicolas Imbert, de Marseille, convaincu d'avoir tenu une conduite rebelle ; d'avoir obéi aveuglément aux ordres du Comité général infernal en se rendant à Gibraltar, sur un Parlementaire, pour y traiter avec les Anglais, nos infâmes et cruels ennemis ;

« En vertu du décret du 5 juillet dernier, est condamné *à la peine de mort*, et sera traduit à cet effet dans une place publique, *revêtu d'une chemise rouge,* pour y être exécuté.

« Ordonne que, d'après l'article VII du décret du 19 mars, *les biens du condamné soient confisqués* au profit de la République.

(Suit l'énumération des décrets en exécution desquels le jugement a été rendu).

« Fait à Marseille, quintidi, 15 germinal, l'an second de la République, une, indivisible et démocratique, à cinq heures et demie après-midi, en la salle d'audience, où étoient présens les citoyens T., Bompard, président en absence, Jacques-François Brogy, François-Joseph Rouedy, juges du Tribunal, E. Chompré, greffier, qui ont signé à la minute.

Signé : E. BOMPARD, président.

CHOMPRÉ, greffier. »

Le Tribunal-Criminel-Révolutionnaire des Bouches-du-Rhône, établi le 26 août 1793, par les représentants du peuple Albite, Gasparin, Saliceti et Charbonnier, siégeait dans la grand'salle du Palais-de-Justice. Son président, Bompard, était un ancien suisse de l'abbaye Saint-Victor, et l'accusateur public, Riquier, un ancien maître d'école de Marseille.

Les arrêts de mort de ce tribunal étaient exécutés dans les vingt-quatre heures.

II

La Veuve. — Trait d'indignation.
Fuite à Gardanne. — Enfance de Jacques.
Ses Jeux et ses Exercices.

Peu de temps après l'exécution de Nicolas Imbert, sa veuve faillit avoir le même sort. Exaspérée contre les patriotes, elle n'aspirait qu'au moment où elle pourrait donner satisfaction à sa vengeance. Ce moment ne tarda pas à s'offrir. Un jour qu'elle se trouvait sur la place de Lenche avec sa sœur, qui était d'une beauté remarquable, un officier d'état-major attaché au service du général Carteaux (1) vint à passer et se permit de regarder celle-ci d'une façon par trop cavalière. Indignée, Mme Imbert bondit sur l'officier et, tout en lui reprochant sa conduite, lui arrache ses épaulettes et les lui jette au visage.

Pour échapper aux poursuites de l'autorité militaire, elle quitta Marseille avec ses deux enfants et se réfugia à Gardanne, petite ville des Bouches-du-

(1) Cet officier était probablement en disponibilité à Marseille, car, à cette époque, non-seulement Carteaux n'était plus en cette ville, mais il avait même disparu de la scène révolutionnaire, par suite de son remplacement dans les opérations du siège de Toulon, par le général Doppet, auquel succéda le brave général Dugommier.

Rhône, où des amis de sa famille s'empressèrent de lui donner l'hospitalité. Elle y fut si bien cachée, que les soldats envoyés pour procéder à son arrestation durent renoncer à toutes recherches.

Mme Imbert resta là jusqu'à l'époque de l'installation du Directoire, c'est-à-dire jusqu'au mois d'octobre 1795. Sûre alors de ne pas être inquiétée, elle revint à Marseille, où elle comptait retrouver divers membres de sa famille. Mais le souffle révolutionnaire avait tout dispersé : son beau-frère, M. Jean-Baptiste Finet, marchand, était parti avec son fils pour l'île Bourbon ; Madame Finet, sa sœur, s'était réfugiée à Fréjus, et plusieurs autres de ses parents s'étaient aussi enfuis pour éviter des poursuites qu'ils avaient plus ou moins méritées pour leur participation à des menées contre-révolutionnaires.

Un mois après, par esprit d'économie sans doute, elle alla se fixer à Rognes, village de l'arrondissement d'Aix. Là, en juillet 1796, lasse de se trouver sans appui, elle finit par accepter la main que lui offrait un Lyonnais, M. Jacques-Philippe Giraud, ex-commis aux vivres de la marine de l'Etat, établi depuis un certain temps dans le village en qualité de marchand en gros. Il paraît que l'industrie de M. Giraud n'était pas très prospère, car, sur le conseil de sa femme, il se décida plus tard à transférer le domicile conjugal à Gardanne, pour y exercer la modeste

profession de maître d'école. Le projet s'exécuta sans
difficulté, et M. Giraud obtint, en peu de temps,
d'assez heureux résultats, bien que son enseignement
ne s'étendit pas au-delà de la lecture, de l'écriture, de
la grammaire de M. Lhomond, tant bien que mal, et
des quatre règles par francs, sols et deniers.

Le petit Jacques grandit avec son frère sous l'aile
maternelle, mais dans une situation qui fut d'abord
pleine de larmes, puis de tristesses et de privations,
car, pendant son veuvage, la pauvre mère n'avait eu
pour toute ressource que la rente d'une créance de
dix mille francs qu'elle avait pu soustraire aux
atteintes de la justice.

L'intention de Mme Giraud étant de les mettre
de bonne heure en apprentissage, les deux enfants ne
reçurent qu'une très médiocre instruction, la seule,
du reste, que M. Giraud fut capable de donner à ses
élèves.

Suivant cette bonne femme, qui ne savait ni lire,
ni écrire, comme presque toutes les femmes de ce
temps-là, tout autre connaissance que celle de la
lecture ne donnait pas *de quoi manger*. Après tout,
c'était là le langage sacramentel de la plupart des
partisans de l'ancien régime ; mais Jacques ne se
contenta pas de si peu : quand il eut quitté les bancs
de l'école, il se procura des livres et, avec eux, il sut
rattraper une partie du temps perdu.

Fort gâté par sa mère, Jacques ne faisait pas autre
chose que ses quatre volontés. Plus souvent que le
dimanche et le jeudi, il s'esquivait de la maison pour
aller s'ébattre avec les gamins de son âge, tantôt sur
les places de la ville, tantôt sur les collines ou dans les
champs. Il était alors ce qu'il fut toute sa vie : plein
de cœur, mais peu endurant. Aussi n'était-il pas rare
qu'il rentrât sous le toit maternel, sans avoir donné,
ou reçu, quelques horions.

Tous les jeux lui étaient familiers et il s'y adonnait
avec passion ; mais il en était un qu'il préférait à tous
les autres : c'était le jeu dit du *bataillon,* encore en
usage de nos jours. Pour se livrer à cette petite guerre,
les jeunes enfants se divisaient en deux bandes : celle
du centre de la ville qui s'appelait les *placens* et celle
des faubourgs qui avait nom : les *bourgadens*. Ces
deux partis, ayant chacun son *menaïre* (meneur) et
son *pavailhoun* (pavillon qui consistait le plus souvent
en un mouchoir de poche attaché au bout d'un ro-
seau), se donnaient rendez-vous sur un point quelconque de la ville ou de la campagne, et lorsqu'ils
étaient en présence l'un de l'autre, se mitraillaient
à coups de pierres qu'ils lançaient soit avec la main,
soit avec une fronde, jusqu'à ce que l'un des deux
abandonnât le terrain. Mais il arrivait quelquefois
que, de chaque côté, on restait inébranlable. Alors
les placens ou les bourgadens fondaient sur leurs ad-

versaires, et c'était à coups de poings que se décidait la victoire, dont les résultats étaient pour les battants, la prise du bataillon ennemi et, comme pour les battus, des nez saignants et des têtes plus ou moins endommagées.

A divers points de vue, ce jeu n'était pas en ce temps-là sans utilité ; mais il avait un inconvénient grave : c'était de surexciter outre mesure le cerveau des belligérants et de les conduire peu à peu d'une lutte pour rire à une lutte pour *de bon*.

L'audacieux Jacques Imbert jugeait sans doute que ces combats devaient être sérieux, car, ayant été nommé général des placens, il fit, pour ses débuts, porter de si rudes coups aux bourgadens, que les parents de ces derniers, irrités de ce que les parents des placens ne contenaient pas assez leurs enfants, se livrèrent à des menaces qui ne seraient probablement pas restées sans effets si, sur la demande du maire, le sous-préfet d'Aix ne s'était pas empressé d'envoyer des gendarmes et des soldats pour faire rentrer dans l'ordre social ces quelques centaines de lilliputiens dont le plus âgé « faisait encore de sa langue son mouchoir ».

Fidèle observatrice des pratiques du catholicisme, Mᵐᵉ Giraud n'était pas heureuse, sous ce rapport, avec son second fils, car elle ne put jamais lui faire révérer autre chose que l'image du crucifié de Jérusalem.

Aussi, le vainqueur des bourgadens, mal vu de son curé, fit-il tardivement sa première communion. Il est vrai que plus tard il devint croyant ; mais ce fut à la façon de Rousseau, de Barbès, de Louis Blanc et de presque tous les promoteurs de nos glorieuses révolutions. Propager ces deux idées consolantes : Dieu et l'immortalité de l'âme, n'est-ce pas être encore utile à ses semblables ?

Les natures comme celles de Jacques n'ont presque pas d'adolescence. A quinze ans, par sa taille robuste et souple, par son adresse et la fermeté de son caractère, Jacques était déjà un homme avec lequel il y avait souvent à compter. Comme il excellait aux exercices du corps, c'était presque toujours lui qui, dans les romérages (1) de Gardanne et des localités environnantes, remportait *leïs joïos* (2) mises au concours soit pour la lutte, soit pour la course des hommes, soit pour les trois-sauts. Dans ce dernier genre d'exercice, il était parvenu à franchir, sur un seul pied, un espace de plus de dix mètres, ce qui, vu son jeune âge, était considéré comme un vrai tour de force et d'adresse (3).

(1) Fêtes patronales en Provence.

(2) Les prix : plats d'étain, écharpes de soie, couverts d'argent, dentelles, rubans, etc.

(3) On a vu, en Provence, des sauteurs atteindre une distance de 50 pieds (16m 50) et même davantage.

III.

Escapade de Jacques. — l'AIMABLE-JEUNESSE.
En mer. — « Tout le monde sur le Pont ! »

Cependant, le moment était venu où Jacques devait
enfin songer à son avenir. Son frère s'était fait soldat ; il voulut être marin. Un jour, ayant appris que
le commerce marseillais demandait des volontaires
pour équiper des bâtiments armés en course, il dit
adieu à ses camarades, embrasse sa mère, et, sans la
prévenir, se rend à Marseille, où il s'engage à bord
de l'*Aimable-Jeunesse*, goëlette de six pièces de canon
et de quarante hommes d'équipage, non compris le
cuisinier, le chirurgien, le capitaine d'armes, le second
et le capitaine.

Le 15 janvier 1808, l'*Aimable-Jeunesse*, amarrée
au quai des Augustins, attendait toute parée de pa-
villons et de banderolles, un vent favorable pour ap-
pareiller. Le jeune Gardannais en admirait la coque et
la mâture, avec ce contentement joyeux qu'un cou-
reur d'aventures éprouve à la vue du navire qui va
l'emporter vers des bords lointains.

C'est qu'elle était vraiment belle à voir, la gracieuse
goëlette, avec sa riche carène, son pont luisant, ses

deux mâts coquettement inclinés à l'arrière et ses flammes tricolores qui flottaient aux rayons du soleil dans un air transparent et bleu comme un ciel de printemps.

Vers les six heures du soir, le capitaine se rendit à bord, s'assura que tout le monde était à son poste, et donna l'ordre de détacher les amarres. La goëlette s'éloigna du quai lentement, saluée par une foule de marins et de gens du peuple qui poussaient des vivats et criaient à son équipage en langue provençale : *zou sus leïs Anglés ! zou sus leïs Espagnoous !* (sus aux Anglais ! sus aux Espagnols !)

En sortant du port, elle mit sous voiles et, du feu de sa batterie, salua la ville, qui répondit à ses adieux par vingt-et-un coups de canon, tirés des forts Saint-Jean et Saint-Nicolas.

Favorisée par un bon vent, elle gagna la haute mer, perdit bientôt de vue les côtes de Provence et, après avoir diminué sa voilure, mit le cap sur le détroit de Gibraltar, dans les parages duquel elle espérait rencontrer des bâtiments ennemis.

Au départ, la mer était quelque peu agitée ; mais à la tombée de la nuit, elle devint mauvaise, contraria la manœuvre, démoralisa l'équipage et causa une sérieuse avarie au mât de hune de l'arrière ; mais tout s'arrêta là. Peu à peu les flots s'apaisèrent, ceux que le roulis fatiguait reprirent courage et tout le monde,

dès ce moment, se livra aux exercices et aux plaisirs
de la navigation, lesquels étaient, suivant le beau ou
le mauvais temps, d'une part : la manœuvre des
voiles, celle du canon, le maniement des armes, le
branle-bas, la petite guerre ; et de l'autre : le va-et-
vient sur le pont en fumant la pipe, la danse, la
pêche, le chant, et le plus souvent le jeu de cartes.

En résumé, la situation de l'équipage n'avait rien
de pénible, si l'on considère que certains exercices
n'étaient pas autre chose qu'un amusement pour des
hommes forts et hardis, dont la façon de vivre
était toute roturière et qui, du reste, avaient recher-
ché cette occasion de courir les aventures.

Le soir, quand l'heure du repas avait sonné, que
les vagues caressaient les flancs de la goëlette en
panne et que le ciel étendait sur les eaux son manteau
bleu semé d'étoiles, les Italiens et les Français dont se
composait en grande partie l'équipage, chantaient
des chœurs dont l'harmonie mariée à celle de la
brise, faisait naître dans l'âme de tous des sensations
délicieuses.

Comme tous les enfants du Midi, le jeune Imbert
n'était pas de ceux qui s'enivraient le moins à cette
poésie suprême qui s'exhale du chant des matelots
dans le silence de la nuit, au milieu de l'immensité
des mers.

Et cependant, il n'était pas rare qu'en ces moments

de douce extase, il ne se surprit à rêver de rencontre ennemie, de fusillade et d'abordage, combat pendant lequel, pistolets à la ceinture, hâche à la main, il bondissait un des premiers sur le pont anglais ou espagnol, risquant ainsi bravement sa vie, non pour une part quelconque de butin, mais pour la satisfaction seule de son patriotisme.

Mais il n'en était pas ainsi de la plupart de ses compagnons, qui ne rêvaient le combat que pour se procurer les moyens d'acquérir, les uns, un beau cabanon dans quelque calanque (1) pittoresque de la Provence, les autres, une belle *casa* dans un des coins embaumés de la rivière de Gênes.

Jacques était, en outre, un de ceux qui par leur aptitude et leur application. avaient le plus profité des leçons que le capitaine d'armes était chargé de donner aux volontaires. Toujours prêt à remplir son devoir, il s'était mis en peu de temps au courant de toutes les parties du service et avait ainsi obtenu des officiers maints témoignages de satisfaction.

Mais ainsi que cela se voit tous les jours, les marques d'estime dont il était l'objet ne furent pas du goût de ses compagnons : ils se mirent à le critiquer sans raison et cherchèrent même à lui susciter des ennuis. Loin de leur en vouloir, Jacques se rappro-

(1) En provençal, *caranco* : petite anse entre les rochers, où se portent de préférence les amateurs de la pêche.

cha d'eux, feignit de tout ignorer et par son langage loyal et conciliant, captiva aisément une part de leur sympathie.

La goëlette croisait depuis une quarantaine de jours sans avoir aperçu la moindre embarcation, lorsqu'une nuit on fut réveillé en sursaut par ce cri du capitaine :

— Tout le monde sur le pont !

En un instant, chacun fut à son poste, et le bouillant Imbert ne fut pas un des derniers à s'élancer hors du faux-pont, où étaient installés les hamacs de l'équipage.

La cause de cette alerte était la rencontre d'un bâtiment qui filait toutes voiles dehors, à une demi-portée de fusil de l'*Aimable-Jeunesse*. Le capitaine le héla ; pas de réponse. On tira sur lui un coup de canon ; même silence. L'ordre fut alors donné de virer de bord ; mais il n'était plus temps : ce navire, dont on n'avait pu reconnaître la nationalité, avait entièrement disparu, grâce à l'obscurité de la nuit ; et le lendemain il fut impossible à la vigie de le découvrir.

L'insuccès de cette première rencontre rendit furieux l'équipage, qui avait espéré retrouver le navire aux premières lueurs du jour ; mais on s'en consola facilement en se disant que le navire était peut-être français et qu'on aurait, du reste, d'autres occasions de réaliser les espérances qu'il avait surexcitées.

IV

Le Souffleur. — « Navire ! » — Le combat.
Prise du JOHN-BULL.

Le lendemain, au soleil levant, et par un temps splendide, un incident d'une toute autre nature vint dédommager, en quelque sorte, de la mésaventure de la veille, ceux qui naviguaient pour la première fois.

On aperçut à quelques encâblures du corsaire, un énorme souffleur qui s'avançait en ligne directe du beaupré et qui semblait glisser sur la nappe argentée des eaux. Chaque fois qu'il respirait, il lançait par ses évents, à une hauteur de dix à douze mètres, une prodigieuse quantité d'eau qui, en retombant, ressemblait à une petite cascade de diamants irisés. Quand il fut près de la goëlette, tout le monde se porta sur les bastingages de babord pour voir passer ce majestueux forban des mers, dont la longueur dépassait celle du navire. Rien alors ne parut fixer son attention ; mais quand il eut cessé de voir l'arrière, il se retourna, nagea un moment dans le sillage de la goëlette et vint se mettre ensuite à tribord pour naviguer de conserve avec elle, comme s'il eût été son compagnon de voyage.

Comme ce buveur d'eau salée ne présentait pas des garanties suffisantes de bon voisinage, le capitaine accorda à Imbert la permission, vivement sollicitée, de le faire passer de vie à trépas. Fier de l'honneur qui lui était dévolu, Imbert arma sa carabine, l'inclina vers la tête du monstre et, presqu'à bout portant, la lui déchargea dans l'oreille.

La balle ayant produit son effet, l'animal bondit avec tant de fureur et se livra à des mouvements si désordonnés, qu'il souleva une tempête autour du corsaire. Pendant plusieurs minutes : les mugissements qu'il poussait, l'eau qui s'échappait par ses évents et qui rejaillissait avec fracas sur l'équipage, les secousses qu'il imprimait de temps en temps au navire, enfin la vue de sa formidable queue qui battait la mer avec une précipitation et une force incroyables, tout cela produisit un tel vacarme et une telle épouvante, que les plus courageux crurent être arrivés à leurs derniers moments. Enfin, le monstre, après avoir rendu des flots de sang, plongea à une certaine profondeur, puis il reparut sur l'eau à une grande distance de la goélette, et s'enfuit vers les côtes d'Afrique, avec une vitesse de huit à dix mètres par seconde. Chacun poussa alors un soupir d'allègement et les pensées se tournèrent de nouveau vers le but de l'expédition.

Au point du jour, la vigie ayant signalé un bâtiment du côté de l'ouest, le capitaine s'élança sur sa passerelle et, après avoir braqué sa longue-vue dans la direction indiquée, cria d'une voix forte :

— Navire !

A ce cri, la joie éclata parmi l'équipage : les uns se mirent à gambader, les autres grimpèrent à la hune de misaine pour mieux apercevoir le navire tant désiré. En même temps, le corsaire tourna sa proue vers le point qui blanchissait à l'horizon et, toute sa toile au vent, fila ses quatorze nœuds à l'heure.

On était arrivé aux premiers jours du mois d'avril. A l'Orient, une lumière d'opale, vive et pure, avant-courrière du soleil, annonçait une de ces belles journées où le cœur de l'homme est tout entier au bonheur de vivre ; çà et là des nuages roses lisérés d'or, oasis des sylphides dans le désert azuré du ciel ; puis la plaine liquide... immense... couverte de petites vagues bleues aux crêtes argentées, qui couraient les unes après les autres et s'évanouissaient tour à tour comme des songes ; et, pour animer ce tableau merveilleux, la légère et sémillante goëlette, l'*Aimable-Jeunesse*, dont une forte brise gonflait les voiles et lutinait le pavillon !

C'était ravissant ; mais nos jeunes aventuriers, attirés par l'appât du butin ou de la gloire, avaient autre chose à faire que de caresser ces beautés enchante-resses, mais passagères, alors que chacun d'eux allait courir le risque d'être emporté par un boulet de canon, tué d'un coup de hâche ou lancé dans les airs par l'explosion d'une soute aux poudres !

Le corsaire naviguaainsi pendant cinqà six heures. Tous les regards étaient tournés vers le navire ennemi qui, peu à peu, avait surgi du sein des flots et dont on distinguait enfin, à l'œil nu, les basses voiles et la coque. On put alors reconnaître qu'on allait avoir affaire à un gros brick anglais, bien armé, bien équipé et qni, malgré cela, à en juger par la vitesse de sa marche, paraissait peu disposé à parlementer avec la goëlette, qui cinglait dans sa direction.

Cependant, quand il s'aperçut qu'il ne pouvait plus échapper au corsaire, il fit volte-face, ralentit son mouvement et attendit l'attaque.

A bord du corsaire on avait sonné le branle-bas de combat : les canonniers étaient à leurs pièces, les autres volontaires, sous les armes. Parmi ces derniers se trouvait Imbert, armé jusqu'aux dents et brûlant d'en venir aux mains avec les Anglais, bien que le cœur lui battit singulièrement à la pensée que dans quelques instants peut-être, il ne serait plus au nom-bre des vivants.

La goëlette s'avançait rapidement du trois-mâts.

Quand elle ne fut plus qu'à une portée de pistolet, le capitaine monta sur la dunette, emboucha le porte-voix et somma l'Anglais d'amener son pavillon. L'Anglais ne répondant pas, le corsaire ouvrit le feu par une bordée de mitraille et de boulets ramés dont l'ennemi ressentit les cruels effets. Celui-ci riposta par une série de coups de canon qui tuèrent deux corsaires et en blessèrent trois. Sans attendre ses derniers coups, la goëlette lui lança successivement trois boulets : le premier ébranla son mât d'artimon, le second, après avoir ricoché, traversa son grand foc, et le troisième troua le corps du navire un peu au-dessus de la ligne de flottaison. Un feu de peloton accompagna cette canonnade ; mais comme on n'apercevait plus de mouvement sur le pont du brick, on fit cesser le feu afin d'économiser les projectiles et de permettre au capitaine de faire une seconde sommation.

— Capitaine, cria énergiquement celui-ci, je vous somme une dernière fois de descendre votre pavillon et de vous rendre immédiatement à mon bord, sinon la canonnade va recommencer ; et gare à l'abordage !

Cette fois, la sommation ne resta pas sans réponse : l'Anglais se rendit et son capitaine vint tout de suite à bord de l'*Aimable-Jeunesse*, où il fut reçu avec les honneurs de la guerre ainsi que les quelques hommes qui montaient l'embarcation. Ces malheureux avaient tant bu d'eau-de-vie, qu'ils trébuchaient à chaque instant. Ainsi s'expliqua le peu de résistance du navire et la disparition de ses hommes au moment de la fusillade : ne pouvant plus se tenir debout, les matelots étaient tombés les uns sur les autres à l'entour des bouches à feu, ce qui avait mis le capitaine dans la nécessité d'amener son pavillon.

Le navire capturé portait le nom de *John-Bull*. C'était un beau bâtiment de 400 tonneaux, armé de de 12 pièces de gros calibre et monté par vingt hommes d'équipage. Il eut trois hommes tués et deux hommes mis hors de combat.

V

Les Derniers Devoirs — Alger
Démonstrations Enthousiastes des Indigènes

Avant de quitter le brick, le capitaine avait recommandé au lieutenant de s'occuper immédiatement des blessés et de faire ensevelir les morts.

Sur le corsaire, on s'occupa des mêmes devoirs.

Les blessés furent descendus à l'infirmerie et pansés avec empressement ; puis vint le tour des morts, qui gisaient près du grand mât, livides et ensanglantés. Sur l'ordre du capitaine, on cargua les voiles, on mit les vergues en croix et le pavillon en berne. Pendant ce temps, les deux corsaires après avoir été ensevelis chacun dans un lambeau de toile, furent portés pieusement sur le gaillard d'avant, où on les déposa, l'un à côté de l'autre, sur un pavillon tricolore.

Les volontaires et les matelots s'étant ensuite rangés, tête nue, autour de leurs pauvres camarades, le capitaine s'avança au milieu d'eux et, d'une voix émue, exprima, au nom de tous, des regrets qui tirèrent des larmes de tous les yeux. Ce discours fut suivi de la prière des morts, dite à voix basse, par le plus âgé des matelots ; après cela, l'un des cadavres, ayant été placé sur une planche et mis en travers du parapet de la proue, le boulet d'usage attaché au pied, un coup de canon fut tiré en l'honneur du défunt qui, par suite d'un mouvement de bascule, glissa le long de la planche et plongea dans la mer, dernière demeure de ceux qui rendent l'âme à bord d'un navire, loin de tout lieu de destination.

On procéda de la même façon pour l'autre malheureux corsaire ; puis, lorsque la surface des eaux, un instant entr'ouverte, se fut refermée sur lui, chacun secoua sa tristesse, alluma sa pipe ou mordit son

bitord (1) et se remit insoucieusement à la manœuvre.

Sur ces entrefaites, le capitaine en second, suivi
de plusieurs matelots, s'était rendu à bord du *John
Bull* pour former l'équipage de prise et en prendre
le commandement. Il ne tarda pas à faire savoir au
capitaine que ce navire était sur lest, c'est-à-dire
sans marchandises, et qu'il n'y avait tout au plus à
bord que l'argent dont le trois-mâts aurait eu besoin
pour se rendre au port où il devait prendre son char-
gement.

Comme on le pense bien, cela produisit sur l'équipage une impression stupéfiante, surtout sur ceux qui,
au rebours du patriote Imbert, n'avaient eu absolument en vue, avant et pendant le combat, que le
partage d'une riche cargaison. Mais ce mécontentement dura peu, du moins pour la généralité, qui se
rabattit encore une fois sur l'espoir d'une meilleure
chance à la prochaine rencontre.

La prise qu'on venait de faire n'étant pas suffisante
pour nécessiter le retour du corsaire à Marseille, il
convenait, afin de pouvoir continuer la croisière, de
se rendre dans un des ports voisins pour opérer la
vente du navire. Les officiers s'étant rangés à cet
avis du capitaine, celui-ci donna l'ordre d'amarrer le

(1) Tabac à chiquer.

John-Bull à la goëlette et de mettre le cap sur la capitale des États-Barbaresques.

Trois jours après on arriva devant le port d'Alger qui, par sa neutralité, recevait dans son sein les navires de tous les pays. Pour rendre hommage à son hospitalité, l'*Aimable-Jeunesse* se pavoisa comme pour un jour de fête et tira une salve de vingt-et-un coups de canon.

En ce moment-là, Alger, avec ses maisons blanches, ses mosquées, sa kasbah, ses minarets et ses palmiers luxuriants, vue comme à travers une pluie d'étincelles, car le soleil brillait de tout son éclat, avait l'aspect d'une de ces villes féeriques qui s'offrent à l'imagination du lecteur dans les contes des *Mille et une Nuits*.

L'entrée de la goëlette dans le port se fit avec une espèce de solennité et fut un sujet de réjouissance pour les indigènes : ce frêle navire, traînant à sa suite un gros trois-mâts, armé de gros canons, et dont il venait de faire la capture, excita sur son passage une vive curiosité qui se changea bientôt en enthousiasme. Presque toute la population se porta en foule sur les quais, sur la jetée et sur le môle pour le voir passer et pour lui souhaiter la bienvenue. Juifs, Maures, Arabes, Turcs, tous battaient des mains en criant : Braves Français ! Braves Français ! cris auxquels les corsaires répondaient en agitant leurs chapeaux au dessus de leurs têtes et en poussant des vivats frénétiques. En même temps des coups de canon étaient tirés de tous les forts y compris celui de l'Empereur, qui, avant la conquête, dominait et défendait ce vieux repaire des forbans de la Méditerranée.

Profondément touché de ces démonstrations si pleines de sympathie pour la France et pour l'*Aimable-Jeunesse*, le capitaine commanda d'y répondre par trois décharges de la batterie, lesquelles se firent au moment du mouillage, en présence des bâtiments espagnols et anglais, à bord desquels on devait naturellement éprouver, à la vue du corsaire vainqueur, un tout autre sentiment que celui qui venait d'être manifesté par les habitants du pays.

Afin de gagner du temps, les chefs de la goëlette se rendirent le même jour chez les consuls d'Espagne et d'Angleterre pour y traiter de la vente du *John-Bull* et de la mise en liberté de son équipage. Ces messieurs abandonnèrent le navire moyennant une somme qui resta inconnue à leurs subordonnés et dont le partage dut se faire, au retour de la goëlette, entre eux et les organisateurs de l'expédition. Quant aux prisonniers, on convint de les échanger pour un même nombre de Français détenus sur les pontons de la Tamise.

Cette dernière clause du traité rendit le généreux

Imbert plus heureux que s'il avait eu à remplir ses goussets de pièces d'or. C'était, selon lui et quelques-uns de ces camarades, un résultat dont les corsaires avaient le droit de s'enorgueillir. Mais les autres, ne raisonnant pas de la même façon, disaient qu'ils s'étaient battus « pour rien », qu'ils avaient été volés par leurs chefs et qu'ils n'aspiraient plus qu'au moment de rentrer dans leurs foyers.

Ces plaintes étaient surtout formulées par des Maltais et des Italiens, qui ne s'étaient enrôlés que pour la satisfaction de leurs appétits matériels. Aussi, au moment du départ, on s'aperçut que dix d'entre eux manquaient à l'appel, ce qui réduisait le personnel du corsaire à vingt-cinq hommes, les trois blessés étant encore souffrants et alités.

La désertion de ces *pirates* était à regretter au point de vue d'une attaque à l'abordage. Néanmoins on reprit la mer et on se mit à longer les côtes d'Afrique avec l'intention, si l'on faisait une rencontre sérieuse de se borner à un branle-bas. Mais après avoir croisé pendant plusieurs semaines, sans avoir aperçu autre chose qu'une frégate anglaise, au pouvoir de laquelle on faillit tomber, ce qui acheva de démoraliser l'équipage, les officiers décidèrent de retourner à Marseille. Là-dessus on vira de bord et on cingla dans cette direction.

VI

La Tempête. — Fin de la Course. — Satisfaction patriotique de Jacques

Tout le reste de la journée se passa dans le repos et dans la joie de penser qu'on allait revoir ses parents et ses amis. Mais pendant la soirée, au moment où chacun, sauf les matelots de service, se disposait à monter dans son hamac, un violent orage éclata et fut bientôt suivi d'un ouragan qui bouleversa de fond en comble la goëlette et fit perdre à l'équipage tout espoir de se sauver.

Pour parer à ce danger imminent, on cargua les voiles, on abattit les deux mâts de perroquet, on jeta trois canons à la mer, on ferma les écoutilles. Mais toutes ces précautions ne changèrent rien à la situation désespérée du navire, car à chaque instant, tandis que les éclairs sillonnaient l'espace, que la foudre grondait sans interruption, que la grêle fouettait les bordages, que le vent soufflait avec furie dans la mâture et que les flots le ballottaient comme une nacelle sans rame et sans gouvernail, il était sur le point de sombrer sous le poids des montagnes d'eau qui s'écroulaient sur le pont avec un bruit qui terrifiait les plus braves et faisait dire à tous : « Nous sommes perdus ! mon Dieu, ayez pitié de nous ! »

Pour éviter la brutalité des lames et de la raffale, tout le monde, sauf le capitaine, Imbert et les matelots, était descendu dans le faux-pont. Toujours impassible devant le danger, Jacques avait voulu rester pour aider à la manœuvre et pour se conserver une chance de salut, au cas où la goëlette n'aurait pu résister à ce déchaînement de la nature. Cramponné dans un hauban afin de mieux contempler les sublimes horreurs de la tempête, il entendait, quand une écoutille venait à s'ouvrir, les gémissements de ceux qu'il considérait comme enfermés vivants dans une tombe : les uns pleuraient à chaudes larmes au souvenir de leurs femmes et de leurs enfants, les autres invoquaient Notre-Dame-de-la-Garde et lui promettaient des messes si elle faisait un miracle en leur faveur, d'autres enfin poussaient des cris lamentables qui faisaient perdre la tête au capitaine lui-même et brisaient d'émotion le cœur de mon jeune héros.

La tempête dura toute la nuit avec la même violence et ce ne fut que vers les dix heures du matin que le temps commença à s'éclaircir et à se calmer. Ceux qui étaient restés sur le pont s'aperçurent alors que le navire avait dérivé sur les côtes d'Espagne, chose qui n'était pas rassurante pour les corsaires, car, après avoir échappé au danger d'être pris par les Anglais ou de périr dans les flots, il était presque certain que s'ils venaient à tomber entre les mains des Espagnols, ils seraient impitoyablement massacrés.

Comme il s'agissait du salut de tous, l'équipage tout entier se mit hardiment à l'œuvre pour tirer la goëlette de cette mauvaise passe. On y réussit, mais le vent, qui était encore impétueux, la tint pendant deux jours dans la haute mer ; les vivres et l'eau commencèrent à manquer ; il fallut se mettre à la ration, c'est-à-dire se contenter d'un biscuit par jour et de quelques verres d'eau pourrie qui soulevait le cœur des moins délicats.

Ce nouvel état de chose commençait à devenir très inquiétant, lorsque, tout à coup, une petite pluie vint abattre comme par enchantement l'agitation violente de l'atmosphère : le navire, reprenant alors sa route, tourna sa poulaine ver la Corse, où il toucha pour s'y ravitailler et réparer ses avaries.

Enfin, le 8 mai 1808, après trois mois de naviga-tion et vingt et un jours de quarantaine au lazaret de Marseille, l'*Aimable-Jeunesse* rentra dans le port de cette ville en faisant, comme au départ, un échange de coups de canon avec les forts Saint-Jean et Saint-Nicolas.

Les Français qui faisaient partie de son équipage, Imbert surtout, étaient ivres de joie de revoir ceux de leurs parents ou de leurs amis qui étaient accourus sur le quai de la Consigne, où le corsaire était venu accoster. En mettant pied à terre ils durent s'écrier : nous revenons sans la moindre part de butin, il est vrai, mais nous avons la satisfaction d'avoir battu et pris un des gros bâtiments de *la fière Albion* et d'avoir tiré de la cale infecte des pontons de Londres, dix-sept de nos malheureux compatriotes.

VII

Retour à Gardanne. — La Levée de 1813. Départ pour Paris.

Les oncles, tantes, cousins et cousines, que Jacques avait à Marseille, le retinrent toute la journée dans cette ville ; mais le lendemain, dès l'aurore, il se mit en route, à pied, son paquet sous le bras, tout joyeux de retourner auprès de sa mère qui, depuis trois mois, gémissait sur son absence. Il chemina ainsi jusquà l'extrémité de la plaine dite la *Cebo* (l'Oignon); mais en apercevant de là les trois moulins à vent qui couronnent le sommet du *Cativel,* coteau planté de vignes et d'oliviers qui domine la ville et ses environs, il éprouva une si vive émotion que des larmes sillonnèrent son visage et qu'il fut sur le point de tomber en défaillance. La campagne si pénible qu'il venait de faire, lui rendait plus chers les sites qu'il avait sous les yeux ; et ce ne fut pas avec moins d'attendrissement qu'il revit sa cité hospitalière, si attrayante avec ses toitures rouges, son faubourg, ses remparts, ses fontaines abondantes et son ruisseau de *Saint-Pierre,* dont les bords verdoyants sont un lieu de délices pour les poètes et les amoureux.

Le bonheur qu'il ressentit en rentrant sous le toit maternel ne saurait s'exprimer : sa mère le pressa sur son cœur avec des transports de joie qui lui firent vivement regretter de l'avoir quittée sans son consentement ; sa jeune sœur et M. Giraud furent également très heureux de le revoir. « Jamais, dit-il dans les notes qui sont sous mes yeux, jamais je n'avais été tant aimé et tant fêté, ce qui prouve que je n'étais pas un méchant enfant. »

Quelques jours après, Jacques se remit à faire des passavants chez son beau-père, qui, depuis plusieurs années, avait été nommé receveur des Droits-Réunis.

Mais, au bout d'un mois, par suite des fatigues de toutes sortes qu'il avait éprouvées à bord du corsaire, il tomba dangereusement malade. Pendant soixante jours, il fut en proie au délire : il se croyait encore en pleine mer et s'exaltait au souvenir des incidents du voyage, tels que le combat, la tempête, le manque de vivres, et surtout l'eau pourrie qu'il avait bue, eau à laquelle il attribua la cause de sa maladie. Enfin, grâce à sa constitution robuste et surtout aux soins que lui prodigua sa mère, il revint à la santé et put se livrer de nouveau à ses occupations journalières.

Mais le contentement de Mme Giraud ne fut pas de longue durée. Un an s'était à peine écoulé depuis le rétablissement de Jacques, qu'un nouveau malheur vint fondre sur elle. Le maire de Gardanne lui apprit que son fils aîné avait été tué, le 6 juillet 1809, à cette terrible bataille de Wagram, dans laquelle nous eûmes 27 généraux mis hors de combat et plus de 20.000 hommes tués ou blessés (1). Cette affreuse nouvelle brisa le cœur de Mme Giraud, et il ne fallut rien moins que les caresses incessantes de Jacques pour l'empêcher de succomber à son désespoir.

---

(1) Les Autrichiens perdirent environ 24,000 hommes. Ainsi, dans cette seule affaire, il y eut des deux côtés 44,000 hommes tués ou blessés ! Voilà ce que coûte à l'humanité l'ambition d'un despote. Ah ! que le poète a eu raison de dire :

Je n'ai jamais chargé qu'un être de ma haine :
Sois maudit, ô Napoléon !

A partir de ce moment, Jacques, que je ne désignerai dès à présent que par son nom de famille, n'eut plus d'autre pensée que celle de rester auprès de sa mère ; et celle-ci, dans la crainte d'une nouvelle escapade, le laissa libre de se livrer, comme auparavant, à la culture de son esprit et au plaisir de la chasse, qu'il aimait passionnément.

Du reste, il finit par trouver le moyen d'occuper à peu près son temps d'une façon utile aux intérêts de la maison Giraud, en acceptant la mission que lui confia la Direction des Droits-Réunis, pendant les années 1811, 1812 et 1813, d'inventorier les vins des communes du canton. Il s'en acquitta si bien que les entrepositaires, comme ses supérieurs, n'eurent que des regrets pour ce rat de cave consciencieux, le jour où il dut quitter la Régie pour le service militaire.

Il ne paraît pas que jusqu'à sa vingtième année Imbert se soit occupé de politique. Mais son enrôlement à bord de l'*Aimable-Jeunesse* avait déjà prouvé une chose : c'est que, malgré les exhortations de sa mère en faveur des « princes légitimes » qui combattaient depuis la Révolution dans les rangs des ennemis de la France, le jeune Imbert avait reçu dans son cœur la première étincelle du patriotisme.

Tant que le « Corse aux cheveux plats » avait été victorieux ; tant que nos frontières étaient restées « vierges du pied de l'étranger », ce noble sentiment avait sommeillé dana son âme ; mais à partir du jour où il apprend que, par suite de la désastreuse bataille de Leipsick, la coalition menace de nous envahir, Imbert, dont l'indignation patriotique lutte avec l'amour filial, semble ne plus aspirer qu'au moment où il recevra l'ordre de se rendre sous les drapeaux.

Ce moment ne se fit pas attendre. Le 15 novembre 1813, un sénatus-consulte mit à la disposition du gouvernement 300.000 conscrits des années 1803 et suivantes, jusques et y compris 1814. Imbert, étant né en 1793, était au nombre de ces conscrits ; mais le sentiment de satisfaction qu'il éprouva fit bientôt place à un grand déchirement de cœur : l'ordre vint de partir, et il lui fallut quitter sa mère, sa vieille mère qu'il laissait avec ses sombres souvenirs et la crainte, si naturelle en ce temps-là, de ne plus revoir son unique fils !

C'est à Marseille que les conscrits avaient d'abord été appelés. Ils y furent passés en revue par l'ex-conventionnel Thibaudeau, préfet des Bouches-du-Rhône, qui donna l'ordre ensuite de les faire partir pour leurs destinations respectives.

Grâce à l'air franc et décidé que Thibaudeau avait remarqué en lui, Imbert fut choisi pour être un des cinq conscrits d'élite que le département avait à fournir pour les chasseurs à pied de la vieille garde.

Plein d'enthousiasme pour sa nouvelle carrière, il

se mit en route le même jour pour Paris, avec ses quatre camarades, parmi lesquels se trouvaient Auguste Carbonel, de Lambesc, et le fils de M. Gavoty, l'un des principaux tanneurs de Marseille.

VIII

Le Bataillon d'instruction.
Journée du 18 Février 1814. — Première Blessure.
L'Empereur harangue les Troupes.
« Paris ! Paris ! » — Napoléon à Essonnes.

Arrivé à Paris, Imbert se rendit chez le commandant Michel, chef de bataillon de la vieille garde, pour lequel il avait une lettre de recommandation. Le vieux grognard lui proposa de le faire entrer dans un régiment de ligne avec le grade de sergent-fourrier ; mais Imbert lui ayant objecté qu'il ne connaissait pas assez le métier des armes, il demanda et obtint pour son protégé la faveur spéciale d'être incorporé dans le bataillon d'instruction de Fontainebleau, qui faisait partie des tirailleurs de la jeune garde, et où se trouvaient mêlés des fusiliers de *Marie-Louise*.

C'est de ce bataillon que le ministre de la guerre tirait les sous-officiers dont on avait besoin pour l'instruction des corps d'infanterie. Quelques mois suffirent à Imbert pour apprendre la théorie et la pratique des armes ; et comme il était devenu un des plus capables, il fut un de ceux que le commandant désigna pour aller exercer au maniement du fusil les miliciens bourgeois de Montereau.

Avant de quitter la garnison, Imbert avait écrit à sa mère des lettres qui dénotaient que ce jeune homme de vingt ans commençait à juger sainement les hommes et les choses. Comme soldat, il admirait le génie du César moderne ; mais comme citoyen, il détestait son despotisme et blâmait cette ambition insatiable à laquelle il avait sacrifié les plus généreux enfants de la France.

« Et cependant, disait-il dans une lettre datée du 21 décembre 1813, le soldat, quoique épuisé par des guerres interminables, aime toujours son empereur. Je voudrais et je désire de toute mon âme qu'il puisse chasser l'ennemi du sein de notre malheureuse patrie (1) ; mais, je le répète, j'ai le pressentiment que

---

(1) A la date de cette lettre, les alliés n'étaient pas encore en France. Ce ne fut que dans la nuit du 31 décembre au 1er janvier que les deux premiers corps d'armée ennemis, forts, ensemble, de 350.000 hommes, envahirent nos frontières.

d'ici au printemps prochain, je serai dans tes bras ; parce que, vois-tu, la trahison des généraux est flagrante. Napoléon les a trop enrichis, trop gorgés d'honneur, et ils n'aspirent plus qu'à jouir en paix de leur fortune et de leurs dignités. »

Peu de temps après son arrivée à Montereau, le jeune instructeur eut à remplir un beau devoir patriotique : il prit part à la défense de la ville et des ponts, dont les Autrichiens forçaient le passage pour s'approcher de Paris, en descendant les deux rives du fleuve. La résistance fut malheureusement inutile et les ducs de Bellune et de Reggio, qui avaient été chargés de disputer le terrain, — accablés par le nombre, durent se replier sur Charenton.

La garde nationale de Montereau, avec ses jeunes instructeurs en tête, s'était sans doute jointe, avant le combat, aux troupes de la division Gérard. Ce qui me le fait supposer, c'est que ce fut sous le commandement de ce général que Jacques Imbert assista à la mémorable bataille de Montereau, que Napoléon livra, peu de jours après (18 février 1814), aux masses wurtemburgeoises qui s'étaient concentrées sur le pont et dans les rues, positions d'où elles furent chassées, avec des pertes énormes, par les troupes de Gérard et la cavalerie du général Pajol, après avoir été foudroyées par Napoléon, qui pointait lui-même les canons de sa garde et commandait les décharges.

Blessé d'un coup de feu à la tête, Imbert tomba sur le champ de bataille et fut transporté à l'ambulance, d'où il sortit, trente-quatre jours après, pour retourner au bataillon d'instruction, à Fontainebleau.

Vers les premiers jours d'avril, Napoléon, qui, en apprenant la capitulation définitive de Paris (1) avait rétrogradé sur Fontainebleau, sortit du palais pour inspecter divers cantonnements. Plusieurs régiments de la garde, quand il rentra, étaient en bataille dans la grande cour du château, où se trouvait également le bataillon d'instruction. Sa vue excita l'enthousiasme des officiers et des soldats. Le cercle, sur son ordre, fut immédiatement formé ; et, poussant son cheval au milieu, il dit d'une voix retentissante :

« Soldats ! l'ennemi nous a dérobé trois jours de marche et s'est rendu maître de Paris. Il faut l'en chasser ! D'indignes Français, des émigrés auxquels nous avons pardonné, ont arboré la cocarde blanche et se sont joints aux ennemis. Les lâches ! Ils recevront le prix de ce nouvel attentat ! Jurons de vaincre ou de mourir ! jurons de faire respecter cette cocarde tricolore qui, depuis vingt ans, nous trouve sur le chemin de la gloire et de l'honneur ! »

Les cris *nous le jurons ! vive l'Empereur ! Paris ! Paris !* sortirent aussitôt de toutes les bouches. Napo-

_____

(1) Elle avait eu lieu le 31 mars.

léon était rentré dans son cabinet, que les acclamations duraient encore et que les bonnets à poil étaient
encore au bout des fusils.

« En ce moment solennel, écrivait Imbert à sa
mère, Napoléon personnifiait la patrie et je fus transporté comme les autres. Ma haine contre nos envahisseurs se réveilla plus vive ; mon cœur bondit
d'espérance ! il me semblait qu'avec de telles dispositions dans l'armée, nos bataillons devaient être
invincibles. »

On sait ce qui arriva. Les intrigues de Talleyrand
et la défection du duc de Raguse, ayant fait perdre
tout espoir de délivrer le pays, Napoléon signa son
abdication définitive et partit pour l'île d'Elbe, sans
trop regretter ce pouvoir qui avait fait de lui un Dieu
pour les soldats, mais un fléau pour les citoyens.

Le bataillon d'instruction, qui bivouaquait depuis
huit jours autour de l'obélisque de Fontainebleau,
partit le même jour pour Essonnes, où le duc de
Raguse avait pris position. Napoléon s'étant arrêté
là pour y prendre un consommé, les soldats de la
jeune garde se pressèrent autour de la voiture pour le
voir. Imbert, se fraya un passage à travers la foule,
arriva jusqu'à la portière, qui était ouverte, et monta
même sur le marche-pied, par suite de la pression
exercée sur lui par les curieux. Là, il eut tout le
temps d'observer celui qui avait été pendant dix ans

le maître de l'Europe : la capote grise, dont il était couvert, le désignait à tous les regards ; le petit chapeau, non moins connu, était posé sur ses genoux ; sa tête était belle ; son œil étincelant ; mais ses joues grasses, vues de près, nuisaient quelque peu au prestige de sa physionomie. Le front pensif et soucieux, il n'avait sans doute pas conscience du mouvement de curiosité dont il était l'objet. Il y avait près de lui une personne âgée, toute vêtue de noir, qui souriait aux uns et aux autres et dont l'attitude insoucieuse contrastait singulièrement avec la sienne : qui sait si ce personnage aimable ne songeait pas déjà à une autre cour et à de nouveaux honneurs ?

Lorsqu'on apporta le consommé, Imbert s'empressa de descendre du marche-pied ; et il eut toutes les peines du monde pour regagner son campement, tant la foule était compacte et profonde autour de la voiture.

IX

Le Bivouac. — La Paix. — Mère et Royaliste.
Les Bourbons. — Retour de l'Ile d'Elbe. — LA SAULCE.

Le bataillon d'instruction bivouaqua pendant quatre jours dans la plaine d'Essonnes, avec les régiments de la garde, par un temps pluvieux et glacial, n'ayant qu'un peu de paille pour se coucher et, pour toute nourriture, que quelques quartiers de vaches, qu'on distribua le troisième jour seulement, et qu'on fit cuire au bout des sabres et des baïonnettes. C'était la trahison qui commençait son œuvre. Aussi, le mécontentement était-il extrême parmi les soldats. Mais ce fut bien pis lorsque, dans la journée du 5, on apprit que le duc de Raguse venait de rallier au nouveau gouvernement le 6ᵐᵉ corps, qui s'était révolté contre ses généraux parce qu'ils avaient abandonné la cause de Napoléon. Le bataillon d'instruction, comme les autres corps, était fou de rage ; et si, en ce moment-là, — Marmont avait paru dans ses rangs, il est hors de doute qu'il aurait été puni de son ingratitude envers l'Empereur et de sa trahison envers la France.

Mère et royaliste, Mme Giraud fut doublement heureuse du résultat de la campagne : elle n'avait plus de crainte pour son fils ; les Bourbons remontaient au trône. Aussi, en revoyant Imbert, rentré dans ses foyers si peu de temps après son départ pour la guerre (1), elle le couvrit de caresses mêlées de larmes de joie, en lui disant dans cette langue provençale si vive et si expressive, que toutes les mères du Midi parlaient alors :

O moun enfan ! que bouenur aï de ti reveïre ! Qu m'oourié di que serié tant lèou ! Maï ères doun sourcié quan m'escriviès que tout serié feni oou printèms ? Vaï, moun bèou pichoun, Napoleon èro un brègan que fasiè tuar toùti nouastreïs sourdas per sa glóri ; maï lou Reï sera un païre per naoutreïs toùti : es l'ami de nouestro santo religièn. Tambèn servi-lou de tout toun couar ; e, subretout, ooublides jamaï que moun paoure Micouraou es esta guilhoutina per leïs republiquèns. Vivo leïs Bourbouns !

(O mon enfant ! quel bonheur j'ai de te revoir ! Qui m'aurait dit que ce serait si tôt ! Mais tu étais donc sorcier lorsque tu m'écrivais que tout serait fini au printemps ? Va, mon beau petit, Napoléon était un

---

(1) Ce fut sans doute après le 30 mai, jour où une paix définitive fut conclue entre nous et les alliés.

brigand qui faisait tuer tous nos soldats pour sa glo-
riole ; Mais le Roi sera un père pour nous tous, car
c'est un ami de notre sainte religion. Aussi, sers sa
cause de tout ton cœur ; et, surtout, n'oublie jamais
que mon pauvre Nicolas a été guillotiné par les républicains. Vivent les Bourbons !)

Cette bonne Mme Giraud perdait son temps à caté-
chiser son fils. Celui-ci était encore sans opinion ; et
s'il éprouvait quelque sympathie pour les représentants d'une cause politique, ce n'était certainement
pas pour ces Bourbons dégénérés qui, après avoir
porté les armes contre leur pays, étaient rentrés en
France à la suite des Anglais et des Prussiens.

Le règne de ces Bourbons, que la plupart des Français avaient complètement oubliés, nous apportait
cependant quelque chose de précieux : c'était la liberté
de la presse, liberté qui, malgré les nombreuses res-
trictions qu'elle eut à subir en maintes circonstances,
nous a conduits de la monarchie du droit divin à la
République, seul système de gouvernement qui puisse
assurer la paix avec les peuples et consacrer le libre
exercice des droits de l'homme et du citoyen.

Il est vrai que cette liberté avait été imposée aux
Bourbons par le gouvernement provisoire et qu'il n'y
eut pas de leur faute si, plus tard, nous ne fûmes pas
entièrement privés des droits civils et politiques que
nous avions conquis par la Révolution.

Mais Imbert, qui avait l'âme indépendante et qui ne savait pas, comme tant d'autres, que ces Bourbons « n'avaient rien oublié ni rien appris », se trouva satisfait par la charte que Louis XVIII avait octroyée, bien qu'elle le fût comme un acte émanant de son bon plaisir et qu'il l'eût datée de la *dix-neuvième année de son règne,* méconnaissant ainsi la souveraineté nationale et tout ce que la France avait fait sous les gouvernements qui s'étaient succédé depuis la mort de Louis XVI !

Toutefois, le studieux Imbert, qui savait déjà quelque chose de l'état de misère et d'abjection dans lequel se trouvait le peuple avant 89, et qui suivait un peu la marche des affaires politiques, n'eut pas de peine à comprendre que ce gouvernement de nobles et de prêtres n'était pas celui qui devait présider aux destinées d'un peuple libre, et qu'il ne tarderait pas à subir le contre-coup de ses ordonnances injurieuses pour l'armée et de ses mesures arbitraires contre le peuple.

Les ultras-royalistes, à la tête desquels était le comte d'Artois, devenaient de plus en plus audacieux et les libéraux de plus en plus mécontents, lorsque tout à coup on apprend que Napoléon est débarqué à Cannes, avec les neuf cents hommes, dont quatre cents grenadiers de sa garde, qui l'avaient suivi à l'île d'Elbe.

Aussitôt, une ordonnance du Roi prescrit à tous les Français de courir sus à Napoléon *Buonaparte* ; mais tous les efforts tentés pour arrêter la marche de « l'Ogre de Corse » ne purent empêcher l'aigle impériale de voler « de clocher en clocher jusqu'aux tours de Notre-Dame ».

L'armée, les patriotes et même les libéraux apprirent avec joie la chute de Louis XVIII. La France sembla pousser un soupir de soulagement. Néanmoins une partie du Midi se montra disposée à seconder le duc d'Angoulême dans la lutte qu'il était venu soutenir dans la vallée du Rhône. Marseille, à elle seule, lui donna cinq mille volontaires. Mais cette campagne bourbonienne n'aboutit qu'à une capitulation qui obligeait le duc à déposer sur le champ les armes, à licencier ses volontaires et à retourner à l'étranger, d'où ni lui ni les siens n'auraient jamais dû revenir.

Les volontaires marseillais subirent pendant cette courte campagne une défaite qui les rendit à tout jamais ridicules. Imbert en avait été le témoin. Il racontait que ces braves défenseurs du trône et de l'autel, arrêtés au défilé de la *Saulce*, à trois lieues en avant de Gap, et attaqués par les gardes nationaux de Grenoble, de Vizille, de la Mure et de Corps qui, portés sur les hauteurs du défilé, faisaient rouler sur eux des pierres et des quartiers de roche, avaient été obligés de se disperser dans toutes les directions, après avoir perdu cent cinquante hommes, tués ou jetés dans la Durance, et laissé aux mains des patriotes leurs canons ainsi qu'un magnifique drapeau blanc sur lequel était brodée cette devise : *Les Bourbons ou la mort !*

X

1815. — Amour et Déception. — Un Coup de Tête. — La Garde Royale. — Duel. — Rentrée au Pays.

Comme on s'y attendait, l'Europe entière attaqua de nouveau Napoléon. Non rappelé sous les drapeaux, Imbert resta pendant les cent jours auprès de sa vieille mère ; mais il n'en fit pas moins des vœux ardents pour le triomphe de nos armes ; et quand il apprit la déroute de Waterloo, comme tous les bons Français, il en fut navré jusqu'au fond du cœur.

Louis XVIII venait à peine de ressaisir son sceptre, que la réaction se signala dans les Bouches-du-Rhône, comme dans le reste du Midi, par des massacres et une anarchie épouvantables. Ceux qui

avaient versé leur sang pour la patrie, par cela seul
qu'ils avaient servi sous Napoléon, étaient impitoyablement égorgés. Imbert fut plusieurs fois menacé
de mort par de lâches sicaires ; et si ces menaces ne
furent pas suivies d'exécution, c'est que les assassins,
en apprenant qu'il était fils d'une « victime » de la
Terreur, crurent qu'il ne pouvait avoir d'autres sentiments politiques que les leurs.

Vers la même époque, M. Giraud eut des craintes
sérieuses pour la conservation de sa place de receveur des Droits-Réunis. Parce qu'il avait été nommé
sous le règne de « l'Usurpateur », ceux qui étaient
envieux de sa position, le signalèrent comme un
ennemi du gouvernement et demandèrent sa destitution. Pour apaiser l'orage qui planait sur son beau-
père, dont il continuait à partager les occupations,
Imbert écouta un nommé Pontier, bourbonien
ardent, qui lui conseilla de donner une preuve de son
dévoûment au nouvel ordre de choses en allant avec
lui arborer le drapeau blanc sur le *Pilon du Roi* (1).
Comme ce drapeau était devenu le drapeau de la
France, et que d'ailleurs Imbert n'avait pris d'engagement ni avec les bonapartistes ni avec les libéraux,
Imbert suivit ce conseil et ne le regretta pas, car, à

(1) Rocher situé dans la commune de Simiane, à 8 kilomètres
de Gardanne. Son élévation au-dessus du niveau de la mer est de
712 mètres environ.

partir de ce moment, son beau-père, considéré comme un des serviteurs zélés de la « bonne cause », trouva dans la bienveillance de ses chefs, l'assurance qu'il était désormais à l'abri de toute dénonciation.

L'ex-sous-officier de la jeune garde avait alors vingt-un ans. C'était un beau gars, assez grand de taille, bien planté, aux cheveux noirs, aux moustaches blondes, dont le front élevé dénotait l'intelligence et dont le regard souriant tempérait ce qu'il y avait de trop martial dans la physionomie.

Sachant qu'il ne déplaisait pas aux « belles », doué d'un cœur aimant, il était difficile qu'il restât insensible aux charmes séduisants d'une jeune et jolie fille : aussi devint-il bientôt amoureux d'une demoiselle de Gardanne, qui ne tarda pas à partager ses sentiments. Vivement épris l'un de l'autre, ils songèrent naturellement à s'épouser ; mais, dès ce moment, il y eut un nuage au ciel de leurs amours : elle appartenait à une famille riche et lui n'avait ni bien ni position. Les deux amants n'avaient pas pensé que ce serait là un obstacle sérieux à leur union ; mais les parents de Mlle X... ayant été d'un tout autre avis, prièrent le jeune homme de ne plus remettre les pieds dans la maison.

A partir de ce moment, on trouva bien le moyen de se voir ailleurs et de se dire qu'on s'aimait toujours ; mais, malheureusement pour Imbert, qui ne s'en consola que longtemps après, Mlle X... ne resta pas fidèle à celui qu'elle avait juré d'aimer toute la vie : elle se soumit à la volonté de sa famille ; et le pauvre amant en éprouva un tel dépit, qu'il quitta subitement Gardanne, cette fois avec le consentement de sa mère, pour aller s'engager comme caporal-sergent dans le 5me régiment de la garde royale, en garnison à Paris.

Au régiment, il eut bientôt à se repentir de ce coup de tête. D'abord, il n'avait pas de goût pour le métier des armes à cause des rigueurs de la discipline, insupportables à une âme libre et fière comme la sienne. Sa façon d'être à cet égard avait nui à son avancement dans le bataillon d'instruction de Fontainebleau ; il en fut de même dans la garde royale, où les soldats de l'Empire, du reste, n'avaient aucune chance d'être nommés au choix, même lorsqu'ils avaient un mérite supérieur à celui des partisans de l'ancien régime. Ensuite, il était entré dans une compagnie infestée de jeunes royalistes arrogants et vaniteux, qui insultaient à nos gloires nationales et ne respectaient pas même ceux de leurs camarades qui avaient versé leur sang pour la défense de la patrie. Aussi fallait-il souvent en découdre ; et Imbert n'était pas des derniers à répondre aux railleries de ces fils de Chouans et à relever leurs offenses. Pour ce qui le concernait, il finit par mettre un terme à ces attaques journalières en provoquant en duel son camarade de lit, auquel il traversa le bras d'un coup d'épée, ce qui fut suivi d'une réconciliation qui les rendit désormais inséparables.

Enfin, au bout d'un an, las du service militaire, qui, dans sa situation d'esprit, ne pouvait le conduire à rien, Imbert quitta le régiment pour toujours et revint auprès de sa mère, qui, plus royaliste que jamais, dut regretter que « son beau petit » n'eût pas continué à servir la France sous le drapeau fleurdelisé des vaincus de Quiberon (1).

XI

Les Plaisirs du Dimanche. — Les Ennuis de la Semaine. — Une bonne Résolution. — Marseille.

Fatigué de la vie de garnison, Imbert se retrouva avec bonheur au milieu de sa famille et de ses amis d'enfance. Jeunes et vieux venaient lui serrer la main. Le premier dimanche surtout le combla de joie : Sous

(1) Vers le mois de juin 1795, la réaction thermidorienne ayant pris une nuance royaliste décidée, les émigrés crurent que le moment était venu de tenter une restauration par les armes ; mais

la treille des guinguettes, aux promenades et dans
les « salles vertes », où la jeunesse dansait au son du
tambourin, partout où il se montrait, l'ex-garde-royal,
avec sa fière mine et son uniforme élégant, qu'il
portait très bien, attirait les regards de ses concitoyens. Tous les dimanches, et cela pendant plusieurs
mois, Imbert trouva le moyen de « tuer » agréable-
ment le temps ; mais dans la semaine, la chose n'était
pas toujours facile : Les Gardannais, hommes, femmes
et enfants, entièrement adonnés à l'agriculture, aban-
donnaient la maison avant le jour et n'y rentraient
qu'après le coucher du soleil. En sorte que lorsque
Imbert s'était promené quelques heures sous les om-
brages de la *Fontaine-du-Roi* (1), dans la vallée délicieuse que fertilise le *Saint-Pierre,* ou sur les collines
environnantes, et qu'il rentrait en ville, il ne trouvait
à qui parler, tant les rues étaient désertes, et ne
pouvait se procurer d'autres distractions que celle de
lire *Le Moniteur Universel* ou de remplir des impri-
més chez son beau-père.

leur expédition sur la presqu'île de Quiberon, eut le sort qu'elle
méritait. Malgré la supériorité de leurs forces et la présence de
l'escadre anglaise, ils furent complètement battus par le général
Hoche, vaillamment secondé par les commissaires de la Convention.

(1) Le roi René avait à Gardanne une maison de plaisance où
est maintenant la *Fontaine-du-Roi*, et il se donnait le plaisir de
la chasse sur l'étang qui était au-dessous. Charles III, son suc-
cesseur, se plaisait aussi dans ce lieu. Pour témoigner l'affection
qu'il avait pour les habitants de Gardanne, il donna à cette commune le titre de ville avec juridiction royale et ses propres armes,
dans lesquelles figuraient trois fleurs de lys.

Le séjour de Gardanne ne convenait donc plus à Imbert, non seulement parce qu'il s'y ennuyait souvent, mais encore parce que, étant âgé de 25 ans, il était temps qu'il cherchât à se créer une position ailleurs qu'à Gardanne, où la seule industrie qu'il y eût à cette époque consistait en deux petites fabriques d'eau-de-vie et en quelques mines de houille exploitées par les fabricants de soude du village de Septèmes.

Les affaires commerciales de Marseille étant redevenues florissantes par suite de la conclusion de la paix, Marseille était naturellement la ville sur laquelle Imbert devait jeter les yeux pour se mettre à la recherche d'une position sociale digne de son intelligence et de sa modeste ambition.

C'est là, en effet, que vers 1819, il vint prendre domicile et qu'il trouva le moyen de vivre par lui-même en entrant, comme commis, chez un négociant en nouveautés, dont le personnel, composé de libéraux ardents, eut bientôt changé son indifférence politique en une flamme républicaine, qu'il aviva pendant trente ans dans son cœur et qui ne devait s'éteindre qu'avec sa vie.

DEUXIÈME PARTIE

LE LIBÉRAL

LE LIBÉRAL

I

Lectures. — Voltaire et Rousseau. — Les CARBONARI.—
Le commandant Caron et le capitaine Vallé.

Lorsqu'Imbert eut été mis au courant des affaires
de la maison, il profita de ses moments de loisir pour
fortifier son esprit au moyen des journaux, des bro-
chures et des livres qui lui étaient offerts par ceux
des employés qui s'occupaient de politique ou de
littérature.

Pour lui faire aimer les livres, on lui fit lire d'abord :
Bernardin de Saint-Pierre, Châteaubriand, et quelques-uns des bons ouvrages de Pigault-Lebrun,
romancier comique et original très populaire sous
l'Empire et sous les deux Restaurations.

Puis, pour l'éclairer et en faire un homme politique,
on mit entre ses mains Volney, l'auteur des *Ruines ;*
Dupuis, dont l'*Origine de tous les cultes* avait consacré
la réputation ; Voltaire et Rousseau, et enfin la *Bibliothèque Historique,* publication fondée par MM. Che-

vallier et Reynaud, pour enregistrer les réclamations des patriotes, relever les actes arbitraires des agents du pouvoir et révéler à la nation les crimes nombreux commis par les royalistes en 1815 et 1816, crimes dont la censure n'avait pas permis jusqu'alors la divulgation.

Ces diverses œuvres produisaient sur l'esprit d'Imbert une impression profonde. L'auteur de l'*Essai sur les mœurs* fit de lui un ennemi du fanatisme religieux ; le *Contrat social* en fit un républicain. Aussi revenait-il sans cesse à Rousseau, qui resta pour lui le meilleur de nos philosophes. Pour une nature comme celle d'Imbert pouvait-il en être autrement ?

Certes, les républicains ne méconnaissent pas les services immenses que Voltaire a rendus à la cause de l'humanité : il a considérablement étendu l'empire de la raison, sapé les fondements de la superstition, vengé la mémoire des Calas, des Sirven et de plusieurs autres victimes de l'iniquité des hommes de son temps. Mais il était avide de richesses, indifférent pour le peuple, docile avec les potentats et les grands seigneurs ; et c'est pour cela que sa mémoire a moins de droit à notre amour que celle de Jean-Jacques, de ce bon et honnête grand homme qui, pour rester fidèle à la vérité, n'a jamais rien demandé à la fortune et a tout bravé, même la persécution.

Les années 1819 et 1820 s'écoulèrent pour Imbert

dans un état intellectuel, que troublaient rarement les fiévreuses ardeurs de la politique. Mais à partir du jour où les ultras-royalistes, devenus les maîtres du pouvoir, cherchèrent à ramener la France au régime du bon plaisir, le propagandiste timide des opinions libérales entra résolument dans l'arène pour y défendre par la parole, et au besoin par les armes, les conquêtes politiques et sociales de la Révolution.

Les patriotes de Paris donnèrent les premiers l'exemple d'une résistance énergique à cette tentative de la réaction monarchique et cléricale. Dans les premiers jours de février 1821, une Société française de *carbonari* fut constituée sur les bases du carbonarisme italien, mais avec des modifications, par dix jeunes étudiants et employés de Paris, parmi lesquels se trouvaient MM. Guinard et Buchez, dont l'un commanda l'artillerie de la garde nationale, en 1848, et l'autre présida l'Assemblée constituante de la même époque.

La Société se composait d'une haute vente, de ventes centrales et de ventes particulières. Lorsque les ventes *particulières*, composées chacune de vingt *carbonari*, atteignaient le nombre de vingt dans la même localité ou le même département, elles nommaient vingt députés qui se réunissaient et formaient une vente *centrale*. Les députés des ventes centrales communiquaient seules avec la *haute* vente, autorité souveraine, qui élisait ses membres, dont les premiers furent : MM. Cauchois-Lemaire et Arnold Scheffer, écrivains de l'opposition, connus par de nombreux procès de presse ; Lafayette, Jacques Kœglin, de Courcelles, députés ; Mérilhou, avocat, et de Schonen, conseiller à la Cour royale de Paris.

On s'occupa ensuite d'entraîner les départements. Arnold Scheffer, muni de lettres de quelques-uns des membres de la haute vente, vint à Marseille pour y propager l'association ; et ce fut chez Imbert, rue des Marquises, n° 3, que se forma la première vente particulière du département. Etaient présents : MM. Jean-Jacques Fortoul, avocat ; Démosthène Ollivier, commis-marchand ; son frère Aristide ; Victor Vigne ; Jean-Jacques Prat et quinze autres patriotes, parmi lesquels deux Italiens.

Chaque récipiendaire prit l'engagement de garder le secret sur l'existence de la Société et sur ses actes, de n'en conserver aucune trace écrite, de ne tenir aucune note, aucune liste, de ne pas copier même un seul article du règlement ; de ne chercher des prosélytes que parmi les classes éclairées de la population et dans l'armée ; de se pourvoir d'un fusil de munition et de vingt-cinq cartouches ; et, enfin, de verser une cotisation de un franc par mois.

Par les soins d'Imbert et des autres affiliés, le carbonarisme marcha rapidement à Marseille et à Aix :

en moins de trois mois, ces deux villes comptaient vingt-cinq ventes particulières ayant à leur tête une vente centrale, qui avait pour représentant auprès du *Comité supérieur*, M. Arnold Scheffer, l'initiateur des carbonari de la région du Midi.

Plusieurs de ces ventes avaient été établies dans l'un des bataillons du 5me régiment de ligne, en garnison à Marseille, et parmi les officiers en demi-solde ou en réforme, accourus des divers points de la France pour voler au secours de la Grèce, alors en guerre avec la Turquie, et qui attendaient là, mais vainement, que le Comité des négociants grecs leur procurât les moyens de passer en Morée, où les volontaires étaient enrégimentés.

La formation de ces ventes militaires était due à l'initiative du commandant Caron, chef de bataillon au 5mo de ligne, et à celle du capitaine de cavalerie Vallé, qui, sur sa demande, avait été mis en réforme par les Bourbons.

Le commandant Caron avait un cœur généreux, un dévoûment à toute épreuve. Il était adoré de son bataillon, et c'est lui qui avait été choisi par les membres de la vente centrale pour la direction de la charbonnerie marseillaise.

Fidel-Armand Vallé, né à Arras, le 18 mars 1785, était un soldat de la vieille garde, pétri d'honneur et de bravoure, que les ultras-royalistes avaient abreuvé d'humiliations. Après avoir fait ses adieux à sa vieille mère, il était venu à Marseille pour s'y mettre, comme tant d'autres officiers, à la disposition du Comité hellénien.

Tous les deux avaient une confiance entière dans Imbert, avec lequel ils se réunissaient souvent au domicile de Caron, rue Sainte, n° 42.

Les carbonari de la vente centrale, au nombre desquels se trouvait le jacobin Thomas, avocat, qui devint préfet de Marseille en 1830 (1), avaient décidé que chaque affilié aurait un uniforme qui lui serait remis au moment de la prise d'armes et dont la dépense incomberait à l'association.

(1) Le préfet Thomas ne mit pas en pratique les principes de liberté qu'il avait professés pendant la Restauration. Bien au contraire. Pour empêcher le peuple de saluer de ses acclamations un député anti-ministériel, qui venait d'être élu, il le fit charger et sabrer par les gendarmes, oubliant ainsi que les autorités royalistes n'avaient point contrarié les ovations bruyantes dont il avait été l'objet de la part des libéraux et même des républicains, après son élection au Corps législatif, en 1829.
Le poète Barthélemy, qui, pour un bout de ruban, renia, comme lui, ses croyances politiques, le flagella ainsi dans la *Némésis* :

> O scandale ! son nom est dans notre cité
> Le synonyme impur de la lubricité ;
> L'histoire de ses nuits eût fait rougir Pétrone.
> Dans son cabinet noir, connu de la matrone,
> Avare de son or, l'avocat bas-alpin
> Marchandait la pudeur pour une once de pain !

Le *Peuple Souverain*, journal républicain, dont je parlerai bientôt, ne le traitait pas mieux. Voici comment il l'apostropha dans son numéro du 31 décembre 1833 :
« M. Thomas, préfet des Bouches-du-Rhône, et conseiller d'Etat ; M. Thomas, ancien caissier de la Charbonnerie, conspirateur, conventionnel, montagnard, régicide d'opinion, peut-être, il n'y a guère plus de trois ans, aujourd'hui royaliste effréné pour de l'or et des titres, « nous vous rappelons à la pudeur ! »

II

L'Équipement. — Mariage d'Imbert. — Echecs
de Saumur et de Belfort.

Cet équipement devait consister : en une tunique
de toile bleue avec deux cartouchières en basane sur
le devant, en un pantalon à guêtres de même tissu, et
en un schako en carton recouvert d'une toile cirée.

Caron pria Imbert de s'entendre avec un tailleur et
un chapelier pour la fourniture de six cents de ces
uniformes. La mission était périlleuse, car à cette
époque de réaction royaliste et surtout cléricale, on
ne risquait rien moins que d'être guillottiné ou tout
au moins condamné aux travaux forcés pour des
entreprises de ce genre. Mais Imbert n'hésita pas :
non seulement il accepta cette mission, mais celle
encore de procurer à l'association une dizaine de
caisses de cartouches.

Le même jour il se mit à l'œuvre pour les vêtements.
Il songea d'abord au frère de Vallé, qui exerçait la
profession de tailleur d'habits, rue Cannebière, n° 2 ;

mais Louis Vallé, n'étant pas un homme politique, il jugea qu'il était prudent de ne pas le voir. Du reste, il n'eut pas à chercher longtemps : Il y avait derrière l'église des Prêcheurs, parmi les nombreux fripiers qui exerçaient là leur industrie, un vieux bonhomme qu'on appelait le père Boude, et qui avait joué un certain rôle sous la Convention : Imbert alla le voir et n'eut pas de peine à lui faire prendre l'engagement de livrer dans un court délai le nombre d'effets dont on avait présentement besoin. Un autre patriote, Riquaud, chapelier, quai du port, près de la place Neuve, se chargea de la confection des schakos. Enfin Imbert trouva quelqu'un pour la fourniture des munitions. Quant au paiement de ces objets, il avait été convenu entre le commandant et Imbert, que celui-ci en ferait les avances et que le remboursement se ferait par l'association, moitié au moment de la prise d'armes, moitié après le triomphe du parti libéral.

Lorsque l'équipement fut en voie de confection et qu'il n'y eut plus qu'à attendre l'ordre d'agir, Imbert, qui allait atteindre sa vingt-neuvième année, songea qu'il était temps de prendre une compagne, et demanda la main de sa cousine germaine, Marie-Joséphine-Thérèse Finet, qui la lui accorda sans hésitation.

Joséphine Finet, dont le père était mort à l'île

Bourbon, en 1806, et dont la mère habitait encore Fréjus, demeurait rue Sainte-Marthe, n° 12, chez sa tante paternelle, Mlle Magdeleine Finet, qui l'avait prise avec elle à l'époque de la Révolution. La future épouse avait six ans de plus que son cousin ; mais cette disproportion d'âge n'avait pas arrêté celui-ci : Joséphine Finet était bonne, vertueuse, bien élevée, et c'était assez pour le cœur d'Imbert, dont plus d'une grisette de Paris et de Marseille avait calmé les impétuosités.

Le mariage eut lieu le 22 décembre 1821. La mère d'Imbert, son beau-père et sa sœur, alors âgée de vingt-quatre ans, y assistèrent avec de nombreux parents et quelques amis.

Comme c'était la coutume en ce temps-là, on se rendit avec une certaine solennité, deux à deux, bras dessus bras dessous, à la mairie et à l'église, l'épousée sous le bras de son *desbooussaïre* (1), et le futur sous le bras de sa mère. Puis on se dirigea à peu près dans le même ordre vers les bords de l'anse de la *Réserve,* sur lesquels était établi le restaurant de ce nom, endroit charmant où, le dimanche au soir, en été, venaient se baigner, dîner et folâtrer les familles marseillaises. C'est là que le festin de noces eut lieu.

---

(1) *Desbooussaïre*, qui fait faire la culbute. On donne ce nom, dans certaines localités de la Provence, à celui qui conduit la future à la mairie et à l'église.

Ce festin, d'une simplicité quasi villageoise, plein
d'entrain et de gaîté, où, après avoir trinqué au
bonheur des *nóvis*, chacun paya son écot d'une chan-
sonnette ou d'une gaudriole provençale, fut suivi
d'un bal sous la treille, au son du galoubet et du tambourin, bal qui se termina par un menuet, que dansa
élégamment et gravement, comme au temps jadis, un
couple octogénaire, ce qui égaya fort les autres
conviés et compléta les réjouissances de ces noces
provençales.

Sous tous les rapports, cette union s'était annoncée
sous d'heureux auspices. La veille de sa célébration,
Joséphine Finet, qui jouissait d'un modeste revenu,
avait été instituée, par acte notarié, seule et unique
héritière de sa tante paternelle et de son cousin, mes-
sire Jean Rimbaud, prêtre et ancien sacristain de
l'église majeure de Saint-Martin, lequel, depuis sa
rentrée de l'émigration, vivait en commun avec ses
deux parentes.

Les époux Imbert furent heureux pendant un certain temps et ils n'eussent jamais cessé de l'être si la
femme avait toujours eu, pour les sentiments républicains du mari, le respect dont celui-ci, homme de
liberté et de tolérance, ne s'était jamais départi envers
elle, qui saisissait cependant toute occasion de propager, partout où elle se trouvait, ses opinions con-
gréganistes.

Mais n'anticipons pas et revenons à la charbonnerie marseillaise.

Le brave Caron, mis au courant, par les soins du Comité supérieur, des préparatifs qui avaient lieu dans plusieurs centres, avait, à son tour, initié Vallé, Imbert et autres chefs de ventes, aux complots qu'on était en train d'organiser dans les places de Saumur et de Belfort. L'exécution de ces complots avait été fixée, pour le premier, au 25 décembre ; pour le second, au 29 du même mois. Le succès de ces deux tentatives devait être le signal du soulèvement des carbonari et des *Chevaliers de la Liberté* de la province et de Paris, dont le nombre ne s'élevait pas à moins de cinquante-cinq à soixante mille, tant civils que militaires.

Tout allait bien et les initiés de Marseille attendaient, pleins d'espoir, l'ordre de seconder ces mouvements, lorsque, coup sur coup, ils apprirent que tout avait été découvert et qu'une partie des conjurés de Saumur et de Belfort étaient arrêtés.

La nouvelle de l'échec de Saumur, que le commandant Caron avait reçue le 31 décembre, ne découragea aucun de ses amis. Elle les excita au contraire à redoubler d'activité : Le 6 janvier 1822, le capitaine Vallé, par ordre de la vente centrale, partit pour Toulon avec mission de sonder l'esprit public et d'y faire des prosélytes parmi les militaires en activité

de service ou en retraite. On chercha ensuite plus que
jamais à augmenter le nombre des ventes, soit à Marseille, soit dans les autres localités. Du reste, chacun
de ces échecs n'avait eu pour cause qu'un incident
fortuit ; on n'avait pas pris les armes ; il n'y avait
donc pas à désespérer.

III

Vallé à Toulon. — La GUINGUETTE DES MURIERS.
L'Imprudence. — La Trahison. — Arrestation de Vallé.

Le capitaine Vallé ne se rendit pas directement au
lieu de sa destination. Il s'arrêta dans la petite ville
d'Aubagne pour y voir le commandant Bérard, ancien
officier de la garde impériale, qu'il espérait gagner à
la cause des carbonari. Assez froidement accueilli
par lui, Vallé repartit le soir même pour Toulon.

Dès son arrivée, il se rendit chez le capitaine
marin Jean David, d'Arles, avec lequel il s'était
trouvé au *Café du Parc*, à Marseille. David lui avait
promis de le présenter au capitaine Sicard, dit *Ventre-*

d'Argent, dont Vallé avait été le compagnon d'armes au camp de Boulogne, en 1804.

Les deux amis sortirent ensemble pour s'enquérir de la demeure de Sicard. Elle leur fut indiquée par un sous-officier en retraite, nommé Berlandier, ami de Sicard et compatriote de David.

Quand on eut causé quelques instants, Vallé invita les deux Arlésiens à déjeûner avec lui, à la *Guinguette des Mûriers,* sise au Champ-de-Mars, pria Berlandier de faire la même invitation à Sicard, et se dirigea ensuite vers la guinguette pour y commander le repas.

Les trois invités furent exacts au rendez-vous. Après les politesses d'usage, assez peu aimables de de la part de Sicard, on se mit à table. Bientôt la conversation roula sur les jours de gloire et de revers de la patrie. Vallé énuméra ses campagnes, ses blessures, ses grades, ses actions d'éclat sans doute, il n'oublia pas de dire qu'il avait fait la désastreuse campagne de 1812 avec le même cheval et que, seul de tout son régiment, il n'avait pas été démonté et avait conservé ses armes. Il exprima ensuite sa haine contre les Bourbons, dont le gouvernement de nobles et de prêtres ne cessait d'outrager les glorieux soldats de la République et de l'Empire. *Ventre-d'Argent*, très réservé, se mêla peu à la conversation ; mais il n'en fut pas de même de David et de Berlandier, patriotes sincères, qui ne perdirent pas un mot des récits chevaleresques de Vallé et qui n'hésitèrent pas à se mettre en communion de sentiments avec lui pour ce qui concernait les privilégiés de la Restauration, dont ils détestaient la morgue et le principe politique.

En ce moment Vallé commit une imprudence si grave, qu'elle lui coûta la vie ! Sans prendre garde à l'attitude de Sicard, dont le patriotisme était problématique, sans transition aucune, brusquement, Vallé déclare qu'il est carbonaro, révèle les plans des conjurés, donne lecture des statuts de l'association et enfin propose à chacun de ses auditeurs de prêter serment entre ses mains.

La conclusion de ce discours étonne tout au plus le capitaine marin et son compatriote ; mais elle inspire à Sicard, dont le caractère est ombrageux et mauvais (1), des soupçons et des craintes qui, malheureusement pour Vallé, le conduisirent de la lâcheté à la trahison.

Plein de confiance dans le résultat de sa mission, Vallé descend à l'office pour réclamer une bouteille de vin vieux destinée à *arroser* le serment de ses prosélytes.

Pendant ce temps, Sicard s'empresse de dire à ses

(1) A Bandol, son pays natal, on disait en parlant de lui : *Lou marri Sicard* (le mauvais Sicard).

amis que Vallé n'est autre chose qu'un agent provocateur, qu'il ne faut pas se compromettre davantage et que, du reste, ce qu'il y a de mieux à faire, c'est de l'arrêter immédiatement et de le mettre entre les mains de l'autorité.

Stupéfaits, indignés, Berlandier et David, cœurs excellents, mais esprits faibles, croient à ce que dit *Ventre-d'Argent* et s'en remettent à lui du soin de les tirer d'embarras.

Au même instant, Vallé rentre, suivi de la servante, qui apporte la « dive bouteille » et le dessert.

Dès qu'elle est sortie, Vallé s'apprête à relire le serment des carbonari ; mais, sur la demande de Sicard, qui veut des éclaircissements, il donne de nouveaux détails sur la charbonnerie et sur le but de la conspiration ; puis il rappelle le serment et prononce, pour qu'il soit répété par ses auditeurs, le mot sacramentel : Je le jure !

Tout à coup, il est apostrophé par Sicard, qui, debout, les poings crispés, le regard menaçant lui lance l'épithète d'*agent provocateur* et lui reproche en termes virulents de l'avoir attiré dans un piège, lui et ses amis.

Le carbonaro, piqué par cette insulte, comme par le dard d'une vipère, se lève en bondissant, proteste avec indignation contre l'accusation dont il est l'objet, rappelle sa conduite à l'armée, montre ses cicatrices et jure sur sa croix d'honneur qu'en agissant comme il vient de le faire, il n'a en vue que le relèvement de la patrie.

Mais *Ventre-d'Argent* ne veut rien entendre : Il sort de table, s'élance sur Vallé et veut l'entraîner hors du salon. Celui-ci soutient énergiquement la lutte ; mais David et Berlandier viennent en aide à Sicard, qui terrasse son adversaire et met un genoux sur sa poitrine en le traitant comme le dernier des hommes.

Sur ces entrefaites, arrive un lieutenant de vaisseau en retraite, M. Saunier, qui, n'ayant pas trouvé Sicard chez lui, vient le chercher pour l'emmener à la campagne. Saunier s'enquiert de ce qui se passe et, en homme judicieux, engage Sicard à conduire Vallé chez le sous-intendant militaire pour s'assurer si son adversaire est bien ce qu'il dit être, sauf à le faire arrêter immédiatement s'il acquiert la preuve que c'est un agent provocateur.

Ventre-d'Argent dit qu'il est prêt à marcher ; mais, avant de s'engager à le suivre, Vallé exige que son accusateur jure devant tous que, aussitôt après la constatation de son identité, il le laissera libre et ne révèlera à personne le motif qui l'a amené à Toulon. Sicard le jure et, prenant Vallé sous son bras, sort avec lui de la guinguette, où ses trois amis restent pour attendre le retour des deux capitaines.

Mais Vallé seul ne devait pas revenir ! le lâche Sicard, au lieu de se diriger vers la sous-intendance, conduit directement sa victime à l'hôtel de ville !

Le maire étant absent, il se présente devant l'adjoint et lui dit en lui montrant Vallé :

— Faites arrêter cet homme ; c'est un conspirateur !

A ces mots, Vallé bondit d'indignation et va protester ; mais l'adjoint, dont les opinions royalistes sont modérées, répond aussitôt à *Ventre-d'Argent,* que la police n'est pas dans ses attributions et que pour une mesure de ce genre, c'est au maire ou au sous-préfet qu'il faut s'adresser.

La leçon est dure, mais elle ne rebute pas celui qui vient de la recevoir. Pour avoir plus tôt fait, ce misérable, tenant toujours Vallé sous son bras, sort de la mairie par la porte qui donne sur le port et veut se diriger vers le corps de garde de la *Patache,* pour y déposer son ancien frère d'armes. Celui-ci cherche à se dégager de l'étreinte de son ennemi, dont la force musculaire est supérieure à la sienne, mais c'est en vain. Alors Vallé harangue la foule, qui est accourue de toute part. Il dit qu'il est un ami de la liberté, que son agresseur est un mauvais camarade, un dénonciateur, qu'il est indigne du ruban rouge qu'il porte à sa boutonnière, Son accent convaincu, sa tournure distinguée, sa noble figure, inspirent autour de lui une vive sympathie. On commence à murmurer contre

Sicard ; et sa victime est sur le point de lui échapper, lorsque la police municipale arrive, s'informe de la cause du tumulte, arrête Vallé et l'entraîne, malgré ses protestations, chez le procureur du roi, M. Minuty, qui dresse procès-verbal de la dénonciation de Sicard et donne l'ordre à deux gendarmes de conduire Vallé en prison.

IV

Vallé devant ses Juges. — Sa condamnation.

Minuty, royaliste haineux, avide d'avancement, était heureux de tenir un patriote entre ses mains ; mais pour qu'il « ne se sentit pas de joie », il lui fallait des pièces de conviction et des complices. Rien ne lui manqua. Pendant la lutte qui avait eu lieu à la guinguette, Vallé avait eu le temps de déchirer les feuillets dont il avait donné lecture et d'en jeter les morceaux par la fenêtre. Le lendemain, les fragments furent retrouvés en grande partie et remis à un expert en écritures qui, en les rapprochant, put reconstituer, à

peu de chose près, le texte des statuts et la formule
du serment. En outre, dans une des perquisitions faites
dans la chambre garnie que Vallé occupait à Marseille, rue Ganderie, n° 1, on découvrit plusieurs lettres de recommandation pour diverses localités,
lettres dont le sens mystérieux et le soin avec lequel
elles avaient été cachées, motivèrent l'arrestation de
MM. Orcel fils, constructeur de navires, et Blanchard, officier en réforme, qui les avaient signées.

Vallé avait eu le tort de partir pour Toulon sans
avoir détruit ou caché dans un lieu plus sûr des pièces
d'une nature aussi compromettante ; mais l'historien
des *Deux Restaurations,* M. Achille de Vaulabelle,
n'est pas exact lorsqu'il dit que « dans ses confidences
sur les forces dont la charbonnerie disposait à Marseille, Vallé avait prononcé plusieurs noms ». Malgré toutes les ruses employées par Minuty et par le
juge d'instruction Auban, Vallé ne nomma aucun de
ses amis et ne cessa de déclarer qu'il n'avait aucun
complice.

Avant l'arrestation de Blanchard et d'Orcel, d'autres mandats d'amener avaient été suivis d'effet. Par
suite de la dénonciation d'un nommé Ducros, ancien
officier, né en Suisse, la police avait déjà mis la main,
à Marseille, sur MM. Salomon, officier piémontais ;
Renaud, officier en réforme ; Chaffarod, ancien ser-
gent ; Constantin, propriétaire piémontais ; Kock et

Hilgert, anciens officiers ; et, à Nîmes, sur M. Orsière, ancien commerçant, que le délabrement de ses affaires avait amené à Marseille, où il avait établi une pension bourgeoise.

Orsière ne s'était mêlé de rien ; mais comme pendant un certain temps il avait eu Vallé à sa table, on espérait en tirer des éclaircissements. Son arrestation n'eut d'autre résultat que de jeter l'épouvante dans sa famille, car, aux questions qui lui furent posées, il répondit que le capitaine, dont la position n'était pas heureuse, lui avait causé des contrariétés en cherchant à épouser sa fille aînée ; mais qu'il n'avait rien autre à dire, sinon que Vallé était un honnête homme et qu'il ne savait absolument rien de ses opinions politiques.

Le commandant Caron et le capitaine Spinola, un des chefs les plus entreprenants des ventes militaires, furent assez heureux pour échapper à ces poursuites. Au moment où l'ordre d'arrêter Caron arriva chez le baron de Damas, commandant la division, les conjurés étaient en train de se préparer pour un mouvement qui devait éclater dans la nuit même, à Marseille, mouvement qui avait été arrêté de concert avec MM. Arnold Scheffer et de Courcelles fils, sur l'ordre de la haute vente. Le général, qui avait de l'amitié pour Caron, le fit prévenir du coup qui le menaçait. Tout aussitôt, le chef de bataillon, court chez les principaux chefs, leur annonce que le complot est découvert, contremande les préparatifs et, seulement alors, songe à prendre des dispositions pour mettre sa personne en sûreté. Le lendemain, quand la force armée se présenta à son domicile, elle ne put que constater son absence. Le commandant était parti la veille par la malle-poste en compagnie des deux délégués de la haute vente. Ces derniers, en prévision du cas où l'autorité ferait jouer le télégraphe, quittèrent la malle à Valence ; Caron changea de voiture à Lyon ; et tous les trois furent assez heureux pour échapper aux recherches de la police.

« Caron, dit le démocrate Lardier, dans son *Histoire populaire de la Révolution en Provence*, Caron forcé de s'expatrier, rentra en France après la Révolution de Juillet. Il devait nécessairement reprendre du service, et c'est ce qui eut lieu. Mais cet ami de la liberté vit, comme tant d'autres, s'évanouir bientôt les espérances qu'il avait conçues, et renaître, à peu de choses près, le système qu'il avait combattu en mettant pour enjeu sa tête et tout son avoir. Peu de temps après son entrée au service et sa nomination de colonel, il fut mis à la retraite. S'il était peu content du gouvernement, le gouvernement, de son côté, ne pouvait s'accommoder longtemps de ses opinions énergiques et indépendantes. »

Quant au capitaine Spinola, il cessa, dès le jour

de l'arrestation de Caron, de coucher chez lui ; et lorsqu'il eut appris que la police était à sa recherche, il quitta précipitamment Marseille et, comme Caron, parvint à se réfugier en Belgique.

Tous les prévenus arrêtés, sauf Hilgert, Kock et Orsière, qui avaient été mis hors de cause, comparurent le 25 avril 1822 devant la Cour d'assises du Var, convoquée extraordinairement à Toulon, sur la réquisition de M. de La Boulie, procureur général près la Cour royale d'Aix, qui, pour avoir de l'avancement et de nouveaux honneurs, avait tenu à soutenir lui-même l'accusation.

Lorsque le président ordonna d'introduire les accusés, un mouvement de vive émotion se produisit dans l'auditoire. « Vallé parut d'abord. Pâle, amaigri par la maladie et la prison, il n'avait rien perdu de sa fierté et de son énergie. La barbe blonde qui encadrait son visage, faisait encore ressortir sa pâleur. Il s'avança d'un pas ferme et promena avec assurance sur le tribunal et sur la foule, qui le considérait avidement, son regard bleu, clair et franc. Puis, lentement, il s'assit auprès de son défenseur. Il était vêtu de son carrick et portait sur la poitrine le ruban de la Légion d'honneur. La noblesse de son attitude, la distinction de ses traits prévenaient en sa faveur tous ceux que n'aveuglait pas la rage politique (1). »

(1) H. Dutasta. *Le Capitaine Vallé.*

Les prévenus étaient accusés de complot tendant à détruire et à changer le gouvernement du Roi. Mais comment pouvait-on prouver qu'il y avait eu entre eux une *résolution d'agir concertée et arrêtée?* L'accusation reposait uniquement sur le programme d'association secrète lu par Vallé, ainsi que sur quelques aveux de participation échappés à plusieurs accusés au début de l'instruction, et qu'ils rétractèrent à l'audience ; ni ces aveux, ni les programmes n'assignaient un but précis, défini, à l'association (1). »

En un mot, le complot existait ; mais le tribunal n'en avait pas la preuve. Aussi, le *Démosthène toulonnais*, Mᵉ Marroin, défenseur de Vallé, dans un langage dont l'éloquence étonna l'auditoire, n'eut pas de peine à démontrer l'inanité des charges produites par M. de La Boulie contre les prévenus.

Mais tout ce que put dire Mᵉ Marroin en faveur du principal accusé, ne changea absolument rien à la résolution de M. de La Boulie et de ses congénères : Il leur fallait une tête pour la satisfaction de leurs intérêts matériels et de leur haine contre les hommes et les choses de la Révolution.

Il est vrai que, de son côté, Vallé ne fit rien pour se les rendre favorables. Son attitude devant eux fut digne en tous points de ses glorieux antécédents. Il

(2) Achille de Vaulabelle. *Histoire des deux Restaurations.*

ne démentit pas une seule fois la fermeté de son caractère, n'avoua rien du complot, ni de l'association, et ne se vengea de la dénonciation de son ancien compagnon d'armes, que par le silence du mépris. Il fit plus : dédaignant de défendre sa tête, que La Boulie avait hâte de tenir dans sa main, il chercha à faire passer dans l'âme des auditeurs, l'exaltation de son patriotisme, offrant ainsi sa vie en holocauste à la liberté !

Sur la déclaration du jury, affirmative sur toutes les questions, pour ce qui concernait Vallé, celui-ci et Salomon furent condamnés : le premier, comme coupable de complot et de proposition de complot, à la peine de mort ; le second, pour participation de complot, à dix ans de bannissement.

Les autres accusés présents furent acquittés.

Le capitaine Vallé fut condamné, en outre, à la peine de la dégradation comme chevalier de la Légion-d'honneur ; et comme, sur l'ordre du président, un gendarme s'élançait vers lui pour lui arracher sa décoration :

— Moi seul, s'écria-t-il, j'ai le droit d'y toucher. Je l'ai gagnée sur le champ de bataille, mon sein lui servira de tombeau.

Et il avala son ruban.

« Ce brave soldat, dit Lardier, demeura calme au milieu de la surprise que l'arrêt de mort excita dans l'auditoire. Mais il n'en fut pas de même de Salomon, qui s'affaissa sur lui même en poussant un cri :

« — Qu'as-tu, Salomon ? lui dit Vallé ; ce n'est qu'un boulet de canon. Moi qui suis condamné à mort, je ne dis rien, et s'il le fallait, je commanderai le feu. »

V

L'Exécution.

Le lendemain, 5 mai, M⁰ Marroin se rendit au fort Lamalgue, où Vallé devait attendre l'éxécution de son arrêt. M⁰ Marroin lui apportait un projet de pourvoi en cassation. Vallé sourit de la confiance que son défenseur affectait devant lui. Cependant, pour que M⁰ Marroin eût la consolation d'avoir rempli son devoir jusqu'au bout, il signa le pourvoi et attendit avec calme le jour de son exécution.

Ce jour ne se fit pas attendre longtemps.

Le 10 juin, à midi, la famille catholique, mais anti-chrétienne des Bourbons, eut un patriote de plus à inscrire au nombre de ses victimes.

Voici comment M. H. Dutasta, auteur du *Capitaine Vallé* (1), raconte les derniers moments de son héros :

« Depuis longtemps, les bruits lointains de la ville s'étaient éteints et tout reposait dans la prison du fort Lamalgue, lorsque Vallé entendit subitement, dans la cour, des pas de chevaux et un cliquetis d'armes. Il était onze heures du soir.

« Il se réveilla et prêta l'oreille. Le geôlier entra et, avec une émotion qu'il ne parvenait pas à cacher, annonça au capitaine qu'il devait se lever, pour être transféré dans la prison de la ville.

« Vallé comprit que le moment était venu.

« Il s'habilla sans trahir aucune émotion et suivit son gardien, jusque dans la cour, où une voiture l'attendait. Il y monta avec deux gendarmes et le véhicule roula aussitôt vers la ville, environné de gendarmes et de soldats.

« Arrivé devant le palais de justice, il s'arrêta ; Vallé en descendit et on le conduisit dans la cellule où il avait passé près de quatre mois. Dès qu'il fut seul, il s'étendit tout habillé sur son grabat et ne tarda pas à s'endormir.

« A sept heures, il fut instruit que son pourvoi était rejeté, que l'exécution aurait lieu à midi et qu'il eût à se préparer à la mort.

(1) Ce livre remarquable est le plus intéressant et le plus complet qui ait été publié sur le drame dont je viens de résumer les principaux actes.

« — C'est bon, dit-il, on y pourvoira. Pour le moment, laissez-moi tranquille.

« Les hommes de justice sortirent et livrèrent passage aux hommes d'église. Le chanoine Michel, curé de la cathédrale, escorté de quatre prêtres, entra. Vallé leur fit bon accueil et leur demanda ce qu'ils voulaient.

« Le chanoine, onctueux et patelin, entama un long discours pour exhorter le condamné à confesser ses crimes, à s'en repentir, à songer au salut éternel.

« — Monsieur, lui dit Vallé d'un ton poli, mais qui ne souffrait pas de réplique, en voilà assez. *Je n'ai rien à vous dire. Ma vie est pure comme homme et comme soldat. Adressez-vous à mes juges, ceux-là auront quelque chose à vous dévoiler.*

« Le chanoine allait insister. Vallé, d'un geste impératif, lui ferma la bouche :

« — Je n'ai plus que trois heures à vivre ; laissez-les moi vivre tranquillement.

« Les cinq prêtres sortirent. Vallé demanda à déjeûner. Tout en causant avec deux pénitents gris qui étaient venus pour l'assister à cette heure d'épreuve et qu'il avait consenti à garder auprès de lui, il mangea sans se presser et d'un bon appétit.

« Son repas terminé, il voulut se vêtir décemment pour la mort.

« Il mit une chemise blanche, des bas blancs, se

chaussa de pantoufles noires. Il retroussa lui-même le col de sa chemise, revêtit son carrick. Il peigna avec soin sa barbe et ses cheveux, qu'il portait très courts. Puis, jetant un coup d'œil sur sa personne, il s'assit et dit : — Je suis prêt.

« Lorsque le bourreau et son valet entrèrent pour procéder à la toilette du condamné :

« — Ne me touchez pas, dit Vallé ; votre ministère est inutile. C'est fait.

« Et entr'ouvrant son carrick, il montra le col rabattu de la chemise, puis ses cheveux coupés ras.

« — Alors, descendons, dit le bourreau.

« Vallé descendit.

« Au seuil de la prison, le premier objet que Vallé aperçut, ce fut le tombereau destiné à le recevoir. Il déclara avec énergie qu'il n'y monterait pas :

« — Je saurai marcher, s'écria-t-il ; je veux montrer comment meurt un soldat et un patriote.

« On insista. Il se raidit. On céda.

« Alors le bourreau lui attacha aux pieds une courroie qui lui laissait juste la liberté de la marche ; une autre courroie, liée au-dessus des coudes et passant derrière le dos, maintint ses bras en arrière.

« Le bourreau se plaça à sa droite, le valet à sa gauche ; et, la tête du cortège, engagée dans la rue des Marchands, s'ébranla.

« Devant, marchait, pour refouler le peuple, un

peloton de gendarmerie à cheval ; puis, tambours battants, deux compagnies du 4ᵐᵉ d'infanterie légère. Entre les deux bourreaux, Vallé s'avançait d'un pas ferme, la tête haute, calme, souriant, promenant un regard tranquille sur la foule. Derrière lui, le chanoine Michel, escorté de ses quatre prêtres, et muni d'un grand crucifix, marmottait des prières. Sur les flancs, une double haie de soldats interceptait le passage. Un bataillon entier du 4ᵐᵉ Suisses, en colonne serrée, fermait la marche.

Sur le parcours, la plupart des fenêtres et des boutiques étaient fermées, et même un certain nombre de bourgeois avaient, le matin, quitté la ville, par crainte d'un soulèvement. Une foule émue, silencieuse, s'étouffait sur les côtés, repoussée par les soldats.

« Dans la rue des Marchands, à la hauteur de la rue Sainte-Claire, Vallé, pressé de trop près par le bourreau, lui détacha un violent coup d'épaule qui faillit le renverser :

« — Laisse-moi donc, dit-il, marcher jusqu'à la fin.

« Les femmes de la poissonnerie étaient accourues pour le voir passer. Elles pleuraient.

« — Femmes, leur dit-il, ne pleurez pas sur moi, pleurez sur vos enfants.

« Un des officiers de l'escorte s'approcha et lui jeta cette parole :

« — Vallé, mourez en brave.

« Soyez tranquille, répondit-il ; je ne déshonorerai
pas mes frères d'armes.

« Plusieurs fois, en dépit des bourreaux qui lui
imposaient silence, il adressa la parole au peuple :

« Venez voir, disait-il, comment meurent les braves !

« Cependant, la tête du cortège était parvenue, en
montant la rue Monsieur, aujourd'hui cours Lafayette,
jusqu'à la hauteur de la rue Champ-de-Mars. La
foule s'était portée aux abords de cette rue et en avait
envahi l'entrée. Il fallut évacuer. Cela prit du temps.
Il y eut un arrêt. L'escorte marqua le pas. Vallé
marqua le pas, lui aussi, comme s'il eût fait partie du
détachement.

« On se trouvait alors en face du collège. Là, Vallé
aperçut au coin de la rue Sainte-Croix, dans la
maison où se tient actuellement le café du *Grand-
Océan*, un débit de liqueurs. Il demanda à boire.

« On n'osa refuser. Un agent se détacha et requit
le liquoriste, M. Chabaud, d'apporter un verre d'eau-
de-vie. Chabaud était un patriote. Il fendit la foule
et pénétrant entre les soldats jusqu'au condamné,
remplit le verre en pleurant.

« Vallé dont les bras étaient maintenus par la
courroie, dit au bourreau :

« — Fais-moi boire toi-même et en trois fois.

« Le bourreau porta le verre aux lèvres du condamné. Sa main tremblait.

« — Tu trembles, bourreau, dit le capitaine, et Vallé qui va mourir ne tremble pas !

« Il but une première gorgée et, regardant les soldats, il dit d'une voix retentissante : *Aux braves !* Après la seconde, il s'écria : *A la France !* Après la troisième : *A Dieu !* Tel fut le dernier toast du condamné.

« Mais déjà, les premières files de l'escorte s'étaient engagées dans la rue Champ-de-Mars, et Vallé s'était remis en marche.

« Les curieux, brutalement refoulés par les gendarmes, s'étaient réfugiés dans les corridors, garés sous les portes, accrochés aux barreaux de fer des croisées. Spectateurs et soldats, pressés, serrés, s'écrasaient dans cette rue étroite. Quant à la place elle-même, le 1er de ligne l'occupait toujours tout entière.

« En ce moment le bruit courait parmi la foule que, dans la rue Champ-de-Mars, Vallé serait délivré par les patriotes de Toulon. On disait que dans la vaste remise qui s'ouvre rue Champ-de-Mars, en face du n° 19, et dans la rue Sainte-Croix, plusieurs centaines de patriotes s'étaient embusqués. Vallé devait être, au passage, brusquement arraché aux bourreaux et enlevé par l'issue opposée. Fable absurde ! car la rue Sainte-Croix était aux trois quarts occupée par la troupe.

« Cependant le cortège débouchait sur la place et prenait possession autour de l'échafaud. Les tambours se massèrent au pied de l'escalier. Tout au tour, la place apparaissait hérissée de baïonnettes. Sous le balcon de l'hôtel de la *Croix-Blanche,* la confrérie des pénitents, immobiles dans leurs sacs de toile grise, était rangée autour du cercueil déjà préparé et recouvert d'un drap noir. Le voile rabattu sur le visage, les pénitents, d'une voix creuse et lamentable, psalmodiaient sans trêve le *De profundis.*

« En face de l'échafaud, au deuxième étage de l'hôtel du *Lion-d'Or,* une face blême apparaissait : c'était le commis-greffier Félix Arène, venu par ordre de La Boulie, pour constater l'exécution.

« Enfin, Vallé, lui-même mit le pied sur la place d'Italie. Levant la tête, il aperçut la guillotine. Il sourit et pressa le pas.

« Au bas de l'escalier, le chanoine Michel barra le passage au condamné, se planta résolument devant lui, et lui présenta le crucifix à baiser. Vallé détourna ses lèvres, et, de l'épaule écartant le prêtre, monta, d'un pas assuré les degrés de l'échafaud.

« En montant, il dit au bourreau :

« — Tu ne montreras pas ma tête au peuple.

« En même temps, il se débarrassa de son carrick, qu'il jeta loin de lui, et apparut à tous les yeux, debout sur la plate-forme, la tête haute, les épaules nues.

Tout à coup, ont vit briller ses yeux, son visage resplendir d'enthousiasme, ses lèvres s'ouvrir : il parlait, mais, avant que le premier mot fut sorti de sa bouche, les tambours roulaient déjà avec furie. Le bourreau et son valet le saisirent. Vallé parlait toujours, mais les tambours couvraient sa voix. Soudain, il trébucha sur la bascule, le couteau tomba. Vallé n'était plus »,

La mort de ce brave et noble soldat, qui n'était âgé que de 37 ans, fut pleurée de tous ceux qui avaient au cœur un peu de pitié et de patriotisme. On sut que sa mère vivait encore ; que, pendant sa captivité au fort Lamalgue, il lui avait écrit des lettres touchantes, lettres dans lesquelles il lui faisait sans doute espérer de la revoir un jour « là-haut » ; et cela rendit les regrets encore plus navrants.

VI

Autres Condamnations. — Le Patriote Pourriac.
Démosthène Ollivier. — Conspiration du général Berton.
Fin du Carbonarisme Marseillais.

Le 20 décembre suivant, la même Cour d'assises, réunie à Draguignan, condamna Caron et Spinola, contumax, à la peine de mort. M. de La Boulie dut regretter de n'avoir pas deux têtes de plus à offrir à son Roi et maître.

Mais tout n'était pas fini : le procès de Vallé eut des suites à Marseille. Démosthène Ollivier avait été dénoncé comme ayant pris part au complot. Une perquisition opérée chez lui fit découvrir des lettres qu'un jeune Toulonnais, M. Pourriac, lui adressait chaque soir à l'issue des audiences de la Cour et dans lesquelles il peignait le capitaine comme un apôtre héroïque des idées de progrès et de liberté. Démosthène Ollivier fut incarcéré à Marseille, Pourriac à Toulon. Traduits en police correctionnelle, ils furent condamnés, le 27 janvier 1823, chacun à six mois de prison et à mille francs d'amende.

Le père de Pourriac en mourut de chagrin. Mais le jeune patriote ne fut pas ébranlé dans sa foi politique, et, embrassant avec enthousiame l'exemple de Vallé, il devint le promoteur à Toulon, de toutes les manifestations libérales et patriotiques.

L'historien Lardier dit à propos de l'ami de Pourriac : « On essaya d'englober dans cette affaire un autre citoyen de Marseille, qui fut assez heureux pour s'y dérober : c'est Démosthène Ollivier, qui commençait alors cette carrière d'opposition et de patriotisme dont la fin *a inspiré des doutes aux amis de la démocratie.* » J'aurais compris le sens de ces lignes si elles avaient été écrites après la conversion du fils aîné de Démosthène à l'Empire, conversion contre laquelle le vieux républicain n'osa sans doute pas élever la voix ; mais en me reportant à la date où le livre a été publié (1840), ces doutes ne me paraissent pas fondés. Je me suis souvent entretenu de Démosthène avec des témoins de sa conduite sous la Restauration ; je l'ai suivi, depuis 1830 jusqu'au 2 décembre 1851, dans sa vie politique ; proscrit par le coup d'Etat, il a été pendant plusieurs années mon compagnon d'exil ; et je n'ai jamais douté un instant de ses sentiments démocratiques. C'était un homme bon, généreux, serviable, toujours prêt à se jeter en avant, mais peu propre à jouer le rôle de conspirateur à cause de l'exhubérance de son langage, de la vivacité méridionale de ses gestes et du besoin qu'il avait de communiquer aux hommes de son parti, quels qu'ils fussent, tous ses désirs, toutes ses espérances. Enthousiaste comme Vallé, expansif comme lui, il était difficile qu'il échappa au soupçons du misérable Ducros et de ses pareils.

Tel n'était pas Imbert : il parlait moins, mais il agissait davantage. Aussi ne fut-il pas dénoncé, et ce fut très heureux pour lui et pour beaucoup d'autres, car, chargé, comme on le sait déjà, de la mission de s'occuper de l'équipement des carbonari et du matériel de guerre, il aurait indubitablement porté sa tête sur l'échafaud, s'il eût été découvert ; et ceux qui l'avaient aidé dans l'accomplissement de sa tâche, auraient peut-être subi le même sort.

L'exécution de Vallé ne changea rien aux dispositions de la charbonnerie marseillaise. En dehors du capitaine Ducros, le gouvernement n'avait pas trouvé un délateur. Il n'y avait donc pas lieu de dissoudre l'association, d'autant plus que le général Berton était en train de préparer une nouvelle tentative contre Saumur et qu'il y avait beaucoup à compter pour la réussite, sur son influence et sur son habileté.

Initié, quoique carbonaro, aux projets du général, qui appartenait aux *Chevaliers de la Liberté*, Imbert conseilla d'attendre et d'avoir confiance ; mais son espoir fut encore une fois déçu. Trahi par un sous-officier, l'héroïque Berton fut arrêté, le 17 juin, condamné par une Cour prévotale et guillotiné dans les premiers jours d'octobre ainsi que Jaglin, ancien militaire, et Saugé, propriétaire à Thouars. Un autre condamné, l'ex-chirurgien-major Caffé, échappa par le suicide à l'horreur du supplice. Saugé, en arrivant sur la plate-forme poussa le cri de : *Vive la République !* cri dont la génération d'alors avait tout à fait perdu la signification.

L'avortement de ce complot, dont un général avait tenu tous les fils et sur le succès duquel on avait tant compté, donna matière à de sérieuses réflexions sur l'utilité des conspirations. On reconnut, l'histoire en main, que les conspirations de palais ayant pour but le renversement du pouvoir suprême, avaient seules la chance de réussir, et qu'il n'y avait plus qu'à aider le temps à préparer l'œuvre d'une seconde Révolution.

Toutefois, il y a lieu de constater que ces tentatives ne furent pas stériles au point de vue de la propagation des idées émancipatrices : elles multiplièrent le nombre des libéraux militants ; elles firent surtout des martyrs : le colonel Caron, Vallé, les quatre sergents de La Rochelle (1), le maréchal-des-logis

(1) Le procès de ces quatre sous-officiers, Bories, Goubin, Pommier et Raoulx, attira l'attention de la France entière, émue par

Sirejean, Caffé, Berton, Jaglin, Saugé, les *Patriotes de 1816* (1) et tant d'autres, devinrent des saints de la démocratie. Toutes ces têtes de patriotes, mises en terre pour vivifier l'arbre de l'ancien régime, ne servirent qn'à en dessécher les racines ; et quand l'heure de la Révolution sonna, trois jours suffirent à la vengeance populaire pour abattre le chêne royal et en disperser les débris.

Ainsi se vérifia la prédiction de Napoléon à Sainte-Hélène ; il avait dit : « Que de têtes inutilement immolées ! Les Bourbons se montrent toujours les mêmes ; ils sont incorrigibles. Louis XVIII fait sa Saint-Barthélemy ; il croit tuer la Révolution avec le sang, mais la Révolution c'est la France nouvelle : le sang qu'il verse arrose des haines implacables et tuera tôt ou tard la Restauration. »

Les nombreuses arrestations opérées à la suite de celle du général Berton, décidèrent Imbert à faire disparaître le matériel de guerre. En même temps, il résilia les marchés contractés pour la confection de

---

leur courage et par leur vive éloquence. Au procureur-général de Marchangy, qui venait de s'écrier : « Bories, tu as beau faire, je tiens ta tête, et tu ne l'arracheras pas de mes mains ! » l'intrépide jeune homme répondit : « Qui songe à te la disputer ? »

(1) Plaignier, ouvrier cambreur, Carbonneau, écrivain public et Talleron, ciseleur. Ils furent exécutés à Paris, le 27 juillet 1816, pour avoir essayé de former entre les patriotes une sorte d'association dont les affiliés devaient se prêter réciproquement assistance au cas de troubles politiques.

l'équipement, après avoir toutefois indemnisé les fournisseurs pour les livraisons déjà faites.

Malgré cet arrangement, les dépenses ne s'élevèrent pas à moins de 27,800 fr., somme dont la charbonnerie marseillaise, à cause des dangers de la situation, ne put jamais faire le remboursement. Imbert en avait emprunté la presque totalité à quelques-uns de ses parents sans leur en faire connaître, bien entendu, la destination, et il lui fallut bien des années pour se libérer entièrement. Mais, après cela, il n'y pensa plus, car pour ce républicain désintéressé, une perte d'argent était un des moindres mécomptes de la vie politique.

En dehors de la charbonnerie, il ne craignait pas de combattre à visage découvert ceux qu'on appelait alors les chevaliers du trône et de l'autel. Voici une série de faits qui, tout en donnant un aperçu de l'activité de sa propagande et de la chaleur de son dévoûment, feront connaître l'état des esprits à Marseille, de 1821 à 1823, époque du réveil de l'opinion libérale dans le midi de la France.

VII

Le SOLDAT LABOUREUR. — Cabale des Royalistes.
Première Victoire des Libéraux.

Le 1ᵉʳ septembre 1821, eut lieu à Paris, sur le
théâtre des Variétés, la première représentation des
Moissonneurs de la Beauce ou le *Soldat Laboureur,*
comédie villageoise, mêlée de couplets.

La pièce eut un succès d'enthousiasme, non pour le
sujet, qui était d'une simplicité naïve ; non pour le
dialogue, qui laissait à désirer ; mais pour les souvenirs patriotiques qu'elle éveillait dans l'âme des spectateurs.

En voici une courte analyse :

La mère Francœur, fermière d'un riche domaine
de la Beauce, a un fils qui, après de nombreuses
années de service, est venu reprendre la charrue, et
une fille, mam'zelle Nanette, qui aime Lucas, garçon
de la ferme, et qui en est aimée. La mère Francœur
refuse de donner la main de sa fille à Lucas par la
raison que celui-ci n'a pas le sou, que le domaine va

être vendu, que le nouveau propriétaire voudra augmenter le loyer, qu'il faudra donner un pot-de-vin
pour conserver le bail, qu'elle n'a pas d'argent et que
M. Voisinet, mercier et adjoint au maire, en donnera
si Nanette consent à devenir sa femme.

Il va sans dire que Nanette préfère Lucas et que la
situation est assez inquiétante pour tous. Mais il y a
toujours, dans les comédies, un Dieu pour les amoureux :

Un ancien colonel de hussards, M. de Séligny,
arrive, accompagné de sa femme, pour visiter le
domaine, dont il veut faire l'acquisition et qu'il veut
exploiter lui-même.

Mais, sur ce dernier point, il change bien vite
d'intention en reconnaissant dans Francœur, le soldat
qui lui a sauvé la vie à la bataille d'Austerlitz.
Les deux serviteurs de la République et de l'Empire
se jettent dans les bras l'un de l'autre et, dès ce
moment, tout le monde de la ferme est dans la joie :
Séligny achète le domaine, en donne la ferme à
Lucas, pour qu'il puisse obtenir la main de Nanette :
— « Je consens à tout, mes enfants, dit la mère
Francœur, à condition que vous me laisserez à la tête
de la maison, que je ferai tout... » — « Oh ! pas-
tout, mère Francœur, dit Lucas en prenant la main
de Nanette et en la regardant avec malice. » —
« Quant à Francœur, dit Séligny, il n'a plus besoin

de la ferme : il sera mon ami, mon frère, et ne me quittera jamais ». Voisinet seul n'est pas content ; mais il n'en chante pas moins avec tous les personnages de la pièce, sur l'air de *Joconde* :

> Grâce aux tributs que la terre nous donne,
> Jeunes amants, laboureurs et guerriers,
> Que pour jouir tour à tour on moissonne
> Le blé, la rose et les lauriers.

On s'était mis à trois pour faire cette pièce, qu'on avait décorée du titre de comédie et qui n'était au fond qu'un vaudeville dénué d'intrigue et d'intérêt.

Mais les noms d'*Honneur* et de *Patrie* y étaient souvent prononcés, et c'en était assez, en ce temps-là, pour que la salle croulât sous les applaudissements (1).

Ce qui assura surtout un long succès à ce vaudeville, c'est le couplet suivant que chantait le colonel, après avoir dit à Francœur que sa carrière n'était pas encore terminée :

> Moi, j'avais dix-huit ans à peine,
> Lorsqu'on me fit sous-lieutenant ;
> Je suis colonel maintenant ;
> A trente ans je fus capitaine :
> Croyez-moi, la seule vaillance,
> Des soldats fait des généraux,
> Et plus d'un maréchal de France
> Est parti le sac sur le dos.

Le bruit que le *Soldat Laboureur* fit à Paris eut

---

(1) Le général Foy dit un jour à la tribune : « Il y a toujours de l'écho en France quand on y prononce les noms d'*Honneur* et de *Patrie*. »

du retentissement en province. Il fut applaudi dans presque toutes les villes populeuses ; mais on hésita de le représenter à Marseille, à cause du royalisme ardent des trois quarts de la population. Cependant, comme il y avait de l'argent à gagner avec cette pièce et que le parti libéral se croyait de force à lutter contre une cabale royaliste, le directeur du Grand-Théâtre la fit mettre à l'étude et huit jours après l'affiche annonçait sa première représentation.

Comme c'était prévu, les royalistes avaient préparé leurs batteries pour la faire échouer ; de leur côté, Imbert et ses amis s'étaient organisés pour la faire réussir. *Bleus* et *Blancs* furent exacts au rendez-vous.

Avant le lever du rideau, les patriotes demandèrent l'ouverture de la *Bataille d'Austerlitz,* ce qui amena de vives protestations de la part des royalistes ; mais le public appuya la demande des libéraux, et l'ouverture fut exécutée malgré les ultras, qui se mirent à hurler l'air d'*Henry IV,* de concert avec les autorités, ce qui indigna la masse des spectateurs.

Quand la toile se leva, tout le monde se tut et jusqu'à la fin de la troisième scène ancun incident ne se produisit ; mais au moment où les patriotes aperçurent Francœur, entrant en scène avec le bonnet de police sur le coin de l'oreille, une bêche sur l'épaule et la croix d'honneur sur sa veste d'uniforme, ils ne purent maîtriser leur émotion, et le vieux soldat fut

accueilli par une salve d'applaudissements qui éclata
aux quatre coins de la salle : c'était pour eux l'image
vivante de notre gloire militaire ; mais pour les royalistes, c'était la personnification du reproche d'avoir
aidé les ennemis à combattre de tels hommes. Aussi
ne purent-ils contenir leur haine : elle déborda en
coups de sifflets, en vociférations de toutes sortes.
Tout cela fut suivi d'un violent tumulte et d'un
échange de coups de poings et de coups de cannes
entre les deux partis : la salle entière était debout,
criant, gesticulant ; on ne s'entendait plus. Mais la
bagarre ne dura pas longtemps : plus audacieux que
leurs ennemis et surtout plus intelligents, les libéraux
s'y prirent de telle façon que les ultras, épouvantés,
s'enfuirent par toutes les issues et que la représentation put suivre son cours.

Cette leçon ne profita pas aux royalistes. Ils assistèrent, chaque fois plus nombreux, aux représentations
suivantes ; mais comme il en était de même des *Bleus*,
et que les *Blancs* étaient toujours battus, l'autorité ne
trouva rien de mieux à faire que d'interdire le
Soldat Laboureur.

VIII

Le CAFÉ AMÉRICAIN. — « Leïs Marrias ». —
Scène dramatique. — Le Banquet. — La bande de
BATTAGLIA. — Troisième victoire.

Les représentations du vaudeville si timidement
patriotique de MM. Francis, Brazier et Dumersan,
furent pour les libéraux une occasion de se voir et de
se compter. Ils n'étaient pas nombreux, il est vrai,
mais ils étaient forts, et dorénavant ils n'avaient plus
à craindre, réunis, les fureurs des ultras. Il ne s'agissait plus que de maintenir le faisceau et de le grossir.
On y réussit en prenant l'habitude de se rencontrer
souvent au *Café Américain*, rue Beauvau, n° 3, rendez-vous habituel des négociants voltairiens et d'un
groupe de jeunes littérateurs ayant des opinions politiques plus ou moins avancées. On remarquait parmi
ces derniers : le poète Barthélemy, dont la *Némésis*
embrasa l'âme des patriotes de 1830 ; Joseph Méry,
qui, dans un style étincelant, nous révéla les magnifi-
cences de la *Floride* ; G. Bénédit, le futur écrivain du

désopilant *Chichois* ; puis Louis Méry, A. Lardier, Augustin Fabre, Eugène Guinot, Léon Gozlan et plusieurs autres qui figurèrent avec honneur dans les rangs des historiens, des romanciers ou des publicistes dont la France de Juillet eut à s'enorgueillir.

Naturellement, Imbert fut un des premiers à donner l'exemple : tous les soirs, il se trouvait là en compagnie des patriotes qui avaient concouru avec lui à la formation de la première vente à Marseille, et il était rare qu'il ne leur eût pas amené un ou deux prosélytes. Mais cet accroissement de la clientèle de M. Balp, ne tarda pas à éveiller l'attention de la police. Elle chercha le moyen d'en amener la désagrégation et voici celui qu'elle trouva : un soir, à l'heure où il ne restait presque plus personne dans l'établissement, une bande de royalistes où figuraient des assassins de 1815, entra bruyamment dans la salle, s'attabla le plus près possible d'un groupe de libéraux, les provoqua du regard, les insulta même, et sortit sans avoir payé les consommations qu'elle venait de prendre.

Le lendemain, à la même heure, elle revint plus nombreuse. Mme Balp refusa de lui faire donner à boire ; mais elle dut céder sur les menaces de ces « marrias » de briser les glaces du café si, sur le champ, on ne les servait pas.

Comme la veille, les libéraux dédaignèrent ces

provocations ; mais Imbert, qui n'était pas endurant, résolut, de concert avec plusieurs de ses amis, de donner à ces mercenaires, à la prochaine irruption, une leçon dont ils auraient à se souvenir longtemps.

Le troisième soir, Imbert pria Mme Balp de lui céder le comptoir, s'assura de l'obéissance des garçons et, armé d'une bonne paire de pistolets, attendit de pied ferme les protégés de la préfecture et de l'hôtel de ville.

Vers les dix heures, on entendit ces derniers qui descendaient la Cannebière en chantant ou plutôt en hurlant le *Chant Français*; et c'est aux cris de *Vive le Roi ! à bas les Libéraux !* qu'ils entrèrent dans le *Café Américain*. Quelques-uns étaient en uniforme de garde national et avaient le sabre nu à la main ; les autres étaient armés de bâtons. En s'asseyant, ils demandent d'une voix impérative différentes consommations. Le premier garçon, qui se nommait Pommier, s'approche et leur dit qu'il est prêt à les servir ; mais qu'il a ordre de les faire payer d'avance. Là-dessus, ils se lèvent en masse, furieux, menaçant de tout saccager si on n'obtempère pas à leur demande. Alors, Pommier s'empare d'une bouteille, en frappe à tort et à travers les assaillants et finit par la briser sur la tête des plus rodomonts ; et, comme toute la bande s'apprête à fondre sur lui, Imbert sort tout à coup du comptoir, s'avance vers les énergumè-

nes, le front haut, le regard foudroyant, les deux
pistolets braqués sur eux, en disant d'une voix retentissante qu'il brûlera la cervelle aux deux premiers
venus de la bande, si elle ne sort pas immédiatement
du café. A la vue des pistolets, la terreur s'empara
de ces misérables, et il n'en fallut pas davantage pour
les faire battre en retraite et leur ôter l'envie de
recommencer.

On ferma sur eux les portes du café et tout le monde
se livra à la joie d'être débarrassé de ces agents pro-
vocateurs. Imbert et Pommier reçurent de vives félicitations pour leur courageuse conduite et, séance
tenante, on décida qu'une médaille d'argent serait
décernée à l'un et à l'autre au nom de tous les habitués de l'établissement, en reconnaissance du service
qu'ils venaient de rendre à la cause libérale. Imbert
déclina cet honneur; mais il engagea Pommier à ne
pas le refuser, déclarant que c'était à lui seul que la
récompense était due. Pommier ayant accepté; on
commanda la médaille et, peu de temps après, on la
lui décerna, en séance solennelle, à la suite d'un discours émouvant de M. Ramel, négociant, discours qui
fut suivi de chaleureux applaudissements et de vivats
enthousiastes.

Avant de se séparer, on convint, sur la proposition
d'Imbert, qu'on se réunirait dans un banquet pour
fêter la double victoire des libéraux sur les royalistes.

Ce banquet eut lieu dans un restaurant situé sur les bords verdoyants du *Jarret*, près de l'église des Chartreux. Plus de deux cents citoyens de toutes les conditions vinrent s'y asseoir, sous la présidence d'un homme qui, pendant toute sa vie, honora le parti républicain : je veux parler de l'avocat Jean-Jacques Fortoul, qui, depuis, et pendant de nombreuses années, exerça comme un vrai père de famille, la profession de notaire, et qui mourut sans avoir abandonné une seule de ses convictions.

En prévoyance du cas où les royalistes viendraient troubler ces agapes fraternelles, Imbert avait placé de distance en distance, à partir des allées de Meilhan, des patriotes dévoués qui avaient mission de veiller au grain et de donner l'alerte.

Le moment ne se fit pas attendre. A peine le banquet était-il commencé, qu'une des sentinelles vint prévenir Imbert que des royalistes armés de bâtons se dirigeaient vers les Chartreux en suivant le chemin de la Madeleine et que parmi eux se trouvait le fameux *Battaglia*, un des sicaires de la réaction marseillaise en 1815. C'était l'avant-garde, qui venait prendre position.

En effet, au bout d'un quart d'heure, les ultras entrèrent dans une salle contiguë à celle du banquet et s'assirent autour d'une table en poussant des cris qu'ils s'efforçaient de rendre effrayants.

En entendant leur tapage, Imbert se lève de table
et va dans leur salle pour se rendre compte de leur
nombre et de leur attitude. Il se présente à eux, la
tête haute, les bras croisés sur sa poitrine, en cherchant à leur faire comprendre par la fixité de ses
regards, qu'on ne les craint pas. Tout aussitôt, ils se
mettent à crier à tue-tête : *Vive le Roi !* en frappant
le parquet du bout de leurs bâtons ; mais comme tout
se borne là, que pas un, même Battaglia, n'ose
menacer personnellement Imbert, celui-ci se retire et
va reprendre tranquillement sa place au milieu de ses
amis en leur annonçant les préparatifs des royalistes,
ce qui n'empêche pas le banquet de continuer gaîment
et de se terminer par des discours enthousiastes, à
la suite desquels un convive entonna avec une émotion profonde, tout le monde étant debout et découvert, la chanson de Béranger : *Honneur aux enfants
de la France !* chanson du patriotisme le plus élevé
qui, après nos revers de 1870, devrait être dans toutes
les mémoires et dont la jeunesse de nos jours ne sait
pas même le refrain.

Vers les dix heures du soir, après avoir quitté
la salle, on vint se mettre en bataille, sur deux rangs,
devant l'église des Chartreux ; puis, au commandement de : Par file à droite ! sorti de la bouche
de l'ancien sous-officier Imbert, on se dirigea vers le
chemin des Chartreux, l'une des voies qui conduisent

directement au centre de la ville. Cinquante citoyens
des plus résolus avaient été placés en tête de la
colonne. Parmi eux se trouvaient : Imbert, Blanchard, Garoute, Lemoine, Portal, Victor Vigne, Jean-
Jacques Prat, Martigny, l'officier en retraite Négrel
et plusieurs autres vaillants lutteurs de la cause
libérale.

En arrivant au chemin de la Madeleine, les cris de :
Vive le Roi! se firent entendre au loin : c'était la
bande royaliste qui venait au devant des libéraux
pour les provoquer. Comme il faisait nuit noire,
ceux-ci continuaient à cheminer deux à deux afin que
l'ennemi eût moins de facilité pour les séparer les uns
des autres ; mais quand la bande ne fut plus qu'à
quelques pas, on s'aperçut que la précaution était
inutile : les royalistes tenaient toute la largeur du
chemin avec l'intention évidente de barrer le passage
à la colonne. Malgré la supériorité du nombre, il n'y
eut plus à hésiter : Imbert et tous ses amis fondirent
sur la bande, la canne à la main, et, en un clin d'œil,
la mirent en déroute aux cris répétés de : *Vive la
liberté! A bas les Chouans!* Quelques-uns tombèrent,
entre autres, Battaglia, qui, pendant le banquet
avait rejoint ses pareils, et qui, reconnu par Imbert,
reçut de lui plusieurs coups de canne sur la tête ;
quant aux autres, ils rebroussèrent chemin à pas
précipités en criant : au secours ! on nous assassine !

On regretta toutefois que la correction n'eût pas été plus dure : cemme on n'y voyait presque pas, la plupart des assaillants avaient dû ménager leurs coups dans la crainte de les égarer sur le dos de leurs amis.

Les patriotes s'étant remis en marche, rencontrèrent, à quelques pas de là, MM. de Villeneuve-Bargemont, préfet ; de Montgrand, maire, et plusieurs autres fonctionnaires du département qui avaient suivi et protégé la bande provocatrice. Enveloppés par la colonne, qui les retint, quasi prisonniers, jusqu'à la place Royale, on ne les relâcha qu'après les avoir accablés de reproches sur leur conduite politique, reproches si bien mérités qu'ils n'osèrent pas en poursuivre les auteurs, malgré les termes peu respectueux dont on s'était servis pour les exprimer (1).

----

(1) L'impartialité me fait un devoir de dire ici que MM. de Villeneuve et de Montgrand, ont laissé parmi les Marseillais la réputation de magistrats intègres, éclairés et bienveillants. M. de Villeneuve était en outre un lettré et un savant. Trois ans après la Révolution de 1830, le Conseil municipal de Marseille éleva un monument à sa mémoire sur la place de la Loge, aujourd'hui place Villeneuve. C'est une fontaine en forme de pyramide renversée, que décorent quatre griffons en bronze et que surmonte le buste, très ressemblant, du regretté préfet des Bouches-du-Rhône.

IX

Les Casquettes séditieuses. — Armand Carrel.
L'Intervention en Espagne.
Caron et Carrel combattent avec les Constitutionnels
Les Réfugiés espagnols

En avril ou mai 1823, Imbert eut une nouvelle
occasion de mettre à l'épreuve le courage des soute-
neurs de l'ancien régime. Les casquettes à la *Manuel*
venaient de faire leur apparition à Marseille. Elles
étaient une sorte de protestation contre un acte de
violence sans exemple commis par les royalistes de
la Chambre des députés sur la personne d'un de leurs
collègues, M. Manuel. L'orateur populaire avait été
empoigné sur son siège par trente gendarmes et
entraîné hors de la salle, suivi de tous les membres de
la gauche. Son crime était d'avoir fait opposition à la
guerre liberticide que le gouvernement allait entreprendre contre l'Espagne.

Comme tous les objets qui rappelaient au peuple
un souvenir patriotique, les casquettes à la *Manuel*

eurent le don d'irriter les royalistes. Plusieurs de leurs
coupe-jarrets déclarèrent même qu'ils ne souffriraient
pas qu'on osât se présenter devant eux avec une de
ces coiffures. Ce propos ayant été rapporté à Imbert,
il voulut savoir si on aurait le courage de mettre, pour
ce qui le concernait, la menace à exécution. Les forts
à bras qui avaient parlé de si haut, fréquentaient le
Café Royal, situé sur le cours Belsunce. Ce café était
celui que Battaglia daignait honorer chaque jour de
sa présence ; aussi cela donnait-il aux moins clair-
voyants une haute idée des gens qui en composaient
la clientèle. Il y avait, comme on le voit, quelque
danger pour un libéral à pénétrer dans ce repaire.
Mais ce danger pouvait-il arrêter un républicain de
la trempe d'Imbert ?

Un soir donc, après avoir posté sur le Cours un
certain nombre de leurs camarades, qui devaient
accourir au premier signal, Imbert et son ami, M. Lemoine, coiffés de la casquette séditieuse, entrent dans
le café des ultras, s'attablent lentement, se font apporter avec de la bière un jeu de dominos et se mettent
à faire leur partie aussi tranquillement que s'ils
étaient au *Café Américain*. Les ultras qui se trouvaient dans la salle, ayant les cartes à la main, ne
s'aperçurent pas tout d'abord de la présence des nouveaux venus ; mais un moment après, un de leurs
amis étant entré, furieux, en disant que des libéraux,

portant la casquette à la *Manuel*, osaient se promener
sur le Cours, et qu'il fallait leur donner une leçon,
tous relevèrent la tête et finirent par voir qu'il y avait
des *manuellistes* même parmi eux. Alors que se passa-
t-il ? Absolument rien. Imbert et Lemoine regardè-
rent les ultras avec un air qui voulait dire : nous
attendons qu'on nous donne cette leçon ! Et ces
« *lâches sicaires encore teints du sang des victimes
qu'ils avaient impitoyablement égorgées* (1) » en 1815,
détournèrent la tête et reprirent leurs cartes sans
avoir osé dire un seul mot aux deux patriotes qui
étaient venus braver leurs menaces.

Le parti libéral était fier de ces petites victoires et
il avait raison de l'être, car elles étaient une preuve
de la virilité de sa foi politique et de la faiblesse de
celle de ses adversaires. Bien qu'ils fussent trois fois
plus nombreux que les libéraux, les royalistes, en
voyant que l'opinion publique ne les suivait pas sur la
pente rétrograde où ils voulaient l'entraîner, n'étaient
pas rassurés sur l'avenir : cela les rendait d'autant plus
furieux, et leur faisait commettre des actes dont le
résultat ne donnait pas toujours une bonne opinion
de leur courage et de leur confiance dans la stabilité
du gouvernement.

(1) Tel était le début de la proclamation que le lieutenant-
général Delort, commandant la 8me division militaire, adressa
aux Marseillais vers 1831, à propos d'un mouvement insurrectionnel projeté par les carlistes.

L'intervention de l'armée française en Espagne,
intervention dont le but était de détruire la constitution libérale que le peuple s'était donnée en 1812, fut
pour Imbert une nouvelle occasion d'agir et de se
dévouer. Armand Carrel, alors sous-lieutenant dans
un régiment qui tenait garnison à Aix, ayant appris
qu'une légion de réfugiés français s'organisait à Barcelone, donna sa démission pour aller offrir aux Constitutionnels le secours de son épée. Il se rendit, à cet
effet, à Marseille, chez son ami Imbert, qui le reçut
comme un frère et qui, avec l'aide de plusieurs patriotes, s'empressa de lui faciliter les moyens de passer
en Catalogne.

Carrel qui, dix ans plus tard, devait être l'écrivain
politique le plus estimé de son époque, était un jeune
homme de vingt-trois ans, grand, mince, pâle, qui, sous
une attitude calme et pensive, cachait une âme de
feu et un caractère de spartiate. Il avait déjà justifié
la haute opinion que les libéraux avaient de lui, en
prenant une part très active à la conspiration du
colonel Caron, à Belfort, en 1822, et en ne cessant
pas de se multiplier pour la propagation des idées
républicaines.

Pendant les quelques jours qu'il passa à Marseille,
Imbert et ses amis se réunirent plusieurs fois sous sa
présidence pour se concerter sur la conduite à tenir
dans le cas où les troupes des Bourbons seraient bat-

tues par les soldats constitutionnels. On décida que
la légion française de Barcelone viendrait se joindre
immédiatement aux patriotes marseillais, que dès son
arrivée, après s'être assuré du concours des troupes
de la garnison, on se lèverait en masse au cri de :
Vive la liberté ! et qu'une fois maîtres de la ville, on
chercherait à soulever tout le midi de la France.
Lorsqu'on fut bien d'accord sur ce point, on s'entendit
pour ce qu'il y avait à faire en vue de l'organisation
des forces insurrectionnelles. Imbert se chargea comme
toujours de la mission la plus périlleuse : dès le lendemain du départ de Carrel, il s'occupa de la recons-
titution des ventes, dont on avait conservé les cadres,
et de la fourniture des cartouches. Cela lui coûta
beaucoup de peine et beaucoup d'argent. Mais malheureusement pour la France libérale, ses efforts et
ceux de ses amis devaient être encore une fois infruc-
tueux. L'armée d'intervention, entrée en Espagne
le 6 avril 1823, rencontra, au passage de la *Bidaossa*,
un bataillon composé de deux compagnies de réfugiés
français et d'un détachement d'environ quarante
Piémontais. Les deux compagnies étaient conduites
par Caron, l'ex-commandant du 5me de ligne, et le
bataillon était sous les ordres du colonel Fabvier, un
des officiers supérieurs qui depuis trois ans s'efforçaient de renverser les Bourbons. Ce bataillon s'étant
avancé, drapeau tricolore en tête, essaya de frater-

niser avec les soldats, au chant de la *Marseillaise*
et au cri de : *Vive l'artillerie !* mais ce fut vainement : les réfugiés ayant reçu l'ordre de ne pas
charger leurs armes ne purent ni attaquer ni se défendre et furent dissipés à coups de canon.

Un autre bataillon de réfugiés français, celui qui
avait été formé à Barcelone et qui comptait Carrel
dans ses rangs, ne fut pas plus heureux. Sorti de Barcelone, dans le mois de septembre suivant, avec une
colonne espagnole qui avait reçu l'ordre du général
Mina d'aller renforcer la garnison de Figuières, il
rencontra quatre cents hommes de troupes françaises
qui se mirent en devoir de lui barrer le chemin.
Attaquées par la colonne, ces troupes furent repoussées et vivement poursuivies ; mais plusieurs jours
après, s'étant formées en potence dans un passage où
la colonne devait et vint forcément s'engager, elles
firent sur elle un double feu de face et de flanc
qui lui occasionna des pertes cruelles, mit le désordre
dans ses rangs et l'obligea à mettre bas les armes.

On sait comment se termina l'expédition bourbonienne : elle replaça au pouvoir le cruel Ferdinand VII,
qui, pour se venger de la juste révolte de ses sujets,
couvrit l'Espagne d'échafauds.

Fait prisonnier par nos troupes, Carrel fut traduit
devant un Conseil de guerre, qui se déclara incompé-
tent. Renvoyé devant le Conseil de guerre de Perpi-

gnan, il fut condamné, avec deux autres accusés, à la peine de mort ; mais la sentence ayant été annulée par le Conseil de revision, les trois condamnés comparurent, en juillet 1824, devant un troisième Conseil de guerre siégeant à Toulouse, qui les acquitta à l'unanimité, moins une voix.

La défaite des constitutionnels espagnols fut, pour une foule d'entre eux, une cause de ruine et de persécution. Marseille devint en peu de temps le refuge d'un grand nombre de ces malheureux. Que de misères parmi ces défenseurs de la liberté ! Que de sacrifices les patriotes marseillais eurent à faire pour soulager tant d'infortunes ! Le poète Méry était l'interprète de ces victimes de la tyrannie des Bourbons ; Imbert en était le consul : chaque jour il leur faisait distribuer des vivres, des vêtements, des subsides ; et tout cela dans le *Café Américain*, qui était devenu non seulement un bureau de bienfaisance, mais encore une boulangerie et un magasin d'habillement. Jamais homme, on peut le dire, ne s'était dévoué avec plus d'ardeur pour des frères malheureux que ne le fit Imbert pour les réfugiés espagnols.

X

HISTOIRE DE LA RÉVOLUTION FRANÇAISE.
Effet qu'elle produit sur Imbert.
Le Prêtre entre le Mari et la Femme. — La Séparation.
Imbert va se fixer à Paris.

On a raison de dire que l'homme s'agite et que Dieu le mène. Dans la même année 1823, M. Adolphe Thiers publia les deux premiers volumes de son *Histoire de la Révolution Française*.

Ce livre fit cent fois plus de mal aux royalistes que le succès de l'intervention en Espagne ne leur avait fait de bien.

Pour tous les coups tirés dans son velours

a dit Béranger, à propos du trône des Bourbons,

Combien ma muse a fabriqué de poudre !

Thiers aurait pu en dire au moins autant de sa publication, qui, suivant l'expression de M. Sainte-Beuve, produisit l'effet d'une *Marseillaise*. « Jusqu'alors on n'avait eu sur la Révolution que des dissertations philosophiques. Quelque voisin qu'on fût de

la Révolution, ce livre la révélait à la génération
nouvelle et peut-être même à la génération précédente,
car les contemporains ne voient pas toujours ce qui
se passe sous leurs yeux et ne le comprennent presque
jamais (1). » Toute la bourgeoisie voulut le lire : les
libéraux applaudissaient. Le cœur de la jeunesse
battait d'enthousiasme. L'enfant du peuple, le déshé-
rité de l'instruction, Imbert, n'en pouvait croire ses
yeux. Bien des points de la grande époque étaient
restés obscurcis pour lui comme pour tant d'autres.
Maintenant il pouvait raconter, expliquer, défendre,
avec connaissance de cause, ce mouvement de virilité
nationale qui d'un peuple d'esclaves avait fait un
peuple de citoyens. Tout ce qu'il avait lu jusqu'alors ;
tout ce qu'il avait vu et appris : l'arrogance des nobles,
l'hypocrisie du clergé, l'inégalité devant la loi, la
liberté bâillonnée, la volonté d'un seul substituée à la
volonté de tous, avaient fait de lui un soldat de la
Révolution ; l'histoire de Thiers, devenue l'évangile
du parti libéral, en fit un apôtre des principes que
cette révolution avait consacrés.

Pendant plusieurs années, il ne cessa de chercher à
faire des prosélytes à sa cause : mais ses agissements
politiques étant alors plus en évidence, lui attiraient
plus souvent que d'habitude, dans son ménage, des
reproches et des querelles qui lui rendaient la vie

(1) Jules Simon.

très dure et qui finirent par amener entre sa femme et lui une complète séparation. Comme ceci est un point délicat de sa vie et que je crains de rester au-dessous de ma tâche en défendant moi-même le mari contre la femme, je laisse Imbert plaider lui-même sa cause en reproduisant ci-après les quelques pages qu'il écrivit peu de jours avant sa mort :

« Les sacrifices de tout genre que je faisais à ma foi politique m'attiraient tous les jours, dans mon intérieur, des reproches qui me le rendaient odieux. Je n'avais pas seulement affaire avec ma femme ; mais j'avais encore contre moi sa tante paternelle, vieille fille toute confite en dévotion, et un vieux prêtre, son cousin, avec lesquels nous n'avions pas cessé de vivre en commun. Ces reproches étaient faits en des termes qui, bien souvent, dépassaient toute mesure. On me disait, par exemple, que j'étais un brigand comme ceux qui avaient guillotiné mon père ; et j'étais bien heureux lorsqu'on ne me traitait que comme un homme qui ne va ni à confesse, ni à la messe. J'oppo-sais, dans les premiers temps, à leurs incessantes remontrances : l'honnêteté de ma conduite, la subli-mité de mes principes, qui sont ceux de l'évangile, et le désintéressement des martyrs de la Révolution ; mais rien ne pouvait les ramener à la raison : dites à un catholique exalté qu'il y a des gens honnêtes dans toutes les religions, il vous répondra carrément : —

dans la mienne oui ; dans les autres, non. Je pris alors le parti de garder le silence ; mais ce fut en vain : la résignation avec laquelle j'endurais leurs attaques, les rendit plus acerbes et j'ose dire plus méchants. C'était chaque jour des scènes dont la violence me faisait prendre en aversion la vie de famille et soupirer après le jour où j'aurais enfin le courage d'user de mon autorité conjugale. Enfin, après plusieurs années de souffrances morales et de luttes contre moi-même, je me décidai à prendre une résolution. Je dis à ma femme, avec toute la douceur dont j'étais capable, qu'en me mariant je n'avais pas épousé trois personnes, que mon intention était de séparer mon ménage de celui de nos deux parents, que c'était là le seul moyen de ramener la paix entre nous, et qu'enfin je serais le plus heureux des hommes si elle consentait de bonne grâce à vivre seule avec moi et notre enfant (1) dans une autre maison. Elle me répondit que pour rien au monde elle ne consentirait à quitter sa tante et son cousin. Cependant, comme il était juste que je lui laissasse le temps de réfléchir, je n'insistai pas. Trois jours après elle me proposa un arrangement : c'était de nous installer dans un appartement qui se trouvait libre dans la même maison : « — De cette façon, me dit-elle, je ne serai pas com-

(1) Mme Imbert était mère d'un garçon depuis le 13 juin 1823.

plètement séparée de mes chers parents. » Bien que
ce moyen terme contrariât mon désir de la soustraire
à l'influence des auteurs de notre désunion, je pris le
même soir des dispositions pour le déménagement.
Quand je fus chez moi, j'éprouvai un bien-être sem-
blable à celui du voyageur qui vient de faire halte
dans un oasis du Sahara ; mais ce bonheur ne dura
pas longtemps. En espérant que ma femme chercherait à me faire oublier les torts qu'elle avait eus envers
moi, combien je m'illusionnais ! sa conduite fut pire
qu'auparavant. Ainsi, le même jour, elle cessa de
prendre ses repas avec moi : dès qu'elle m'avait servi
à manger, elle allait se mettre à table chez ses parents ; quand je la questionnais, elle me répondait
par monosyllabes ; quand je lui faisais une observa-
tion sur la singularité de sa conduite envers moi, elle
gardait le silence ; mes supplications, ma tristesse,
mes larmes mêmes, rien ne pouvait toucher son cœur.
La malheureuse femme avait été si bien cathéchisée,
qu'elle avait peur de se damner en se soumettant à
mon autorité plutôt qu'à celle du prêtre.

« Enfin, n'y tenant plus, je pris un jour une résolution
suprême : ce fut de me séparer d'elle et de quitter
Marseille. Quand je lui fis part de ma détermination,
aucune parole de regret ne sortit de sa bouche ; mais
je compris que si je lui faisais certaine promesse, elle
baisserait volontiers pavillon : comme je tenais à

honneur de ne pas déserter la lutte politique et que
ma *compagne* pouvait très bien se passer de mon
appui, je lui fis mes adieux, j'embrassai mille fois mon
enfant et, consolé par les serrements de main de mes
nombreux coreligionnaires, je me mis en route pour
Paris ».

« Il y a vingt-cinq ans de cela : les luttes que j'ai
soutenues pour le triomphe de ma cause, m'ont conduit pour la seconde fois en prison ; la maladie me
tient dans ses serres ; je sens que je n'en échapperai
pas : eh bien, aujourd'hui, comme alors, quand j'in-
terroge ma conscience, elle ne me fait aucun reproche pour ce qui a trait à ma femme et à ses parents.
La tante et le cousin étaient de braves gens qui pra-
tiquaient volontiers la bienfaisance ; mais ils étaient
durs et parfois méchants pour ceux qui professaient
des doctrines contraires au catholicisme ou à la
la royauté des Bourbons. Leur nièce, dont ils avaient
fait l'éducation, possédait un excellent cœur ; elle
était d'une vertu incontestable ; mais elle déraison-
nait et sa bonté se tournait en haine quand j'osais
exprimer une opinion qui ne concordait pas avec sa
manière de voir. C'est ainsi que je lui devins antipa-
thique. Pour moi, son caractère me mettait journellement à la torture, mais je ne la détestais pas :
je l'excusais en me disant que c'était là le fruit des
enseignements de sa famille, et je puis dire que tout

autre que moi n'aurait pu résister si longtemps à cette lutte de tous les jours. Depuis, je n'ai jamais cessé de veiller sur elle, de lui être utile, de la visiter, de lui parler avec bonté et de lui témoigner mon regret de ne pouvoir lui procurer tout le bonheur que je désirais pour moi-même, cherchant à lui prouver ainsi que si je ne pratiquais pas la religion du pape, j'étais du moins un fidèle observateur des préceptes du Christ.»

Ce que rapporte Imbert de l'intolérance des parents de sa femme, me rappelle un souvenir que je crois utile de consigner ici.

Quelqu'un me disait un jour, en me parlant d'une de ses parentes : « Mme X est une excellente femme. Elle est bonne, douce, charitable; mais elle est intolérante au point de retirer son aumône de la main d'un malheureux, si elle apprend qu'il n'a pas fait ses pâques. Il y a un plaisir extrême à causer avec elle des choses ordinaires de la vie, tant elle est aimable, spirituelle, enjouée. Mais si elle vous attire sur le terrain religieux ou politique, ce qui lui arrive très souvent, — à moins que vous ne soyez clérical et royaliste, — gardez-vous de discuter avec elle : cela ne servira de rien au point de vue de l'intérêt de votre opinion et vous la ferez sortir des bornes de la plus vulgaire politesse. C'est une *veuillotine* qui applaudit aux massacres de la Saint-Barthélemy et qui nie énergiquement le libertinage de Louis XV. Si nous étions au moyen-âge et en Espagne, elle mettrait elle-même le feu aux bûchers de l'Inquisition. »

XI

Le Milliard des Émigrés.
Nobles paroles du général Foy. — Acte de désintéressement d'Imbert.
Son Dévoûment aux Classes ouvrières.

La sévérité de la conduite tenue dans les derniers temps par Mme Imbert envers son mari n'avait pas eu seulement pour cause la persévérance de celui-ci dans sa foi politique ; elle avait été surtout provoquée par un acte qui honore le patriotisme du mari, mais qui excuse en quelque sorte l'épouse et la mère de famille. Voici dans quelles circonstances Imbert avait surexcité le fanatisme de sa femme :

Le gouvernement avait, coup sur coup, soumis aux Chambres divers projets de la loi qui avaient porté au comble l'exaspération des patriotes. L'un de ces projets avait pour but d'accorder aux émigrés un milliard d'indemnité pour leurs biens vendus ; un autre, qui reportait la France aux temps les plus barbares de son histoire, infligeait la *mutilation* et le *supplice des parricides* à la profanation d'une hostie !

Pour le premier projet, la discussion s'ouvrit le 17 février 1825. Il fut vivement attaqué par le général Foy, aux applaudissements de tous ceux qui avaient au cœur le sentiment de la conservation de leur nationalité. « Qu'est-ce que les émigrés avaient été demander aux étrangers ? s'écria-t-il avec véhémence; la guerre !.. la guerre à la suite de l'envahissement de la France ! la guerre sous des chefs et avec des soldats dont-ils n'eussent pu maintenir, après la victoire, l'ambition et la colère ! Les nations ont l'instinct et le devoir de la conservation. Toutes combattent l'émigration ennemie, des peines les plus terribles dont leurs codes sont armés. La nation qui dérogerait à ce principe de vie et de durée ne serait plus une nation ; elle abdiquerait l'indépendance, elle accepterait l'ignominie, elle consommerait sur elle un détestable suicide. » Ces nobles paroles furent impuissantes sur l'esprit des royalistes. Ils sanctionnèrent le projet de loi et l'argent de la France fut versé dans les mains des émigrés, dont la plupart avaient porté les armes contre elle dans les rangs des Prussiens et des Cosaques (1).

(1) Le projet de loi sur le *sacrilège* avait été voté par la Chambre des pairs, le 18 février, après avoir subi une modifica-

Les débats, qui avaient duré un mois, avaient été suivis attentivement par Imbert, dans le *Courrier Français*, et par ses parents, dans le *Drapeau Blanc*, organe des haines et des appétits du parti royaliste. Ils occasionnaient presque tous les jours de vives disputes entre ces derniers et Imbert, dont les biens paternels avaient été confisqués par la République pour une valeur de plus de cent mille francs. Madame Imbert avait naturellement espéré que son mari, malgré ses opinions, ne refuserait pas d'accepter la part qui lui reviendrait dans la répartition de l'indemnité ; mais elle fut cruellement déçue : la question de refus ou d'acceptation s'était posée dès les premiers jours dans la pensée d'Imbert : tout d'abord, il hésita ; mais après le discours du général Foy, il déclara qu'il ne demanderait rien, qu'il n'accepterait rien et qu'il protesterait même contre une loi qui était une désapprobation monstrueuse du droit que la nation avait exercé en combattant par tous les moyens en son pouvoir ceux qui avaient osé prêter la main à ses envahisseurs.

---

tion qui substituait à la *mutilation du poing*, une amende honorable faite par le condamné, avant l'exécution, « devant la principale église du lieu où le sacrilège aurait été commis. »

Un amendement, proposé dans le but de punir seulement de la peine des travaux forcés à perpétuité la *profanation des hosties consacrées*, fut rejeté par suite de l'intervention des pairs ecclésiastiques qui, sans respect pour la maxime *Ecclesia abhoret à sanguine* (l'Eglise abhorre le sang) augmentèrent de dix voix le chiffre des partisans de la peine capitale.

Ce que disait ce noble enfant du peuple, il était rare qu'il ne le fît pas. Peu de temps après le vote définitif de la loi, il écrivit au *Courrier Français* une lettre de protestation contre la levée du milliard d'indemnité, lettre qui donna aux patriotes une haute idée de son désintéressement et de la fermeté de son caractère.

Sa conduite en cette circonstance mérite d'autant plus d'être citée, que le général Lafayette, sans compter un certain nombre de bourgeois de l'opinion libérale, n'hésita pas, pour quelques centaines de mille francs, à se laisser inscrire au nombre des indemnitaires.

Il est vrai que Lafayette n'avait point mis son épée au service des étrangers ; mais il avait été le protecteur constant du roi qui pactisait avec nos ennemis, et c'en était assez pour que la République, dans un intérêt de salut public, lui appliquât la loi sur les émigrés.

En arrivant à Paris, Imbert, fatigué par un voyage de huit jours en diligence, attristé par un temps qui, depuis Lyon, n'avait pas cessé d'être pluvieux, se prit à regretter son beau ciel marseillais, et son cher petit enfant et sa bonne vieille mère, qu'il avait été embrasser à Gardanne, quelques jours avant son départ pour la capitale. Mais, dès le lendemain, après avoir vu MM. Carrel, Godefroy Cavaignac, Etienne

Arago, Guinard, Jules Bastide, David (d'Angers) et autres républicains influents, qui lui avaient parlé avec enthousiasme du prochain triomphe de la liberté, Imbert combattit énergiquement le mal du pays, qui commençait à l'envahir, et se livra, comme à Marseille, à la propagation de ses idées, sans négliger toutefois ses occupations particulières, car ce n'était pas seulement par l'honnêteté de ses convictions qu'il honorait son parti, mais c'était encore par l'exactitude avec laquelle il remplissait les devoir de sa profession : représentant, depuis plusieurs années, une bonne maison industrielle, très intelligent en affaires, il trouvait dans le travail de quoi suffire à ses besoins, ce qui le dispensait de recourir, pour vivre, à la bourse des uns et des autres, comme certains meneurs électoraux de nos jours. Ne rien faire était pour lui, qui n'aimait ni le vin, ni le tabac, ni le jeu, une sorte de tourment. Homme de foi, il était né pour agir. Aussi fut-il un excellent auxiliaire pour les principaux chefs de l'opposition, qui l'utilisèrent dans une foule de circonstances plus ou moins périlleuses et qui le chargèrent maintes fois de distribuer dans les mansardes les fonds de secours recueillis parmi les bourgeois libéraux.

Touché de la noblesse de ses sentiments, Joseph Méry, lui dédia une pièce de vers très émue dans laquelle il disait que son compatriote Imbert était le *fidèle et généreux caissier des indigents de Paris.*

Le parti démocratique comptait, en effet, peu d'hommes qui eussent, comme lui, le don de captiver la confiance de ceux qui en avaient la direction, et surtout celle des ouvriers. Ce n'était ni un orateur, ni un écrivain ; mais il avait une facilité d'élocution et de style qui le distinguait du commun des propagandistes et lui permettait de persuader les masses. Sans être indifférent pour les bourgeois, il aimait les prolétaires et ne négligeait aucune occasion de se trouver avec eux pour les éclairer sur leurs devoirs sociaux et les préparer à la conquête de leurs droits politiques, tout en les détournant des émeutes, qui, suivant les hommes sages du parti, ne pouvaient que retarder la chute des Bourbons. Le conseil était d'autant plus judicieux, que la révolution était déjà faite dans les esprits et qu'elle n'attendait qu'une occasion pour éclater, comme la foudre, sur la tête de Charles X.

XII

Révolution de 1830.— Imbert est blessé à l'attaque
des Tuileries.— Il tombe évanoui dans la salle du Trône.
Le nouveau Roi. — Tout est à recommencer.

Charles X (1) avait succédé à Louis XVIII, le
10 septembre 1824. Adulé par les nobles, dominé
par les jésuites, il n'agissait, depuis son avènement
au trône, qu'en vue du rétablissement complet de
l'absolutisme. En août 1829, la conspiration du pouvoir devint flagrante. Contrairement au vœu de la
majorité des députés, le Roi appela aux affaires un
ministère ultra-royaliste. Les Chambres ayant été
convoquées, celle des députés, à une majorité de
221 voix contre 181, déclara au Roi que son ministère était menaçant pour les libertés publiques.

(1) Ce prince était affable et bon ; mais Louis XVIII n'avait
pas de cœur. Un trait suffira pour le peindre : après la condamnation de Ney, la maréchale, repoussée durement par la duchesse
d'Angoulême, alla se jeter toute en pleurs aux pieds du roi :
« Tout ce que je puis faire pour votre mari, lui dit le vieux podagre,
qui ne croyait à rien, c'est de faire dire des messes pour le repos
de son âme. »

5

Charles prononça la dissolution de la Chambre. La guerre était déclarée entre la dynastie et la nation : les nouvelles élections renvoyèrent à la Chambre les 221, grossis de plusieurs autres libéraux : il fallait que le Roi cédât ou qu'il fît un coup d'Etat. En effet, le 26 juillet 1830, après la prise d'Alger, qui avait excité une grande joie, mais n'avait pas ralenti les haines populaires, le Roi signa des ordonnances qui abolissaient la liberté de la presse, annulaient les dernières élections et créaient un nouveau système électoral. C'était en réalité la destruction de la Constitution.

Aussitôt Paris se révolta au cri de : *Vive la Charte!* Le peuple, qui gardait rancune à la dynastie, engagea la lutte avec les troupes ; le combat dura trois jours ; on prit le drapeau tricolore ; on détruisit les insignes de la royauté ; enfin on chassa les troupes royales de Paris et on forma un gouvernement provisoire. On vit alors tous les partis s'agiter : les uns demandaient la République, les autres le duc d'Orléans, d'autres le duc de Bordeaux : ce fut le duc d'Orléans que les Chambres, après avoir modifié la Charte, appelèrent au trône sous le nom de Louis-Philippe Ier.

La lutte avait été opiniâtre et meurtrière et c'est à juste titre qu'on décora les journées des 28 et 29 juillet du nom de *glorieuses*, car elles furent dignes en tous points des grandes journées de la Révolution.

« Le 28, dit M. Tissot, pendant que les écrivains politiques bravaient le pouvoir par des publications hardies; pendant que les députés, les électeurs et des citoyens zélés, tantôt chez M. Laborde, tantôt chez Casimir Périer et ailleurs, délibéraient sur la chose publique en danger, le peuple, sans guide, sans chefs, avait couru aux armes, et soutenait, avec la plus étonnante intrépidité, le feu des gardes royaux et des régiments suisses qui mitraillaient la capitale. Quelques gardes nationaux qui avaient ressaisi le drapeau tricolore, des jeunes gens des écoles, unis aux ouvriers, rivalisaient d'ardeur et de courage. Une foule d'enfants à peine âgés de dix à douze ans, enflammés tout à coup d'un instinct belliqueux, volaient d'un péril à un autre et montraient un mépris de la mort et une audace extraordinaires. Le sang des citoyens ruisselait sur les barricades élevées de toutes parts ; les habitants faisaient pleuvoir des pavés, des meubles, des barres de fer sur les soldats, qui, jusqu'à minuit, ne cessèrent de tirer sur le peuple. »

« Il est à remarquer que de tous les écrivains, de tous les députés de la droite, de tous les courtisans si fanfarons, si arrogants avant la lutte, *pas un seul* ne prit un fusil ou une épée et ne vint combattre aux côtés des soldats qui tombaient pour la défense de la royauté. Ce ne fut pas même eux qui allèrent recueillir et soigner les blessés ; ils laissèrent cette tâche d'humanité aux insurgés, qui n'y faillirent pas : les soldats du drapeau blanc trouvèrent dans les ambulances improvisées ou dans les logements particuliers, les mêmes soins, la même sollicitude que les défenseurs du drapeau tricolore (1). »

Est-il besoin de dire qu'Imbert prit une part active aux préparatifs de la veille et qu'il se battit courageusement pendant tout le temps que dura la lutte ? Il était parmi les combattants qui prirent et reprirent l'Hôtel de Ville aux troupes royales ; il fut un de ceux qui, le lendemain, assiégèrent le Louvre, d'où les soldats suisses, postés dans la colonnade de ce palais, faisaient des décharges épouvantables. Blessé d'un coup de feu à la tête, il ne continua pas moins de combattre jusqu'au moment où le peuple, vainqueur sur tous les points de la capitale, put compléter sa victoire par l'envahissement du palais des Tuileries. Mais en arrivant dans la salle du trône, Imbert se sentit défaillir : une vive émotion, jointe aux fatigues de la lutte, lui fit perdre connaissance : il tomba de nouveau et ne put se livrer à la joie du triomphe, qu'après s'être reposé pendant quelques heures au milieu de ces ouvriers indigents, qui avaient été si braves pendant le combat et qui furent si honnêtes après la victoire !

(1) T. Lavallée.

Le soir même, quoique souffrant de sa blessure, il se rendit à l'Hôtel-de-Ville pour s'y mettre à la disposition dn gouvernement provisoire, présidé par le général Lafayette. « Le héros des deux mondes » honorait Imbert de son amitié : il le chargea d'une mission auprès de M. Charles Baudin (1), commerçant au Havre, qui marchait sur Paris, à la tête d'une colonne de patriotes rouennais. Ces braves citoyens firent leur entrée dans la capitale aux cris de : *Vive la liberté !* ce qui excita sur leur passage un enthousiasme qui tenait du délire.

La nouvelle du triomphe des Parisiens excita dans presque toutes les villes de France des transports de joie indescriptibles : les vieux soldats revoyaient le glorieux drapeau sous les plis duquel ils étaient entrés dans les capitales de l'Europe (2) ; le peuple n'avait plus à craindre le retour à ce « bon vieux temps », qui se résumait pour lui dans le régime des corvées et des

(1) M. Ch. Baudin, né à Sedan en 1784, était fils du conventionnel Baudin, dit des *Ardennes*. Ancien capitaine de vaisseau, Il rentra dans la marine en 1830, se distingua dans plusieurs affaires, notamment au siège de Saint-Jean-d'Ulloa, et termina sa glorieuse carrière en 1854, au moment où il venait d'être élevé à la dignité d'amiral. En 1808, il avait eu le bras droit emporté dans un combat contre les Anglais.

(2) J'avais 13 ans. Mon père, ancien officier des armées de la République et de l'Empire, me prit par la main et me conduisit à l'hôtel de ville de Marseille, où les trois couleurs venaient d'être arborées. « — Tiens, me dit-il en pleurant de joie, voila le drapeau de Jemmapes et d'Austerlitz ! » Je fus saisi moi-même d'une vive émotion et je suis encore attendri par ce souvenir.

bastonnades ; les bourgeois se trouvaient débarrassés pour toujours de cette caste pleine de morgue qui ne les laissait participer que dans une minime proportion aux honneurs et aux dignités, dont ils étaient avides.

Seule, la jeunesse républicaine n'était pas contente : par la faute de Jacques Laffitte, de Dupont (de l'Eure), du chansonnier Béranger et de Lafayette lui-même, toutes ses espérances étaient déçues ; une Chambre sans mandat venait d'imposer un roi à la France ; ce roi n'avait dans le caractère ni franchise ni élévation ; sa promesse d'entourer le trône d'institutions républicaines n'était qu'un leurre. Il n'y avait rien à espérer pour une amélioration sérieuse du sort des prolétaires; les travailleurs du cerveau, pas plus que ceux du bras, ne devaient avoir le droit de voter ; une bourgeoisie égoïste se substituait à la noblesse : tout était à recommencer.

TROISIÈME PARTIE

LE
RÉPUBLICAIN

LE RÉPUBLICAIN

I

La SOCIÉTÉ DES AMIS DU PEUPLE. — La Croix de Juillet.
Un combattant de la Bastille.

« En repoussant inflexiblement toutes les aspirations de l'opinion, la Restauration avait contraint le
sentiment public à se replier sur lui-même, à tendre
tous ses ressorts, à concentrer toute sa volonté vers
un but unique : la conquête de la liberté (1). »

Mais après la victoire, une séparation était devenue
inévitable entre les républicains et les monarchistes,
quelles que fussent les promesses démocratiques de
ces derniers : ce n'est qu'en maintenant haut et ferme

(1) Th. Lavallée.

son drapeau, que le parti de la Révolution est arrivé au pouvoir en 1848, en 1870.

La royauté n'avait pas encore été déférée au duc d'Orléans, que ce parti s'apprêtait à recommencer la lutte.

Dès le 6 août, Imbert et son noble ami Godefroy Cavaignac avaient fondé la *Société des Amis du Peuple,* dont le but était de s'opposer à la restauration de la monarchie. Le temps leur manqua pour préparer l'opinion publique au mouvement qu'ils projetaient ; mais la société, qui tenait ses séances au manège Pellier, rue Montmartre, n'en rendit pas moins de grands services à la cause de la Révolution en facilitant aux orateurs éminents du parti, le moyen de faire entendre aux classes laborieuses, les vérités sociales et politiques dont elles avaient été sevrées depuis le coup d'Etat du 18 Brumaire. Il est vrai que son existence ne fut pas de longue durée : le droit de réunion dont le peuple venait de reprendre le libre exercice, ne pouvait convenir à des bourgeois égoïstes et timorés. Un professeur à qui la Restauration n'avait pas laissé la liberté de sa chaire en Sorbonne, et à qui cet acte d'intolérance avait valu un instant de popularité, M. Guizot, devenu ministre de l'intérieur, invoqua les lois de l'Empire contre les clubs. Des gardes nationaux, importunés par les discussions de la *Société des Amis du Peuple,* se réunirent extralégalement, pénétrèrent dans la salle des séances et en expulsèrent « par la force des baïonnettes » les citoyens qui s'y trouvaient réunis sous la présidence de M. Buchez. Le 2 octobre, le tribunal correctionnel condamna la société et en ordonna la dissolution ; mais, avant de quitter le local Pellier, elle eut encore le temps d'accomplir uu acte qui lui fit le plus grand honneur et auquel Imbert prit une bonne part : elle leva et arma à ses frais un bataillon de 500 patriotes, lui donna un nom, un chef, un étendard et le fit partir pour la Belgique, qui avait eu aussi ses « trois glorieuses journées », mais dont l'indépendance n'était pas encore à l'abri de tout danger.

Un des chefs du *Bataillon des Amis du Peuple*, ne devait plus revoir son pays ! il se nommait Caunes et et avait rédigé à Paris le *Moniteur des faubourgs*. La nation belge le compta bientôt au nombre de ses martyrs et son nom, comme ceux de plusieurs de ses compagnons d'armes, mérita d'être inscrit sur les tables de bronze du monument que la Belgique consacra à la mémoire des citoyens morts pour sa délivrance.

Bien que la *Société des Amis du Peuple* n'existât plus comme *assemblée publique*, elle n'avait rien perdu de son influence : longtemps encore après sa dissolution, elle entretenait avec les départements des relations assidues, ralliait les combattants épars, soutenait les convictions chancelantes et tenait sans cesse le gouvernement en échec par une série de vives publications ; attaques d'autant plus redoutables qu'on ne savait y répondre que par les pamphlets impurs de la police ou par des calomnies. « De toutes les sociétés populaires qui s'étaient formées dès le lendemain de la révolution de Juillet, dit Louis Blanc, la plus active, sans contredit, et la plus importante était celle des *Amis du Peuple.* »

Le 2 mai 1831, le *Moniteur* publia une ordonnance du Roi, qui contenait les dispositions suivantes :

« La décoration spéciale instituée par la loi du 13 décembre dernier, pour perpétuer le souvenir des glorieuses journées de la révolution de 1830, portera le nom de *Croix de Juillet.*

« La croix de Juillet consistera en une étoile à trois branches, en émail blanc, montée sur argent, et surmontée d'une couronne murale en argent. Le centre de l'étoile, divisé en trois auréoles émaillées aux couleurs nationales, entourée d'une couronne de chêne, portera à la face : 27, 28, 29 juillet 1830, et pour légende : *Donné par le Roi des Français* ; le revers, divisé comme le centre de la face, portera le *Coq gaulois en or*, avec cette légende : *Patrie et Liberté.*

« Les citoyens décorés de la croix de Juillet prêteront serment de fidélité au Roi des Français, et d'obéissance à la charte constitutionnelle et aux lois du royaume.

« Les honneurs militaires seront rendus à la croix de Juillet comme à celle de la Légion d'honneur. »

Ces mots : *Donné par le Roi des Français*, et l'exigence du serment, étaient une espèce de défi que la cour lançait aux plus valeureux combattants de la révolution de 1830. On changeait ainsi la nature de la récompense, qui était un objet de gratitude nationale, en une faveur octroyée par le Roi ; « on transformait en hochet de cour ce qui ne devait être qu'un impérissable témoignage de l'impuissance et de la fragilité des trônes ». Bien plus, on avait imposé à des hommes qui , neuf mois auparavant , avaient versé leur sang pour combattre des ordonnances illégales, un serment dont la loi du 13 décembre ne parlait seulement pas !

Indignés par ces prétentions insensées du *Roi-Citoyen*, la plupart de ceux que la Commission des récompenses nationales avait jugés dignes de porter la décoration des trois jours, se réunissent, s'organisent pour la résistance, puis courent répandre partout la colère qui les anime. Imbert, qui a été désigné un des premiers pour la croix de Juillet, ne parle rien moins que de reprendre les armes. Tous les journaux patriotes : le *National*, le *Courrier Français*, la *Révolution*, la *Tribune* et même le *Temps*, protestent contre l'ordonnance royale par des articles dont quelques-uns sentent la poudre. Des pétitions véhémentes

circulent de main en main ; on donne des banquets
publics; plusieurs des citoyens qu'attend la décoration,
se montrent hardiment un ruban bleu à la boutonnière, comparaissent devant le jury, sont acquittés.

Les intéressés, au nombre de mille (1), se réunissent
dans la salle de la Grande-Chaumière, au passage
Saumon, sous la présidence de Garnier-Pagès (l'aîné),
entouré de MM. Godefroy Cavaignac, Raspail,
Alexandre Dumas, Etienne Arago, Trélat, Jules
Bastide et autres sommités du parti républicain. On
y jure de n'admettre ni l'obligation du serment, ni la
légende : *Donné par le Roi des Français*. Au moment où l'article relatif au serment va être mis aux
voix, on annonce qu'un citoyen qui porte la décoration de la Bastille, demande la parole : « Citoyens,
dit M. Decombis, au milieu d'un profond silence, j'ai
été assez heureux pour concourir à la prise de la Bastille ; j'ai reçu la décoration de ce mémorable événement, et on ne m'a jamais demandé d'autre serment
que celui que j'ai prêté au Tiers-Etat, c'est-à-dire au
peuple. » Des bravos et des applaudissements frénétiques accueillent les paroles de M. Decombis, qui
est immédiatement appelé au bureau pour prendre part
à ses opérations.

---

(1) Le nombre des décorés de juillet était de 1528 ; mais au
moment de la réunion, il y en avait 400 dans les départements,
dont 300 dans les régiments : on peut donc dire que presque tous
les décorés de juillet qui se trouvaient à Paris, étaient présents
à cette réunion.

Après plusieurs décisions prises à l'unanimité des voix, le Président annonce que le ruban moiré, bleu d'azur, à liséré rouge, proposé par le gouvernement, va être distribué aux assistants par le patriote de 1789 et de 1830. Chacun s'approche alors de l'homme de la Bastille, qui est pressé de toutes parts : on veut serrer ses mains, considérer sa médaille, lui dire qu'on sera fidèle comme lui à la cause de la liberté. Enfin la séance se termine par une quête au profit des détenus politiques ; et l'on se sépare avec la confiance que les patriotes sauront faire triompher le vœu des représentants de la nation.

II

Effervescence populaire.
Nouveau moyen de répression. — La Cour abandonne
la légende monarchique. — Propositions
avantageuses faites à Imbert, qui les refuse.
La SOCIÉTÉ DES DROITS DE L'HOMME.
Les funérailles du général Lamarque.

Le compte-rendu de cette admirable réunion, où les cœurs débordèrent d'enthousiasme au souvenir des grandes luttes de la liberté contre le despotisme, produisit parmi les classes ouvrières un mouvement de colère qui donna à réfléchir au nouveau monarque.

« Bientôt, dit Louis Blanc, tout Paris est en émoi. Le chant de la *Marseillaise* retentit le long des boulevards, que parcourent des bandes d'hommes exaltés. La place Vendôme est au pouvoir du peuple et, pour le disperser, on n'ose employer que des pompes à incendie, le meurtre pouvant donner aux troubles l'importance d'une insurrection (1).

« Le lendemain, 6 mai, jour de l'Ascension, le calme était sur la place publique ; mais non dans les cœurs. L'ébranlement de la veille recevait partout des commentaires moitié plaisants, moitié sinistres. Les ridicules moyens de répression mis en œuvre par le maréchal Lobau pour dissiper la multitude, donnaient lieu à un nombre infini de caricatures où la Majesté royale elle-même était livrée en proie à la gaîté française. La Cour s'effraie ; l'idée de la légende est

(1) Cette dispersion de l'émeute au moyen des pompes à incendie me rappelle une chanson que l'on fit à cette occasion et qui devint très populaire. En voici un couplet :

> A la colonne apportant son hommage,
> Le peuple excite, hélas ! votre courroux ;
> Vous lui lancez de l'eau dans le visage
> Pour prix du sang qu'il a versé pour vous !
>
> C'est la seringue
> Qui vous distingue,
> Partisans du *juste-milieu* :
> Que la souffrance
> De notre France,
> Par vos bons soins au moins se calme un peu !

abandonnée ; les maires sont chargés de distribuer les médailles : le pouvoir s'avouait vaincu. »

Sur une lettre d'invitation datée du 20 juin, Imbert se rendit à la mairie du 2me arrondissement pour y recevoir la croix de Juillet, qu'il avait si bien méritée. Le maire, M. Berger, saisit cette occasion pour lui offrir un poste avantageux dans diverses administrations. Déjà, plusieurs propositions de ce genre lui avaient été faites, soit par des agents du pouvoir, soit par la Commission des récompenses nationales. Imbert se montra reconnaissant; mais bien qu'il ne fût pas riche, il refusa, voulant rester libre de toute attache avec un gouvernement qui n'était pas le sien.

En janvier 1832, il coopéra à la fondation de la *Société des Droits de l'Homme*, société qui joua un si grand rôle dans les mouvements populaires qui eurent lieu à cette époque et pendant les deux années suivantes. Il présida le comité avec MM. Caunes père et François Delente, deux démocrates dont les services n'étaient plus à compter. La société, pour éviter de tomber sous le coup de l'article 291 du Code pénal, s'était fractionnée en groupes de moins de vingt membres. Elle eut bientôt des affiliations dans presque toutes les villes de France. Son but n'était pas seulement de renverser la monarchie, mais elle s'était encore imposé la mission d'instruire et de moraliser les masses. Il y avait tous les soirs, dans les locaux,

des cours de lecture, d'écriture, de calcul, de sciences
élémentaires, d'hygiène, de morale et même de
savoir-vivre. Toutes les classes de la société y étaient
représentées. En 1833, rien que dans Paris, elle
comptait plus de trois mille sectionnaires, orateurs de
clubs ou combattants. « Entretenir l'élan imprimé au
peuple en 1830, dit L. Blanc, alimenter l'enthousiasme, préparer les moyens d'attaque en élaborant
les idées nouvelles, tenir en haleine l'opinion et souf-
fler sans cesse aux âmes atteintes de langueur, la
colère, le courage, l'espérance, tel était son but, et
elle y avait marché la tête haute, avec une énergie
et un vouloir extraordinaires. Souscriptions en faveur
des prisonniers politiques ou des journalistes condamnés, prédications populaires, voyages, correspondan-
ces, tout était mis en œuvre. De sorte que la révolte
avait, au milieu même de l'Etat, son administration,
ses divisions géographiques, son armée. C'était un
grand désordre sans doute ; mais la *Société des Droits
de l'Homme* était nécessaire en ce sens qu'elle réagis-
sait contre l'action énervante qui, sous une oligar-
chie de gens d'affaires, tendait à précipiter la nation
dans les sordides anxiétés de l'égoïsme et l'hébête-
ment de la peur. La France était poussée par le régime
victorieux, dans des voies si impures, que l'agitation
y était devenue indispensable pour ajourner l'abaissement des caractères : l'anarchie faisait contrepoids. »

Les funérailles du général Lamarque, qui eurent lieu le 5 juin, donnèrent à Imbert une nouvelle occasion de se signaler. L'insurrection qui s'en suivit, insurrection qui ébranla jusque dans ses fondements le trône de Louis-Philippe, laissa dans les esprits une trace ineffaçable de la conduite héroïque du parti républicain, ou plutôt d'une poignée de républicains qui, pendant deux jours, tinrent en échec toutes les troupes de la garnison. Voici comment Th. Lavallée résume les péripéties de ce drame sanglant :

« Le général Lamarque, depuis longtemps malade, mourut le 3 juin. C'était un des orateurs les plus populaires de l'opposition la plus avancée. Ses funérailles étaient fixées au 5 ; les républicains résolurent de transformer la cérémonie funéraire en une démonstration de force, répondant à la pompe officielle des obsèques de Casimir Périer. Plusieurs s'y préparèrent comme à un combat.

« Le 5 juin, en effet, une foule immense suivait le convoi de l'illustre général et rappelait par l'affluence, sinon par l'attitude, le convoi du général Foy. Un grand nombre de gardes nationaux de différentes légions s'y étaient rendus sans convocation officielle, en uniforme et ayant pour toute arme, le sabre d'infanterie. L'artillerie de la garde nationale y était en majorité, avec les mousquets chargés. Les sociétés secrètes, les élèves des écoles, marchaient côte à côte, par pelotons, presque tous ayant au chapeau des branches vertes cueillies aux arbres des fossés de la place de la Concorde. Un petit nombre laissait voir des armes, poignards ou pistolets. Sur tout le parcours des boulevards, l'affluence était considérable dans les contre-allées, aux fenêtres, aux toits même des maisons. Car, à la grande réputation du général, s'ajoutait la curiosité de ce qui pourrait survenir. Quoi ? Personne ne le savait ; mais chacun disait : « Il y aura quelque chose. »

« A la hauteur de la rue de la Paix, les jeunes gens qui traînaient le char dévièrent de l'itinéraire normal pour faire faire au char le tour de la colonne Vendôme, puis ils reprirent la ligne des boulevards. Des sergents de ville furent hués et même maltraités.

« Le cortège devait s'arrêter près du pont d'Austerlitz. Là, une estrade était élevée, où devait se tenir l'assistance officielle pour entendre le discours d'adieu; ensuite, le corps devait être placé dans une voiture funéraire de voyage pour être conduit loin de Paris, à la résidence du général et de sa famille, dans les Landes.

« Au boulevard Beaumarchais, ce n'était plus un cortège qui suivait le cercueil ; c'était une armée en marche. Les armes ne se cachaient plus ; ceux qui n'en avait point arrachaient des pieux destinés à protéger les jeunes arbres du boulevard. A la porte de la Bastille, on défilait au cri de : *Vive la République !*

« Cependant, le char était arrivé devant l'estrade ; les discours prononcés, la troupe rendit les honneurs militaires par des salves de mousqueterie. Alors, des jeunes gens entraînent la voiture funèbre sur le pont d'Austerlitz en criant : *Au Panthéon !*

III

Insurrection des 5 et 6 Juin. — Imbert est blessé. Trait de dévoûment. — Le PEUPLE SOUVERAIN

« Dans la foule arrêtée en arrière, le bruit de la mousqueterie jette l'épouvante et la colère. On croit que les soldats ont tiré sur les citoyens ; on crie : *aux armes !* la petite caserne de l'arsenal est envahie ; les soldats, en bien petit nombre, qui y sont restés, — laissent prendre les armes et donnent des cartouches. Quelques instants après, le combat est engagé.

« L'insurrection se propagea rapidement. Dans la soirée du 5, elle était maîtresse d'une moitié environ de la rive droite et d'une partie de la rive gauche.

Mais elle n'avait ni chef ni plan et ne songea même
pas à s'emparer de l'Hôtel-de-Ville, ce qui, dans le
premier mouvement, n'eût pas été difficile. Le nombre
des insurgés était d'ailleurs relativement faible. L'apparition, sur le boulevard Bourdon, d'un cavalier
déployant le drapeau rouge, la vue de quelques bonnets rouges arborés au bout des fusils, avaient éloigné
bien des républicains et irrité les gardes nationaux.

« Dans la nuit, l'insurrection fut à peu près circons-
crite dans l'ancien quartier des Arcis, autour de
l'église *Saint-Merri*, dans le bas de la rue Montmartre et à l'entrée du faubourg Saint-Antoine. Ces
deux derniers points cédèrent après une vive résistance. A Saint-Merri, la lutte fut plus longue et singulièrement acharnée. Les républicains combattirent
jusqu'à épuisement de leurs munitions. Quelques-uns
d'entre eux se frayèrent un passage à la baïonnette à
travers les soldats qui les assiégeaient. D'autres, cernés
dans les maisons, furent tués ; d'autres encore furent
pris ; on les retrouva devant la Cour d'assises.

« Le 6 juin au soir, une ordonnance royale déclara
Paris en état de siège, plusieurs journaux furent saisis,
plusieurs journalistes, entre autres Armand Carrel,
furent arrêtés, mais bientôt relâchés.

« L'état de siège donnait aux Conseils de guerre
juridiction sur les citoyens arrêtés pour participation
à l'insurrection. La première sentence rendue par la

justice militaire fut une condamnation à mort. Déféré à la Cour de cassation, cet arrêt fut cassé comme contraire à la Charte, qui prohibait les tribunaux extraordinaires.

« Le gouvernement eut le bon esprit de comprendre et d'accepter l'avertissement que lui donnait la justice. La Cour de cassation avait prononcé le 29 juin, l'état de siège fut levé dès le lendemain.

« Un autre incident causa une vive émotion. Le préfet de police Gisquet, exhumant un édit royal du temps des dragonnades, rendit une ordonnance qui prescrivait aux médecins de dénoncer les blessés auprès desquels ils seraient appelés. Tout le corps médical de Paris protesta avec indignation contre un pareil acte. L'ordonnance fut retirée.

« Les républicains étaient vaincus par les armes ; mais le prestige de l'héroïsme déployé par le petit nombre de ceux qui avaient combattu, servit leur cause dans un pays où le courage militaire a toujours de profondes sympathies. La défaite aurait dû leur profiter autrement en leur faisant sentir la nécessité de l'accord, de la discipline sous des chefs dignes de les diriger, et ils n'en manquaient pas. »

Le vaillant Imbert n'avait pas eu de chance dans les combats auxquels il avait pris part dans sa vie : on se rappelle qu'il n'était pas sorti sain et sauf du combat de Montereau, en 1814, et de l'assaut des

Tuileries, en 1830 : son sang coula une troisième fois
pendant la journée du 6 juin. Après avoir fait des
prodiges de valeur sur différents points de la rive
droite, où les insurgés ne purent se maintenir faute
de moyens suffisants de défense, il se replia, à la tête
de ses sections, vers le cloître Saint-Merri, avec l'intention de dégager les jeunes héros qui s'y étaient
barricadés et qui, cernés de toutes parts, y brûlaient
leur dernières cartouches. Mais il ne put arriver jusque là : blessé au genou, il continua sa marche en
avant ; mais bientôt, il tomba évanoui dans les bras
de ses camarades. Revenu à lui, il se fit transporter
à son domicile pour y recevoir le premier pansement;
et le même soir, dans la crainte d'une arrestation
immédiate, on le conduisit en voiture chez un de ses
amis, M. Berteloette, chef de bureau au ministère de
la justice, qui habitait l'hôtel même du garde des
sceaux. Il se trouva là plus en sûreté que partout
ailleurs, car il était difficile de croire qu'un des chefs
de l'insurrection oserait se réfugier dans la demeure
du ministre qui venait d'ordonner des poursuites
contre les combattants républicains.

Pendant quarante jours, tous les soins possibles
furent prodigués au malade par son courageux ami,
qui s'était mis ainsi dans le cas de perdre non seulement un emploi honorable et lucratif, mais encore sa
liberté. Je cite avec bonheur ce trait de dévoûment :

il honore presque autant celui qui en fut l'objet que son auteur lui-même.

Faute de preuves convaincantes de sa participation à la lutte terrible qui venait d'avoir lieu, Imbert ne fut pas poursuivi. Toutefois, il était prudent que, comme tant d'autres, il se tint pendant quelque temps éloigné de la scène politique ; mais il n'en fit absolument rien. Au mois d'octobre de la même année, l'infatigable démocrate était de nouveau sur la brèche, et voici à quelle occasion :

Marseille, sa ville natale, n'avait pas d'organe populaire. Il y avait bien le *Sémaphore* : mais la couleur écarlate de ce journal, qui jusqu'alors était resté indépendant, avait depuis quelques temps, singulièrement déteint; et il n'y avait rien à espérer du directeur M. Feissat, qui restait sourd à toutes les observations de ses amis : un nouvel organe était donc devenu nécessaire ; et comme ce n'était pas chose facile que de créer en province un journal démocratique, on fit appel à l'activité intelligente d'Imbert, qui répondit par la devise des cœurs dévoués : *Me voilà.*

En quelques mois, avec l'aide de la plupart des anciens affiliés du carbonarisme, notamment de MM. A. Lardier et Jacques Fortoul, il sut trouver les capitaux nécessaires, et le 18 juin 1833, après avoir surmonté de nombreuses difficultés, les fondateurs du *Peuple Souverain* publièrent le prospectus du nou-

veau journal, prospectus qui se terminait par la déclaration que voici :

« Nous avons choisi ce titre : Le *Peuple Souve-*
rain, parce qu'il est la plus haute expression de
l'universalité française. Nous l'avons choisi pour qu'il
fût bien entendu que nous n'acceptons point la distinction doctrinaire entre la nation représentée et la
nation qui n'a point de droit politiques. On a rétréci
la signification des mots *pays* et *nation* en plaçant le
pays et la nation dans les deux cent mille privilégiés
qui exercent le droit de suffrage. Nous avons voulu
rendre au peuple la noble et vaste acception que
lui attribuait Mirabeau, lorsqu'à l'ouverture de l'Assemblée Constituante, il prononçait ces paroles mémorables :

« Eh ! ne voyez-vous pas que le nom de Représentant du Peuple nous est nécessaire parce qu'il nous
attache le peuple, cette masse imposante sans
laquelle vous ne seriez que des individus, de faibles
roseaux qu'il briserait un à un ? Ne voyez-vous pas
qu'il vous faut le nom de peuple parce qu'il donne à
connaître au peuple que nous avons lié notre sort au
sien, ce qui lui apprendra à reposer sur nous toutes
ses pensées, toutes ses espérances ? »

Ce prospectus, qui produisit une impression profonde à Marseille, et même en Provence, fut reproduit

dans le premier numéro du *Peuple Souverain*, lequel
parut le 1ᵉʳ juillet 1833.

La nouvelle feuille avait pour administrateurs :
MM. Joseph Barthélemy, courtier royal ; Elisée
Baux, Démosthène Ollivier, Antoine Agenon, négociants, et Pierre Viton, maître-portefaix (1). M. Martin
Maillefer en était le rédacteur en chef ; Imbert, toujours dévoué, en avait accepté la gérance ; il signait :
Imbert, *décoré de Juillet*. Maillefer, dont la plume
était une épée, rencontra dans A. Lardier, un colla-
borateur qui le seconda comme un autre lui-même,
parce qu'il était « un de ces hommes du second rang
qui ne sont pas jaloux de ceux du premier. »

La ligne politique suivie par le *Peuple Souverain*
était celle du *National*, rédigé par Armand Carrel :
loyauté et courtoisie dans la discussion, attitude chevaleresque dans l'attaque et dans la défense. Aucun
journal de province ne pouvait lui être comparé pour

---

(1) M. Pierre Viton était le frère aîné de M. Pierre Viton
jeune, connu des Marseillais par ses nombreuses libéralités.
Possesseur d'une belle fortune, gagnée comme fournisseur des
navires, M. Pierre Viton jeune a fait don, en janvier 1886, à la
ville de Marseille, de la somme de 130.000 fr. pour la construc-
tion, à l'hospice de la Charité, d'un pavillon destiné à donner asile
à dix vieillards de la société des Portefaix.
Peu de temps auparavant, ce généreux Marseillais, avait acheté
la riche bibliothèque de *l'Athénée de Marseille,* pour en faire
don à sa ville natale.
Aussi, est-ce à juste titre que, dans sa lettre de remerciements,
le président de la Société de bienfaisance des portefaix, dit que
le nom de M. Pierre Viton jeune sera vénéré par les Marseillais
comme synonyme d'honnêteté, de travail et de charité.

l'éloquence, et il n'en était pas de plus énergique. Aussi eut-il bientôt une réputation qui le fit rechercher non seulement en Provence, mais encore à Lyon et à Paris.

L'effet que ce vaillant journal produisait sur l'opinion publique ameuta bientôt contre lui les fonctionnaires du « juste-milieu », en tête desquels étaient naturellement : MM. Thomas, préfet ; Consolat, maire, et le général Damrémont, ancien aide-de-camp du duc de Raguse, avec lequel il signa la capitulation de Paris, en 1814.

Toutes les tracasseries que ces gens-là suscitèrent à l'œuvre entreprise par les patriotes marseillais, jointes aux rigueurs du parquet, par suite desquelles Imbert eut à comparaître trois fois en Cour d'assises, n'empêchèrent pas le *Peuple Souverain* de poursuivre sa noble carrière, laquelle ne se termina qu'après une lutte de dix-huit mois, dont les résultats moraux furent tout à l'avantage du parti républicain.

L'un de ces procès, dont le jugement eut lieu le 12 novembre 1833 et qui fut gagné, comme les deux autres, donna l'occasion à Imbert de mettre en parallèle sa conduite politique avec celle de M. Borély, procureur général, son ancien ami. Voici en quels termes il s'exprima, après les plaidoiries éloquentes de ses défenseurs, MM. Moutte et Bédarride, avocats du barreau d'Aix :

« Messieurs les jurés, que dire après les savantes justifications que vous venez d'entendre ? Rien. La discussion est épuisée avec une éloquence qui, sûrement, aura porté dans vos esprits une conviction favorable à ma cause. Seulement, je me fais un devoir d'ajouter que les principes exprimés dans le *Peuple Souverain* sont les miens, et que mon titre de gérant responsable n'est pas la signature d'un aveugle politique, mais qu'il implique une parfaite solidarité d'opinions avec les honorables écrivains de ce journal. Ces principes, je les ai professés sous la Restauration. Quelques mois avant les trois jours, j'étais attaché à la rédaction d'un journal qui s'avouait déjà hautement républicain, et l'on sait dans Paris que je fus un des premiers à organiser un corps insurrectionnel de jeunes gens dans les bureaux du journal la *Révolution*. Il était donc naturel que je servisse après juillet sous cette bannière républicaine qui avait été la mienne sous Louis XVIII et sous Charles X. Je continue à souffrir aujourd'hui pour mes principes, ce que j'ai souffert sous le drapeau blanc. Personne n'a montré plus de dévoûment que moi à la cause républicaine, à une époque où il y avait péril de mort à se dire républicain. Je puis affirmer hautement que j'ai effleuré l'échafaud de Vallé et de Berton. J'ai consommé la ruine de mon existence industrielle pour concourir au triomphe de mes principes. Ma lutte a duré quinze ans, et j'en appelle à un témoignage que vous ne récuserez pas : c'est celui de M. le procureur général de la Cour royale d'Aix. Cet honorable magistrat, arrivé à Paris quelques jours après la Révovolution (il y avait alors entre nous communauté entière de principes), me rencontra dans la rue Vivienne : il m'embrassa et me serra la main avec une chaude cordialité et me dit : *Imbert, je sais que vous vous êtes bien battu ; votre belle conduite dans les trois jours mérite des récompenses.* Trop gratuitement dévoué à mon pays pour lui en demander, je répondis à M. Borély que j'en avais trouvé une dans mon devoir accompli et que je n'en désirais pas d'autres. Mais ne serait-il pas bien triste pour moi, aujourd'hui, que ces faveurs promises par M. Borély, devinssent un emprisonnement par ordre de M. le procureur général ? Il est vrai qu'aujourd'hui l'amende et la prison sont les seules récompenses des patriotes».

Le même jour, le *Peuple Souverain* avait à répondre devant la Cour d'assises, non de ses propres doctrines, mais de celles de l'*Homme Rouge*, satire hebdomadaire en vers, qui se publiait à Lyon, et dont il avait cité quelques morceaux. Après une brillante plaidoirie des mêmes avocats et quelques paroles d'Imbert, empreintes de générosité et de franchise, le jury déclara, une deuxième fois, le gérant du *Peuple Souverain non coupable*, par un verdict qui n'embrassait pas moins de trois chefs d'accusation. Aussi, de vifs applaudissements éclatèrent-ils dans l'auditoire, et le gérant du *Peuple Souverain*, ses défenseurs et M. Maillefer, qui avait assisté comme conseil-adjoint, à l'audience, furent-ils comblés de félicitations par leurs amis et par le public.

Le président avait placé en quelque sorte le jury dans l'alternative de condamner Imbert, ou de se déclarer lui-même républicain : le jury préféra condamner ceux qui n'étaient pas restés fidèles à leurs convictions.

IV

Les Saint-Simoniens à Marseille. — Le Festin Mystique. — Les Hymnes. — L'Apôtre Barrault. — Félicien David. — Départ pour l'Orient. — « Aux habitants du quartier Saint-Jean ». — Un entrefilet du SÉMAPHORE. — Visite d'Armand Carrel. — Souvenir de l'auteur. — Sérénade provençale. — Désir exprimé par Carrel à propos du banquet qui lui est offert. — Sa lettre à M. Honoré Rey. — Son passage à Aix. — Lettre d'un Calomnié.

La publication du *Peuple Souverain* avait été précédée, à Marseille, de deux visites mémorables : celle de vingt missionnaires Saint-Simoniens et celle d'Armand Carrel, le plus éloquent écrivain de la presse quotidienne.

Les *Compagnons de la Femme* arrivèrent en différents groupes, du 15 au 21 mars 1833. Mû par un sentiment de curiosité, on se porta en foule sur le passage des premiers arrivants ; mais on ne se contenta pas seulement de regarder, on se livra à des démonstrations sympathiques ; et, lorsqu'une minorité de carlistes essaya de poursuivre de ses huées, des citoyens qui s'étaient imposé la mission d'améliorer, au moyen de la science et de l'industrie, le sort de l'humanité, et surtout celui des classes pauvres, des acclamations s'élevèrent de tous côtés et accompagnèrent les Saint-Simoniens jusque sur le seuil de la demeure où ils étaient attendus.

Jeunes, le sourire sur les lèvres, les cheveux flottants, revêtus d'un costume gracieux (1) qui s'harmonisait avec une barbe galiléenne, ces apôtres de la foi nouvelle, dont la plupart étaient des natures d'élite, avaient en eux tout ce qui était propre à captiver les yeux, à remuer doucement les cœurs.

Leur chef, M. Barrault, ex-professeur de réthorique à Sorrèze, arriva le lendemain de cette ovation, suivi de trois adeptes : MM. Rigaud, Alric et Féli-

---

(1) Un justaucorps bleu qui s'ouvrait par devant sur un gilet rouge ou blanc, où était inscrit le nom de l'adepte, une ceinture de cuir verni, un pantalon et un berret rouges, composaient cet uniforme aussi simple que commode.

cien David, le futur compositeur du *Désert* et d'*Herculanum*. Ils avaient été assaillis à Avignon, sous une grêle de pierres lancées par des hommes égarés ou aux gages des ennemis de la Libre-Pensée.

Plusieurs jours après l'arrivée de Barrault, un banquet Saint-Simonien eut lieu, à midi, dans la salle Thubaneau. Le local avait été envahi de bonne heure par une foule de jeunes gens représentant toutes les classes. Assis sur les longues banquettes, des centaines de convertis attendaient les apôtres, qui devaient présider au repas. Ceux-ci entrèrent en bon ordre, dans tout l'éclat de leur costume, et se dirigèrent gravement vers l'extrémité de la table, sur laquelle des fruits, du pain et du vin étaient divisés en cinq cents portions égales. Là, ils se rangèrent en demi-cercle autour d'un piano qui devait accompagner les chants Saint-Simoniens et près duquel se plaça le chef des missionnaires, dont la beauté majestueuse et l'air ascétique attiraient toutes les sympathies.

Après avoir promené un regard austère sur l'assistance, Barrault remercia le peuple marseillais de son cordial accueil, et proclama la mission Saint-Simonienne en des termes si éloquents, si onctueux, que la salle entière en fut saisie d'étonnement et d'admiration.

Puis, on chanta en chœur deux compositions ravissantes : l'*Hymne de la Paix* et l'*Hmne de la Prison*,

6

plainte d'une douceur infinie sur la captivité du *Père*, M. Enfantin, que la Cour d'assises de Paris avait condamné, le 28 août 1832, avec deux autres apôtres, MM. Michel Chevalier et Charles Duveyrier, à un an de prison et à cent francs d'amende (1). L'originalité de ces chants, empreints d'un caractère éminemment religieux, exalta l'âme des assistants. Chaque fois que le chœur se taisait, le chef des apôtres reprenait la parole et par un commentaire dont le style ne cessait pas d'être poétique, donnait à l'idée qui venait d'être émise, une sorte de consécration. On eût dit qu'il récitait des strophes du Tasse, accompagnées d'un intermède mélodieux.

En terminant le dernier commentaire, Barrault jeta un coup d'œil souriant sur la table frugale et dit : « notre mission est de donner à tous, aux petits comme aux grands, une part égale au festin. » Des applaudissements unanimes accueillirent ces bonnes paroles, après lesquelles Félicien David entonna l'*Hymne de la Femme,* dont voici la première strophe et le chœur :

> Peuple, rends hommage à la Femme
> Et change tes cris en concerts.
> Ne maudis plus un joug infâme :
> Sa main détachera tes fers.

(1) Barrault et Olinde Rodrigues avaient été englobés dans ce procès, qui était inique au point de vue de la liberté de conscience ; mais ils furent condamnés à cinquante francs d'amende seulement. Tous étaient accusés d'avoir fait partie d'une réunion de plus de vingt personnes ; d'avoir outragé la morale et les bonnes mœurs.

Douce, majestueuse et belle,
Elle fait bénir sa bonté ;
Et la Paix marche devant elle :
C'est l'ange de la Liberté !

Compagnons de la Femme,
Si sa voix nous réclame
De cœur, de bras et d'âme,
   Soyons prêts !
Semons de fleurs sa route ;
Et que la terre écoute,
Sous l'éternelle voûte,
   Ses chants de paix !

Le banquet succéda à cette glorification de la Femme. « Avancez-vous, dit Barrault, en s'adressant à tous les assistants ; vous allez communier avec nous. » La foule s'avança dans le plus grand ordre et chacun prit sa part du festin mystique, que le chœur termina par une *action de grâce*, dont les paroles et la musique transportèrent au ciel toutes les âmes.

Un incident survint, qui les ramena doucement sur la terre. « Ces chants qui vous ont inspiré tant d'enthousiasme, dit Barrault, c'est ce jeune homme, assis devant le piano, c'est David qui les a composés. » Aussitôt tout le monde battit des mains et lorqu'une voix sortie du peuple cria : « C'est un enfant de la Provence ! » les applaudissement furent si énergiques que le jeune David, ému jusqu'au fond du cœur, ne put retenir ses larmes.

Barrault et ses compagnons, escortés par leurs nouveaux amis, sortirent de la salle Thubaneau, traversèrent pompeusement le Cours, au milieu d'une foule immense, et se rendirent, par la Cannebière, à bord du brick sarde la *Clorinda*, qui devait emporter, le lendemain, Barrault, David, Alric et dix autres apôtres, vers l'Orient, où ils allaient chercher la femme libre, laquelle devait former, avec Enfantin, le *Couple Prêtre* et devenir par conséquent la *Mère*.

Ceux qui restaient ne tardèrent pas à se séparer. Les uns partirent pour Toulouse, accompagnés de M. Colin, fils d'une des premières familles de Marseille, qui venait de prendre l'habit apostolique. Les autres séjournèrent pendant quelques mois encore à Marseille, où ils continuaient leurs prédications dans les cercles, dans les chambrées, dans les cafés, partout enfin où il leur était permis de se faire entendre ; et cela, malgré les tracasseries qui leur étaient journellement suscitées par les autorités et par les carlistes.

Ces derniers ne cessaient pas de les injurier et de leur jeter des pierres. Un jour, sur le Port, une bande de *Saint-Jeannens* (habitants du quartier Saint-Jean) se portèrent contre trois apôtres Saint-Simoniens à de tels actes de violence, que, sans le secours d'Imbert et de quelques gardes nationaux, accourus sur le lieu de l'évènement, ils eussent été infailliblement mis en pièces. Ces Saint-Simoniens étaient MM. J. Janin, Noël et Lacavalerie. Pour échapper à une mort quasi certaine, Noël avait été contraint de se réfugier dans une maison de la place Vivaux. Quant aux deux autres, ils furent amenés au poste de l'hôtel de ville, dans un état pitoyable : leurs vêtements étaient en lambeaux, leurs figures ensanglantées ; Lacavalerie, quoique soutenu par plusieurs personnes, pouvait à peine marcher, par suite des coups de toutes sortes qu'il avait reçus.

Voici la lettre que les victimes de cette odieuse agression adressèrent le lendemain au journal le *Sémaphore :*

Les Compagnons de la Femme aux habitants du quartier Saint-Jean.

Marseille, le 4 juin 1833, année de la MÈRE.

Hier, dans vos rues, nous avons été, par vous, hués, sifflés, lapidés.

Et sans quelques gardes nationaux qui nous ont offert un asile dans leur corps de garde, nous aurions été massacrés.

Pourquoi ?

Frères, savez-vous qui nous sommes ?

Nous ne sommes ni républicains, ni légitimistes, ni philippistes : nous sommes des hommes de paix, d'union, d'association.

Frères ! Des hommes qui usurpent le nom chrétien, et qui exploitent à leur profit votre ignorance et votre crédulité, vous ont dit que nous venions détruire la religion et que nous prêchions une morale qui établit en principe l'inceste, l'adultère, la communauté des femmes et l'égalité des fortunes.

Le bon sens de la grande majorité des habitants de Marseille, a déjà fait justice de ces absurdités ; et pour effacer autant que possible les traces que ces insinuations perfides peuvent avoir laissées dans vos esprits, sachez quels sont nos principes :

Nous voulons l'amélioration du sort moral, physique et intellectuel de la classe la plus nombreuse et la plus pauvre, l'organisation pacifique des travailleurs, *à chacun selon sa vocation, à chacun selon ses œuvres*.

Nous voulons l'association universelle, l'abolition complète et sans exception, de tous les privilèges de naissance, la parfaite égalité de l'homme et de la femme.

> Plus de sang, de haine et de guerre,
> D'être unis, cherchons les moyens ;
> Il faut vivre tous en bons frères,
> C'est la loi des Saint-Simoniens.

Nous pardonnons de tout notre cœur à ceux qui nous ont fait du mal, ils ne sont pas les plus coupables.

J. JANIN, NOEL, LACAVALERIE,

Compagnons de la FEMME.

On sait ce qu'il advint de la religion saint-simonienne. Elle finit par s'évanouir faute de persévérance de la part de ses apôtres et, peut-être, faute de la liberté qui lui était nécessaire pour la propagation de ses doctrines, dont quelques-unes, il est vrai, n'étaient ni praticables, ni même sérieuses, dans l'état avancé de notre civilisation.

Ainsi qu'on l'a déjà vu, les carlistes n'attaquaient pas seulement les apôtres du saint-simonisme : maints propagandistes républicains étaient souvent en butte à leurs lâches agressions. Mais ceux-ci étaient rarement d'humeur à se laisser *martyriser*. On peut en juger par les lignes suivantes qu'Imbert avait adressées au *Sémaphore* le 6 mars 1833 :

Monsieur,

On lit dans votre numéro d'hier :

« Le dimanche 3 mars, un décoré de Juillet, accompagné de plusieurs personnes d'une mise décente, a été hué en passant sur le quai de Rive-Neuve : ces huées dirigées contre le ruban de Juillet, ont été, assure-t-on, poussées par une réunion de calfats. »

C'est sans doute à moi que ces lignes font allusion. Veuillez bien croire que si le ruban de Juillet eût été accueilli par des *huées*, nous aurions, sur le champ, moi et l'ami qui m'accompagnait, vengé un pareil affront. Un seul mot provençal, plutôt plaisant qu'injurieux, est sorti d'un groupe de calfats, et quand nous nous sommes avancés pour demander qui avait prononcé ce mot, personne n'a voulu le prendre sous sa responsabilité.

Agréez, Monsieur, mes salutations sincères,

IMBERT, *décoré de Juillet.*

C'est dans la matinée du 17 avril qu'Armand Carrel arriva à Marseille ; il descendit à l'*Hôtel des Empereurs,* accompagné de M. Anselme Pétetin, son ami, rédacteur du *Précurseur de Lyon,* qui défendait les mêmes principes que le *National.* Souffrant encore du coup d'épée qu'il avait reçu au bas-ventre, le 2 février, dans son duel avec M. Roux-Laborie, un cavalier servant de la prisonnière de Blaye, Carrel avait cherché, dans un court voyage, les distractions dont il avait besoin et un air plus pur que celui de Paris. Le même jour, son vieil ami Imbert, eut l'honneur de lui présenter un certain nombre de propagandistes républicains. Quoique tout jeune encore, je me glissai parmi eux et j'eus ainsi la satisfaction de voir celui qui présidait alors, avec Garnier-Pagès, aux destinées

de la démocratie française. S'il m'en souvient bien,
c'était un homme de haute taille, aux traits anguleux,
au regard énergique, dont l'aspect était celui d'un
officier en bourgeois. Je le vois encore, entrant dans
le salon où nous étions rangés en cercle. Après avoir
serré affectueusement la main d'Imbert, il nous remercia avec une certaine timidité de langage et nous
donna sur la situation du parti, des espérances qui devaient se réaliser bientôt, si on était assez sage pour
ne rien précipiter.

Le lendemain, une sérénade attira la moitié de la
population sous les fenêtres de l'éloquent défenseur
de la liberté. La *Marseillaise,* exécutée par un orches-
tre composé de quarante tambourins et galoubets, et
applaudie par des milliers de mains, lui dit combien
on pouvait compter, en cas de besoin, sur le concours
des patriotes marseillais. Les cris de *Vive Carrel !*
Vive le rédacteur du NATIONAL ! sortis du sein de la
foule, succédèrent à chacun des airs joués par les
musiciens champêtres, airs dont quelques-uns eurent
le don de mettre en gaîté la masse des spectateurs.

Carrel, ne voulant pas que sa présence à Marseille
occasionnât le moindre tumulte, avait eu le soin de
recommander à ses amis de ne pas dépasser, à son
occasion, les bornes de la légalité. Aussi tout se
passa-t-il selon ses désirs : les carlistes ne songèrent
même pas à troubler la manifestation, et les agents de

l'autorité eurent le bon esprit de se tenir à l'écart, ce qui, en semblables circonstances, était peu dans leurs habitudes.

En apprenant que Carrel était attendu dans leur ville, les patriotes marseillais avaient ouvert au cercle *Pythéas*, place Noailles, une souscription pour lui offrir un banquet. Ce banquet devait avoir lieu le 21 avril, et c'est M. Honoré Rey, négociant de Marseille, qui avait été choisi pour le présider. Mais Carrel ayant exprimé le désir que le montant de la souscription fut consacré à payer l'amende de la *Tribune* (1), la Commission crut devoir se rendre au désir de l'illustre écrivain, qui demanda comme faveur, que sa souscription personnelle (100 fr.) fut jointe à celle des patriotes. Carrel écrivit à cet effet la noble lettre que voici :

Monsieur,

Vous avez eu l'extrême obligeance de vous rendre aux raisons sur lesquelles je me suis fondé pour me dérober à l'honneur que voulaient me faire les patriotes de Marseille. Je n'ai point de caractère officiel qui puisse me donner droit à une démonstration publique d'estime de. la part des hommes qui partagent mes opinions. Ecrivain et non pas homme public, je ne connais que la presse entre mes lecteurs et moi. J'avais besoin d'un voyage de santé, et il ne m'appartient pas de faire un voyage politique. Je suis de cette immense majorité nationale à qui la Constitu-

(1) Le gérant de la *Tribune* avait été condamné, par la Chambre des députés, à trois ans de prison et à 10,000 fr. d'amende pour délit d'offense envers la Chambre, qui jugea ainsi dans sa propre cause.

tion de 1830 interdit la discussion orale sur les affaires du pays, et qui s'est retranchée dans les libertés et les espérances de la presse. Décidé à me défendre envers et contre tous dans cette inexpugnable forteresse, j'aime à n'en pas sortir, et surtout à ne fournir à aucune police générale ou locale, l'occasion de faire de l'ordre public aux dépens de la liberté. Les patriotes de Lyon ont bien voulu respecter mes habitudes et ne rien exiger de moi qui me fît dévier d'une ligne de conduite tracée, j'ose le dire, par un tout autre sentiment que celui de la timidité. Je remercie les patriotes de Marseille de m'avoir donné la même marque de déférence en retirant une invitation à laquelle il m'était impossible de me rendre, mais qui m'honore au-delà de tout ce que je pouvais espérer.

J'ai proposé qu'on voulut bien convertir en une souscription générale pour la *Tribune*, la somme qui avait déjà pu être recueillie pour le banquet projeté. Il faut que cette amende, portée contre la *Tribune* par un pouvoir à qui nous ne reconnaîtrons jamais le droit de juger la presse, soit acquittée par les amis de la liberté de discussion, avec une promptitude imposante. Constitutionnellement parlant, cette amende n'est pas due. Je ne saurais, pour mon compte, la considérer que comme une avanie à la turque faite à la plus nécessaire, à la plus vitale, à la plus sacrée de nos institutions. Il faut se réunir entre bons citoyens pour que le courageux organe sur qui tombe cette avanie, n'en soit pas accablé ; mais qu'il soit entendu que nous venons au secours des concitoyens incendiés ou dévalisés, et que nous n'acquittons pas une amende légale : car au jury seul appartient de frapper quand la presse a failli. Si tel est, comme je n'en doute pas, l'esprit de la souscription marseillaise en faveur de la *Tribune*, je solliciterai de vous, monsieur, comme une grâce insigne, la faveur de joindre ma souscription personnelle à celles qui sont réunies entre vos mains. Ma modeste offrande ne saurait parvenir aux courageux écrivains de la *Tribune* en meilleure compagnie.

Agréez, Monsieur, l'assurance de la haute estime et de la reconnaissance profonde avec lesquelles je suis

Votre très humble et très obéissant serviteur,

A. CARREL.

Le départ de Carrel eut lieu le 24 du même mois. Il se rendit directement à Aix, accompagné d'Imbert et de quelques autres Marseillais. Les républicains et les libéraux de cette ville le reçurent avec les plus vives démonstrations patriotiques ; et, jusqu'au moment où il remonta en voiture, une foule immense ne cessa pas de saluer de ses acclamations le courageux défenseur des libertés publiques.

Le 27, le *Sémaphore* publia en supplément la lettre suivante que lui avait adressée Imbert, à son retour d'Aix :

Monsieur,

Je vous prie de donner de la publicité à la lettre suivante ; votre patriotisme ne le refusera pas au mien.

Un misérable, sorti sans doute de la basse police, ou digne d'y entrer, m'a dénoncé comme un espion dans des lettres anonymes adressées à quelques citoyens de la ville et à M. Armand Carrel.

M. Carrel a l'esprit trop élevé pour ajouter foi à une lettre anonyme ; mais tous les hommes ne sont pas des Carrel, et comme cette lâche calomnie a déjà causé, grâce à moi, une certaine rumeur dans les réunions et les lieux publics, je viens détruire ici l'ombre même d'un soupçon contre moi, si la calomnie avait pu obtenir le moindre crédit parmi mes concitoyens.

Ma vie et mon caractère sont assez connus chez les patriotes de Marseille ; tous mes antécédents, j'ose le dire, sont honorables : vingt ans de ma vie attestent que je n'ai pu passer tout à coup d'une longue habitude de probité politique à la plus exécrable des professions. Je suis un ancien soldat de la garde impériale, j'ai combattu autour de Paris, sous l'empereur, pour repousser l'invasion. Rentré dans mes foyers après 1815, j'ai fait partie de cette minorité de citoyens qui propagea à Marseille la haine contre la Restauration. J'ai rempli tous les devoirs civils

qui sont imposés au prolétaire exclu de l'élection ; j'ai eu l'honneur de m'associer aux conspirations de cette époque : l'estime
et la confiance des hommes supérieurs m'avaient placé à la tête
d'une vente de carbonari. Tous les réfugiés piémontais, italiens,
espagnols ont toujours trouvé en moi une espèce de consul à
Marseille ; je les ai nourris. êtus, défrayés. très souvent à mes
dépens, pendant plusieurs années, sans aucun espoir de salaire,
de récompense, d'indemnité ; quand j'eus épuisé, pour habiller
les malheureux patriotes étrangers, toutes mes économies et la
bienfaisance de quelques Marseillais, je donnai jusqu'à mes propres habits ; je contractai des dettes honorables pour soulager
tant d'infortunes.

Puis, j'ai été employé, avant la révolution de Juillet, dans les
bureaux de plusieurs journaux patriotes. où j'ai obtenu l'estime et
la confiance des plus hautes notabilités politiques. Au 26 juillet,
j'étais à mon poste, le premier des Marseillais. pour un nouveau
dix août ; trois jours et trois nuits, j'ai organisé ma part d'insurrection, je me suis trouvé mêlé aux Parisiens, quelquefois assez
heureux pour être à leur tête dans cent combats partiels qu'il
nous fallait soutenir. Là, tant de personnes ont pu apprécier mes
services, qu'elles m'en ont offert les certificats ; je leur dois la
croix de Juillet.

Au 5 juin, je courus porter aide et secours à des amis qui
avaient engagé le combat dans la rue Saint-Martin. J'avais
assisté au convoi de Lamarque ; par suite des collisions survenues
au pont d'Austerlitz, mes amis s'étaient engagés dans une chaude
fusillade ; cela me rappe'a les trois jours ; je pris les armes ;
mais je fus moins heureux qu'en juillet ; je fus blessé au genou,
et rapporté chez moi.

Arrivé à Marseille, je n'ai point demandé de place, ainsi que
quelques personnes ont bien voulu le dire ; on m'en a offert une,
elle était lucrative, et ma position n'est pas heureuse ; j'ai refusé
la place et gardé ma position. Depuis lors, il y a certains de mes
amis, que je puis nommer, qui ne m'ont pas quitté un seul instant, qui ont pu apprécier l'état plus que modeste de ma fortune,
et ceux-là répondraient sur leur tête de la pureté de ma conduite
politique dans tous les temps et dans tous les lieux.

J'en appelle à tous les hommes de bonne foi : qu'on dise si
c'est avec d'aussi honorables antécédents qu'on fait son noviciat

du métier d'espion ? Au reste, le but de ces infâmes manœuvres est facile à deviner : on espère diviser ceux qui sont unis par les mêmes sentiments : mais qu'on cesse de se faire illusion, on n'y réussira jamais.

Quant à moi, je suis fâché, non d'avoir été l'objet d'une calomnie odieuse, mais d'avoir été forcé d'entretenir le public de ma modeste personnalité. Je prie tous mes amis de croire qu'une pareille accusation ne jettera dans mon patriotisme ni tiédeur, ni découragement ; ils me verront toujours prêt à confondre les calomniateurs, d'abord par de bonnes raisons, et ensuite d'une manière plus persuasive s'ils osaient jamais quitter le masque de l'anonyme.

Agréez, monsieur, mes sincères salutations,

IMBERT, *décoré de Juillet.*

V

Garnier-Pagès et Laboissière à Marseille.
Ovations et Sérénades. — Le banquet au DÉLICE
CHAMPÊTRE. — Toast d'Imbert.
Les Chouans Marseillais. — Le CAMARADE DE LIT.
Les Philippistes.

En septembre 1833, deux députés de l'opposition, MM. Garnier-Pagès, député de l'Isère, et Laboissière, député de Vaucluse, firent une tournée de propagande dans le midi de la France. Leur arrivée à Marseille eut tout le caractère d'un événement. Tous les patriotes furent sur pied pour les recevoir et ils furent de leur part l'objet d'une ovation enthousiaste.

L'un de ces défenseurs des intérêts du peuple, M. Etienne-Joseph-Louis Garnier, y avait d'autant plus de droits qu'il était né à Marseille (1). Sa mère, Anne-Adélaïde Frémier, veuve de Jean-François Garnier, officier de santé, avait convolé en secondes noces avec M. Simon Pagès, ancien professeur au collège de Sorrèze, alors négociant à Marseille, où il avait précédemment créé et dirigé, pendant plusieurs années, le *Lycée de la Jeunesse*.

En 1815, M. Pagès, après avoir occupé, à Paris, diverses fonctions, dont la dernière était celle d'inspecteur d'Académie, se retira de l'enseignement avec une pension de retraite qui suffisait à peine aux besoins de son ménage. Malgré cela, il parvint à donner une bonne éducation à son fils, Louis-Antoine Pagès (2), sans négliger celle du frère utérin de celui-ci.

---

(1) Le 27 décembre 1801, rue Cincinnatus, Isle 75, maison 16 (aujourd'hui rue Paradis, nᵒ 17).

(2) Né à Marseille, le 10 juillet 1803, rue de la Darse, Isle 58, maison 53 (aujourd'hui rue Moustier, 16).
Je demande qu'une plaque commémorative soit placée, par les soins de la municipalité marseillaise, sur chacune de ces deux maisons, et sur celle où naquit le brave et généreux Imbert. Les édiles républicains ont le devoir d'honorer la mémoire de ceux de leurs concitoyens qui se sont distingués dans les luttes de la liberté contre la tyrannie.

Les deux frères Garnier-Pagès, à peine leurs études finies, entrèrent comme commis, l'aîné dans une maison de commerce, le cadet chez un courtier royal. Au bout de quelques années, le fils de M. Garnier, voyant que sa profession ne le conduisait à rien, se mit à étudier le droit et devint avocat, en 1828. C'est alors qu'il dit à son frère : « Occupe-toi du soin de de notre fortune ; moi je travaillerai à la gloire de notre nom.» Chacun des deux frères tint sa promesse : Le premier devint député et orateur de premier ordre ; le second s'éleva au premier rang des courtiers de commerce de Paris et se distingua plus tard comme homme politique et comme historien de notre troisième révolution.

Garnier-Pagès et Laboissière descendirent à l'hôtel Beauvau, où des amis leur avaient fait préparer un appartement. Ils y rencontrèrent leur collègue le maréchal Clauzel, qui retournait en Algérie pour y reprendre le commandement des troupes.

Le même jour, Garnier-Pagès et Laboissière reçurent la visite de nombreux patriotes, et un dîner leur fut offert par quelques amis, pour le lendemain, au restaurant du *Château-Vert,* situé au fond de l'anse du quartier d'Arenc.

Au retour de ce dîner, les deux députés entrèrent au *Café du Cours* pour rendre aux habitués de cet établissement, la visite qu'ils en avaient reçue. La

nouvelle s'en répandit promptement dans le voisinage
et une multitude de citoyens accoururent pour prendre
part aux félicitations chaleureuses présentées par le
patriotisme marseillais à ces deux honorables propa-
gateurs des principes républicains. Un entrepreneur
de travaux publics, M. Simon Courty, leur exprima en
quelques mots les sentiments de reconnaissance de tous
les citoyens présents. M. Garnier-Pagès le remercia
avec effusion et se félicita d'avoir reçu le jour au sein
d'une population si ardemment dévouée à la cause de
la patrie et de la liberté. La salle du café et le Cours
retentirent de bravos prolongés. Des toasts furent
portés *aux représentants du peuple, aux prisonniers
du Mont-Saint-Michel, à la révolution de Juillet.*

Quand les deux députés sortirent du café, ils furent
accueillis par la foule aux cris de *vive Laboissière !
vive Garnier-Pagès !* cris qui se prolongèrent jusqu'à l'hôtel Beauvau, où des bouquets leur furent
présentés au nom des patriotes marseillais.

Le même soir, une sérénade de galoubets et de tambourins leur fut donnée sous les fenêtres de l'hôtel.
L'enthousiasme était à son comble. Entre chaque
morceau, de nouveaux cris patriotiques étaient pous-
sés par la foule assemblée sur le quai, et les refrains
de la *Marseillaise* chantée par une voix retentissante, étaient répétés avec un entrain admirable par
le peuple et par les matelots.

Un banquet organisé par les soins d'Imbert, eut lieu le dimanche, 29 septembre, au *Délice Champêtre*, vaste local de la plaine Saint-Michel. Plus de huit cents patriotes s'assirent, sous la présidence de Mailleier, aux deux carrés de tables qui entouraient celle où les deux députés, le président du banquet et deux citoyens des classes populaires étaient placés. Les drapeaux de diverses nations décoraient la salle, et la table d'honneur, qui se trouvait en face de la tribune que devaient occuper les orateurs, offrait l'heureux mélange des couleurs nationales et des étoiles américaines.

C'est par des acclamations unanimes que la plupart des orateurs furent accueillis à la tribune. Imbert, le rédacteur en chef du *Peuple Souverain*, et Garnier-Pagès, eurent surtout à se féliciter des transports sympathiques que leurs paroles excitèrent parmi les convives.

Le discours de Garnier-Pagès laissa de longs souvenirs dans le cœur des républicains marseillais. Lorsqu'après une exposition rapide de sa théorie sociale, l'éminent orateur avait conclu en disant que « *l'égalité était la liberté des pauvres,* » les bourgeois avaient été les premiers à applaudir le républicain qui venait de recommander aux uns, le respect de tous les droits ; aux autres, le respect de toutes les propriétés.

Les principaux toasts furent portés : par M. André,

avocat, *au triomphe des institutions républicaines ;*
par Maillefer, *à l'armée française ;* par Démosthène
Ollivier, *aux vrais représentants de la France ;* et par
Imbert, *au peuple.*

« Au peuple, s'écria Imbert ; non à ce peuple
d'oisifs inutiles à eux-mêmes, pernicieux aux autres
et bronzés d'effronterie ; mais au peuple qu'une législation ennemie traite en paria, lui qui arrose la terre
de ses sueurs et qui, lorsque la patrie est en danger,
donne tout son sang à la Patrie !

« Au peuple qui n'a pas d'or pour séduire ni de
belles paroles pour tromper, et dont la probité ferait
rougir les corrupteurs hypocrites du pouvoir, si ces
gens-là pouvaient encore rougir !

« Au peuple qui, du palais des Tuileries, dont il
fut le gardien, rentra chez lui sans droits, sans pain,
sans travail et les mains vides !

« Au peuple enfin qui, fort de son nombre, de sa
rare énergie et de son noble courage, sait attendre,
patiemment, l'heure de sa délivrance et de son
émancipation ! »

Un toast aux mânes des victimes des 5 et 6 juin,
des vers de la *Némésis*, dits par un membre de la
société des portefaix, et le chant de la *Marseillaise*,
terminèrent ces agapes patriotiques, qui furent, pour
les républicains marseillais, la date d'une ère nouvelle, car elle rapprocha dans une pensée toute

fraternelle ces diverses classes de la société, qu'un machiavélisme perfide a toujours cherché à diviser pour maintenir sa supériorité religieuse et politique.

Le soir du même jour, une nouvelle sérénade fut donnée aux deux nobles voyageurs. Une foule immense encombrait la rue Beauvau et les rues adjacentes. Un millier de concertants improvisés exécutèrent avec un ensemble merveilleux la *Marseillaise* et le *Chant du départ*. Laboissière et Garnier-Pagès s'étant ensuite rendus au Grand-Théâtre, la *Marseillaise,* redemandée par les patriotes, fut chantée par le comédien Rosambeau, dont le talent original se pliait à toutes les exigences de la direction et du public. Les chœurs et le parterre entonnèrent le refrain de ce chant sublime, qu'on n'avait pas entendu depuis longtemps dans la salle de l'Opéra.

Les henriquinquistes avaient fêté le même jour l'anniversaire de la naissance de « l'Enfant du miracle ». Leur manifestation fut si piteuse par rapport à celle des républicains, que leur haine contre ces derniers se traduisit par des tentatives d'assassinat sur deux patriotes qui assistaient à la sérénade. L'un reçut deux coups de stylet au bras ; l'autre, un coup de la même arme au bas-ventre, blessures qui ne furent heureusement pas dangereuses. Déjà, dans la soirée du 23, des hommes faisant partie d'une bande de royalistes, en train de parcourir les vieux quartiers

aux cris de *vive Henri V !* avaient frappé trois patriotes : le premier, d'un coup de stylet ; le second, de
quatre coups de couteau, et le troisième, de deux
coups de canne à épée. C'était ainsi que le parti de
la légitimité combattait encore le parti républicain,
trois ans après la révolution de 1830.

Le surlendemain, ce furent les amis du gouvernement qui cherchèrent à provoquer les patriotes.
On jouait au Grand-Théâtre, le *Camarade de Lit*,
vaudeville politique dès le début de la pièce jusqu'au dernier couplet. Bernadotte, devenu roi de
Suède, y trinque familièrement avec son ancien compagnon de dangers et de guinguettes, le vétéran
Thiébaut, demeuré, lui, fidèle au culte de la Patrie et
de la République. Tous deux sont revêtus de ces
uniformes « par la victoire usés », qui firent pâlir jadis
la pourpre de tous les trônes. Tout en causant avec
son commensal, de leurs fredaines, de leurs amours,
de leurs exploits, Thiébaut se rappelle un souvenir
qui éveille sa curiosité : il relève la manche de Bernadotte et retrouve le bonnet phrygien et ces mots :
Vive la République ! empreints sur le bras de son
ancien camarade. Le parterre, où les républicains se
trouvaient en grand nombre, avait applaudi avec
frénésie ; mais les philippistes n'entendirent pas de
cette oreille là : ils firent du tapage et un d'entre eux,
M. Auguste Fraissinet, courtier d'assurance, protesta

par un vigoureux coup de sifflet, contre le sentiment
général. Pendant la scène tumultueuse qui s'en suivit,
scène où républicains et philippistes faillirent en venir
aux mains, Imbert avait dit tout haut que l'auteur du
coup de sifflet ne pouvait être qu'un agent provocateur. M. Fraissinet se fâcha, avec juste raison ; mais
le lendemain, en présence d'hommes honorables,
Imbert déclara que l'expression d'agent provocateur
ne pouvait s'appliquer à M. Fraissinet, et celui-ci
déclara qu'il estimait trop Imbert pour avoir voulu
porter la moindre atteinte à sa considération ; et tout
se termina là. Mais une fois de plus les philippistes
purent se convaincre que l'opinion publique et surtout
la jeunesse intelligente n'étaient pas avec eux. Cependant, je dois avouer que ces messieurs n'étaient
pas méchants : ils protestaient volontiers, de la langue, contre les doctrines « anarchistes » ; ils marchaient bravement, à la queue des troupes, contre les
« perturbateurs du repos public » ; mais du moins ils
ne se servaient, pour satisfaire leurs rancunes, ni du
stylet, ni du couteau, ni même du bâton, comme les
chouans marseillais.

VI

La Branche aînée et la Branche cadette.

Les débats du troisième procès intenté par le procureur général Borély au *Peuple Souverain*, pour offense à la personne du Roi, s'ouvrirent le 12 décembre 1833. En prévision du cas où ces débats prendraient une tournure défavorable, il avait été convenu que le gérant, après la plaidoirie des avocats, demanderait la parole et présenterait une justification écrite de l'article incriminé. Mais le langage du ministère public, ayant été considéré par les défenseurs comme équivalant à un abandon de l'accusation, Imbert garda le silence et attendit sans crainte la décision du jury, qui, refusant encore une fois de s'associer aux rancunes des philippistes contre les républicains, prononça son acquittement à l'unanimité, moins une voix.

La défense que le gérant du *Peuple Souverain* avait préparée est digne de la publicité; c'est une vraie page d'histoire. Qu'on en juge :

« Messieurs les jurés, voici la troisième fois que nous nous présentons en Cour d'assises pour nous défendre contre un pouvoir, fils de la presse, qui a juré la destruction des feuilles indépendantes.

« C'est une grande faute à M. le procureur général de nous avoir appelé ici pour nous obliger à vous faire le tableau des attentats commis par les Bourbons depuis quarante ans. M. Borély, qui a conspiré contre les Bourbons, en faveur des principes de la République américaine ; M. Borély, l'admirateur passionné de Lafayette, de Manuel, de Washington ; M. Borély, qui a détesté les Bourbons, parce qu'il connaît fort bien leur histoire, aurait dû, ce nous semble, par respect pour les Bourbons cadets, actuellement établis aux Tuileries, laisser passer, sans le saisir, un petit paragraphe dans les colonnes du *Peuple Souverain*. Nous disions :

« *Dans l'état relatif de la France et du reste du monde en 1830, ce fut certes pour elle un incommensurable malheur d'avoir été déterrer dans les caves de Neuilly, une seconde branche de cette fatale famille qui, depuis quarante ans, présente ou exilée, n'a jamais travaillé que pour l'humiliation de la patrie et la suprématie de l'étranger.* »

« On peut affirmer que ce paragraphe est marqué au coin d'une grande réserve. Nous n'avons parlé que des attentats dynastiques commis depuis quarante

ans, et il y avait donc générosité de notre part, puis-
qu'il ne tenait qu'à nous de faire remonter nos accu-
sations jusqu'à l'usurpateur Hugues Capet.

« Voilà donc huit siècles de crimes héréditaires
dont nous avons fait bon marché. Il est vrai que nous
sommes si riches, depuis quarante ans, que nous pouvons nous dispenser de fouiller aujourd'hui dans la
masse épaisse d'arbitraires, de tyrannies, de dilapida-
tions, de prostitutions et de massacres qui constitue
l'histoire ancienne de nos rois.

« Oui, depuis quarante ans, cette famille anti-
nationale a épousé la querelle de tous les cabinets de
l'Europe contre la France. Voilà ce qui nous touche
bien plus, nous contemporains, que les massacres de
la Saint-Barthélemy, ceux des Cévennes, les dragonnades, l'incendie du Palatinat, les lettres de cachet,
les orgies de Versailles, les scandales honteux et
inouïs de la Régence d'Orléans.

« Cette famille n'a pas cessé depuis 89 de conspirer
contre la France et de proscrire les Français qui
conspiraient pour la France. Le premier serment de
Louis XVI à la Constituante fut un parjure; Louis XVI
était de connivence avec Brunswick lorsque les Prussiens marchaient sur Paris; on ne persuadera à personne que Louis XVI, ses frères et ses parents fussent
les ennemis de nos ennemis : le comte d'Artois, le
comte de Provence, le prince de Condé, et plus tard

le duc de Chartres, aujourd'hui Louis-Philippe, étaient dans les rangs des armées étrangères. Les rois, ligués contre nous, traînaient tous ces Bourbons, à la remorque, dans les fourgons et les bagages des vivandiers. Si Louis XVI eut franchi le ruisseau de Varennes, on l'aurait vu, comme ses frères et ses cousins, mendier la protection de l'Europe. Mêlé aux traînards de l'arrière-garde ennemie, il aurait soufflé à ses royaux alliés sa haine contre la France et contre la liberté conquise. Cette conspiration bourbonienne a duré vingt-cinq ans ; elle amena l'entrée de Louis XVIII à Paris, de ce prince qui ne se fit pas une honte de revenir escorté par des Cosaques. A cette époque, qu'on appelle dérisoirement la *Restauration,* comme on appelle la nôtre la *Révolution de Juillet,* l'une qui n'a rien restauré, l'autre qui n'a rien changé ; à cette époque, disons-nous, une nouvelle conspiration bourbonienne commença : Louis XVIII était à peine au pouvoir que Paris fut traité en ville conquise ; le Louvre fut violé sous les yeux du roi des Tuileries ; la colonne Vendôme fut mutilée ; on proscrivit partout les noms glorieux de nos victoires ; on réduisit nos vétérans au pain de l'aumône ; on ne prodigua les faveurs qu'aux serviteurs de l'étranger ; on créa un pouvoir politique pour les prêtres ; on se déclara l'esclave soumis de la cour de Rome ; les Bourbons jetèrent sur la France toutes les hontes, toutes les humiliations ; ils sacrifièrent en holocauste aux rois de l'Europe les plus illustres enfants de la France : Wellington demanda à Louis XVIII le sang de Ney, et Louis XVIII fit fusiller Ney ; ce que les Russes n'avaient pas fait, un Bourbon le fit. Ney avait commis un grand crime aux yeux des Bourbons : il avait sauvé les débris de la grande armée de Moscou ! Un Bourbon ne pouvait lui pardonner. Avec Ney tombèrent Labédoyère, Mouton Duvernet et tant d'autres dont la mort était réclamée par les rois ennemis et accordée avec empressement par le roi de France.

« Les deux premières années de cette prétendue restauration, la guerre fut faite en France, contre les Français : Il y avait d'un côté le patriotisme résigné, de l'autre les bourreaux ; la guillotine du droit divin, courait en poste sur les bords de la Saône ; on fusillait à Lyon, à Bordeaux, à Paris ; on massacrait à Grenoble. Prenez le moniteur de ces horribles années : c'est l'extrait mortuaire des plus illustres, des plus dévoués citoyens, tous immolés à la fleur de l'âge par les ordres de l'étranger, contresignés de la main d'un Bourbon.

« Un jour, un seul jour, nous avons cru que cette famille anti-française s'était noyée daus le sang, car elle en fit verser à Paris, en quelques heures, bien plus que dans ses quinze ans de criminelle oppression : Le 30 juillet, nous respirâmes ; nous nous

crûmes délivrés pour toujours de tout ce qui ressemblait de près ou de loin à un Bourbon. Mais l'intronisation du 7 août arriva : Après la branche aînée, vint
la branche cadette. Nous nous bornerons à faire en
quelques mots l'histoire de ces trois dernières années :
S'il ressort évidemment des faits que la branche
cadette est la digne sœur de l'aînée, ce n'est pas nous
qui aurons tort : ce sont les faits ; il faudra empri-
sonner l'histoire.

« A la nouvelle de notre victoire de Paris, la
tyrannie royale de l'Europe trembla sur son trône ;
la malheureuse Pologne eut un rayon d'espoir ; l'Italie
crut toucher au moment de sa délivrance ; la liberté
espagnole tressaillit dans son sanglant linceul, comme
à la veille d'une résurrection ; tous les peuples du
Rhin qui ne sont pas français de nom, mais qui le
sont toujours de cœur, s'apprêtaient à rentrer dans
notre grande famille. — Qu'aurait fait alors un roi
vraiment national, un roi ami de la France, et l'ennemi des rois despotes ? — Ce qu'il aurait fait ? le
voici :

« Il aurait étendu sa protection sur tous les peuples
qui sympathisaient avec nous ; il aurait profité de la
terreur profonde où l'absolutisme royal était plongé,
pour dicter à l'absolutisme les volontés souveraines
de la France : il aurait défendu à la Russie de toucher à la Pologne ; à l'Autriche, d'intervenir en

Italie ; car, à cette époque, la France n'avait pas
besoin de protéger ses amis par les armes : sa parole
puissante lui suffisait, tant la peur qu'elle inspirait
alors aux rois était grande. Oui, un roi national qui
eût tenu ce langage énergique aurait fait éclore en
France une armée d'un million de soldats ; et il se
serait fait ainsi l'arbitre souverain de l'Europe ; on
aurait pu même, avec cette fermeté de position,
jouir des bénéfices de la paix et dicter des conditions
comme après une victoire. Pourquoi Louis-Philippe
n'a-t-il pas suivi cette voie nationale, la seule digne
de notre grande révolution ? Parce que Louis-Philippe
est un Bourbon, l'allié naturel des grandes familles
couronnées de l'Europe ; parce qu'il a puisé, dans les
préjugés de sa race, le respect, la soumission, la
déférence envers les rois, et un profond mépris pour
les peuples ; la reconnaissance même a fait un devoir
à Louis-Philippe d'agir dans les intérêts des rois
alliés, car ce sont eux qui l'ont ramené de l'exil, qui
lui ont fait restituer ses immenses richesses ; et quoique la reconnaissance ne soit pas la vertu des rois,
comme l'attestent les infortunes de l'honorable
M. Laffitte, il faut bien reconnaître, en cette occasion,
que Louis-Philippe n'en a pas manqué envers les
rois. Il est vrai que cette vertu princière a fait le
malheur de la France et celui des peuples amis des
principes de 89.

« Maintenant, en voyant ce que Louis-Philippe a fait, et en pensant à ce qu'il aurait dû faire, qu'on nous dise s'il a agi dans l'intérêt des despotes ou dans l'intérêt de la liberté ?

« La réponse est dans toutes les bouches : de cette conduite royale, notre patrie n'a recueilli que de l'humiliation ; tout le triomphe a été pour l'étranger ; et voilà justement ce qu'a dit le *Peuple Souverain*, ou pour mieux dire l'histoire des faits accomplis.

« Une seule fois Louis-Philippe a porté secours à un peuple ; mais ce peuple avait pour roi son gendre ou pour mieux dire son vice-roi. Ce n'était alors qu'une affaire de famille dans laquelle l'intérêt dynastique se trouvait compromis. Si la Pologne avait eu pour roi un autre gendre de Louis-Philippe, la Pologne n'aurait pas péri ; si les patriotes européens veulent être protégés, pendant quelques heures, ils doivent avoir des rois dont Louis-Philippe soit le beau-père ; la liberté seule n'a pas assez d'attraits pour éveiller les sympathies du royal élève de Talleyrand.

« Il fallait que cette révolution de Juillet, si belle à son aurore, devint fatale à tous ceux qui l'avaient faite, à tous ceux qui avaient mis en elle leur espérance. Oui, nous le demandons, que serait-il arrivé de pire si l'on eût fait roi, au 7 août, le frère de l'empereur de Russie ou le fils du roi de Prusse ? Si nous eussions appelé, après le 29 juillet, un prince étranger au trône de France, quelles catastrophes plus grandes aurions-nous à déplorer ? Aurions-nous vu de pires événements que l'étouffement de la Pologne, les massacres de Modène, l'épouvantable exécution de Torrijos et de ses cinquante compagnons, l'asservissement total de l'Italie et de l'Allemagne ? Qu'auraient fait en France le prince Constantin ou le duc de Modène? Ils auraient traqué les patriotes de Juillet comme des bêtes fauves ; ils auraient rempli les prisons de vainqueurs de la grande semaine ; ils auraient fait assommer dans les rues de Paris les ouvriers par de faux ouvriers ; ils auraient profité de la première occasion pour renouveler, au cloître Saint-Merri, les mitraillades de Charles X ; ils auraient brisé la plume des écrivains généreux sous le poids des condamnations ; ils auraient fait une guerre à mort à la presse ; enfin, ils auraient demandé le mot d'ordre aux rois de la Sainte-Alliance pour vivre au jour le jour, dans une obséquieuse dégradation. Voilà ce qu'auraient fait le duc de Modène ou le grand-duc Constantin.

« Or, nous vous laissons à qualifier la conduite d'un roi de France, qui n'a pas fait autre chose que ce qu'aurait fait un prince russe ou italien. Oui, le *Peuple Souverain* a été fondé à dire que les Bourbons n'ont *jamais travaillé que pour l'humiliation de la patrie et la suprématie de l'étranger !*

« Nous aurions pu, messieurs les jurés, trouver dans notre cause une autre tournure de justification ; nous aurions pu nous défendre au lieu d'accuser ; mais ce rôle était indigne de républicains aussi loyaux que nous. Notre franchise, dût-elle encourir votre blâme, vaut mieux qu'un plaidoyer jésuitique qui laisse tout en question. Oui, nous persistons à soutenir que l'intronisation du 7 août fut un grand malheur pour la France, puisque le 7 août a fait naître trois longues années de malheurs, puisque le trône de Juillet a été funeste à tous ceux qui l'ont fondé, sans le vouloir, en s'insurgeant contre la tyrannie, en versant leur sang sur les barricades. Oui, le gouvernement n'a vécu jusqu'ici que pour notre humiliation et la suprématie étrangère, puisque nous vous avons prouvé qu'avec un prince étranger sur le trône de France, nous serions justement au point où nous en sommes aujourd'hui avec un d'Orléans.

« Et maintenant on va incriminer un autre paragraphe dans lequel nous faisons des vœux pour un meilleur avenir. Oh ! s'il nous est prouvé à nous et à tous que nous sommes humiliés et malheureux, comment oseriez-vous nous enlever le droit de la plainte et le cri de l'espoir ? Si nous sommes soldat de Juillet, convaincu de nos griefs privés et de notre dégradation nationale, vous prétendez que nous gardions notre plainte comme un secret et que nous renoncions à un lendemain plus heureux ? Non, non, les accusateurs publics peuvent nous traduire à leur barre, mais là aussi nous leur crierons : Malheur aux renégats puissants, parce que la justice éternelle est contre eux ! Espoir et confiance à nous et à nos amis, parce que la France sera réhabilitée par l'union de tous ses enfants ! L'heure approche ; elle sonnera peut-être demain. »

VII

Conduite barbare des Autorités envers des Réfugiés Polonais. — Indignation du PEUPLE SOUVERAIN. — La Société Marseillaise des DROITS DE L'HOMME. — Déclaration de principes. — Imbert à Paris. — Sa lettre à Martin Maillefer.

Pour savoir combien la conduite des fonctionnaires de Louis-Philippe était méprisable, il suffit de jeter les yeux sur le fait suivant, dont j'emprunte le récit à l'*Histoire Populaire de la Révolution en Provence* :

« Un navire autrichien qui portait en Afrique quelques débris de l'héroïque armée polonaise, avait été contraint par le mauvais temps de relâcher dans le port de Marseille. Les malheureux Polonais crurent qu'il leur serait permis de respirer un instant l'air de la terre sur un sol que, d'après nos lois, nul esclave ne peut toucher sans devenir libre. Ils débarquèrent et se rendirent, pour dîner, à un hôtel de la rue Beauvau. Mais leur présence, même instantanée, dans le sein d'une cité française, aurait pu déplaire au tigre de Russie, devant qui le gouvernement français était alors, comme aujourd'hui, prosterné à deux genoux. Dès que les autorités furent instruites de leur arrivée, on leur fit intimer l'ordre de se rembarquer. Ne pouvant croire à tant de faiblesse et de déloyauté de la part des fonctionnaires français, ils s'y refusèrent énergiquement, et bientôt la gendarmerie, la police et la troupe de ligne furent sur pied pour faire obéir aux injonctions du maire et du préfet. Les malheureux furent saisis, frappés à coups de plat de sabre et entassés dans des voitures qui les attendaient, et d'où ils purent entendre les cris d'indignation de la foule, qui protestait énergiquement contre cet acte de vandalisme.

« Le lendemain, le *Peuple Souverain* se chargea d'être leur interprète et de venger les droits de l'hospitalité si odieusement outragés. Je n'ai pas donné les détails de cet événement, que je vais prendre dans le

7

récit textuel de cette éloquente feuille, convaincu que
le lecteur n'y perdra rien et qu'il préfèrera, à ma
simple narration, ces articles empreints de tant de
patriotisme et de chaleur. Ecrit sous l'impression du
moment, ce récit, mieux que mes souvenirs, donne à
cet événement son véritable caractère, et peint l'esprit
qui animait alors la population de Marseille :

DÉPORTATION DES RÉFUGIÉS POLONAIS

« L'hospitalité française a été violée aujourd'hui
« de la manière la plus féroce et la plus dégoûtante
« envers les réfugiés polonais. Les passagers de la
« *Regina*, dont nous annoncions hier l'entrée dans
« notre port, avaient obtenu de l'autorité la permission
« de venir se délasser des fatigues et des privations
« de quarante jours de traversée. Ils étaient descen-
« dus à l'*Hôtel Beauvau* et venaient de prendre un
« modeste repas de famille, lorsque l'ordre leur fut
« intimé subitement de retourner à bord du navire
« chargé de les déporter à Alger. Les réfugiés répon-
« dirent noblement qu'en leur qualité d'hommes
« libres, ils croyaient avoir le droit, comme tous les
« étrangers, de reposer leur tête sur le sol libre de
« la France. Ils demandèrent qu'on leur accordât au
« moins quelques jours, afin d'arrêter leur passage
« pour Alexandrie d'Egypte, où ils comptaient offrir

« leurs services à la cause de la civilisation, repré-
« sentée par Mehemet-Ali. Ayant adressé sur ce
« point des réclamations au ministère, ils pensaient
« qu'en attendant la réponse, on ne pouvait leur refu-
« ser l'*hospitalité d'un fort*, qu'ils préféraient encore
« à leur prison flottante. L'autorité se montra inexo-
« rable ; elle exigea une obéissance immédiate. Les
« Polonais déclarèrent alors qu'ils protestaient contre
« cette violation de tous les droits de l'humanité, et
« qu'ils ne céderaient qu'à la force.

« Le bruit de cette déplorable affaire s'étant
« répandu dans la ville, une foule considérable encom-
« bra bientôt la rue Beauvau et ses diverses issues.
« Les murmures de l'indignation générale se conver-
« tirent tout à coup en imprécations et en huées me-
« naçantes, quand on vit un malheureux vieillard à
« cheveux blancs, figure vénérable et pâle de souf-
« france, traîné par les gendarmes hors de l'hôtel,
« enlevé par les pieds et jeté dans un fiacre de
« louage comme un paquet de guenilles. Ses compa-
« gnons d'exil avaient tous à subir une part plus ou
« moins grande d'indignités pareilles, suivant le plus
« ou moins d'énergie qu'ils opposaient à la violence
« de la force armée ; plusieurs avaient le visage
« meurtri. Mais ce qui porta l'indignation, nous pou-
« vons dire la fureur populaire à son comble, ce fut
« de voir une femme, une jeune et belle Polonaise,

« emportée et précipitée dans l'une des voitures,
« la tête enveloppée d'un linge ensanglanté. L'ex-
« plosion de la réprobation fut unanime et terrible.
« Les pierres volèrent contre l'escorte ; la foule
« essaya d'arrêter les voitures chargées des victimes
« de l'infâme police administrative ; des tentatives de
« barricades furent faites et repoussées par des charges
« de cavalerie et de fantassins. Il fallut deux fournées,
« qui durèrent plus de deux heures, et toutes les voi-
« tures disponibles de la station de la place Royale,
« pour enlever les vingt-neuf proscrits de la Sainte-
« Alliance et les conduire à la Consigne, à travers les
« flots d'une population frémissante. Conduits d'abord
« au fort Saint-Jean, ils ont été ensuite portés de force
« à bord du brick de guerre la *Malouine*. Une grande
« partie de la garnison était sous les armes ; plusieurs
« bataillons stationnaient sur la place Royale, sur le
« Cours et au bas de la Cannebière.

« C'est la seconde fois en six mois que les autorités
« marseillaises compromettent le repos et la sécurité
« de cette grande ville par un pur esprit d'entêtement,
« de despotisme et de bravade. Elles célébrèrent l'an-
« niversaire du 29 juillet en portant la hache sur l'em-
« blème de la liberté : c'était un attentat de lèse-nation
« dont il faudra rendre compte quelque jour ; aujour-
« d'hui c'est chose plus grave encore, c'est un crime
« de lèse-humanité. Misérable gouvernement qui feint

« de s'apitoyer en public sur les désastres de la Polo-
« gne, et qui la persécute, l'outrage, la frappe dans
« la personne de chacun de ses enfants! La France
« fut autrefois renommée comme une terre hospita-
« lière et sainte qu'un esclave ne pouvait toucher
« sans être affranchi ; les satrapes du 7 août en ont
« fait une Tauride, où l'homme libre devient esclave
« en débarquant.

« Ils osent parler de 93, époque où tout fut gran-
« diose, même le crime, et les lâches, pour obéir aux
« injonctions du Néron moscovite et acheter, par leur
« abjection, quelques jours de sécurité, s'acharnent
« sans pitié sur les débris de cette Pologne, qui est
« tombée pour eux malheureusement, quand elle
« croyait être l'avant-garde de la France et de la
« Liberté ! Ils traînent par leurs cheveux blancs des
« vétérans polonais, grands dignitaires de la Légion
« d'honneur, croix gagnées jadis à côté de nos soldats
« de Marengo et d'Austerlitz ! Ils frappent des fem-
« mes, des exilées polonaises ! Ils les traitent comme
« dans les pays les plus barbares on ne traiterait pas
« les dernières prostituées ! »

Peu de temps après cet événement, en décembre
1833, une société des *Droits de l'Homme* s'était
formée à Marseille, sur les mêmes bases que celle
de Paris. Ses progrès avaient été rapides : elle avait
atteint en quelques semaines le chiffre de 11 à 1200

affiliés. Vers la fin du mois de février, par suite du mécontentement que son comité avait fait naître chez quelques sectionnaires, elle se divisa en deux frations. Un tiers des sections se sépara des deux autres, élut un comité de cinq membres et déclara ne plus reconnaître celui qui avait été nommé en premier lieu et dont M. Meynier, docteur en médecine, était le président. Les nouveaux commissaires étaient : MM. Imbert, Lardier, André, avocat, Carpentras aîné et Simon Ramagni, expéditeur de navires, aujourd'hui ancien maire de Marseille, directeur du Mont-de-Piété de la même ville (1). En annonçant leur nomination dans le *Peuple Souverain,* ils firent la déclaration de principes suivante :

« Le gouvernement de la révolution de Juillet a suivi les errements de la Restauration ; comme elle,

(1) M. Simon Ramagni est mort le 19 janvier 1886. Il était né à Ajaccio (Corse), et habitait Marseille depuis une soixantaine d'années. C'était un citoyen intègre, dévoué, un véritable homme de bien ; mais si tout le monde aimait à reconnaître la noblesse et la générosité de ses sentiments, ceux qui ne vivaient pas dans son intimité s'accommodaient mal de la rudesse de son caractère. Lorsqu'il devint maire, son humeur brusque et autoritaire, ne tarda pas à froisser le sentiment de la plupart de ses collègues. Il fut ainsi la cause de la dislocation du Conseil municipal le plus éclairé et le plus honnête que Marseille ait possédé depuis la révolution de 1870. Mais en apprenant que M. Ramagni venait de mourir, on oublia les torts du défunt et on ne se souvint que de ses vertus. Toutes les nuances du parti républicain étaient représentées à ses obsèques et toutes les têtes se découvrirent sur le passage du cercueil de ce *bourru-bienfaisant,* de ce vieux serviteur de la cause démocratique. M. Ramagni était âgé de quatre-vingts ans.

il cherche à immobiliser le pays dans un système aristocratique.

« La Révolution, opérée par le peuple, eût dû profiter au peuple. Il n'y a de bon gouvernement que celui qui est fondé sur les intérêts de tous et qui a pour but l'amélioration physique et morale du sort de la classe la plus nombreuse.

« Les soussignés pensent que tout le mal vient de l'introduction du principe monarchique dans la Constitution.

« Ils pensent que ce fait est maintenant en expérience devant le pays ; qu'un jour le peuple reprendra sa souveraineté pour passer au gouvernement électif ou républicain : telle est leur foi.

« Mais ils considèrent que si le peuple profite si rarement des fruits de l'œuvre de son dévoûment, si ces fruits sont généralement confisqués au profit de quelques intrigants et de quelques ambitieux, c'est surtout faute d'une direction unitaire de sa volonté, c'est par l'éparpillement et la discordance de ses efforts et de son énergie.

« Les soussignés estiment donc que les bons citoyens, dont le cœur bat pour la liberté et l'égalité, doivent se réunir en une association qui réunisse leurs efforts pour arriver plus promptement à l'accomplissement de l'œuvre nationale à laquelle ils se dévouent.

« Cette organisation patriotique permet de se compter et d'apprécier les forces vives de l'opinion.

« Elle facilite la moralisation de chaque citoyen et la propagation des principes dans les masses.

« Elle garantit, à tout événement, la résistance à l'oppression, et le maintien du bon ordre après les faits accomplis.

« Elle arrête les inspirations coupables des égoïsmes individuels et les désordres qui souillent la liberté, et assure ainsi le respect des personnes et des propriétés.

« Elle procure une volonté unitaire et compacte, pour stipuler, en connaissance de cause, les droits et les intérêts du peuple, selon la justice et la vérité.

« Enfin, elle n'a point pour but de conspirer, ce qui est trop peu pour le bon droit, mais d'attendre avec courage et en resserrant les liens de la fraternité, que la volonté nationale se manifeste.

« Quant au mode de gouvernement électif propre à régir les affaires du pays, les soussignés n'auront point la prétention d'imposer ici leur opinion.

« Membres du peuple français, ils se soumettent avec respect à la volonté exprimée à cet égard par le peuple français réuni dans ses comices.

« L'élaboration des doctrines républicaines résultera d'instructions successives destinées à faire converger les opinions individuelles vers le but que s'est proposé la *Société des Droits de l'Homme* de Paris.

« Les soussignés profitent de la présente déclaration pour exprimer à leurs concitoyens leur fraternelle gratitude de la marque de confiance dont ils ont bien voulu les honorer.

Marseille, le 22 février 1834.

« *Les membres du Comité :*

« RAMAGNI fils ; IMBERT ; A. LARDIER ; CARPENTRAS aîné ; ANDRÉ, avocat. »

Une profession de foi si sage, si loyale et si ferme en même temps, ne pouvait être du goût des énergumènes du parti, qui ne la trouvèrent pas assez *énergique* ; mais elle produisit une impression excellente sur l'esprit du public marseillais, dont il fallait ménager les susceptibilités. C'était tout ce que désiraient les signataires du manifeste. On songea ensuite à se mettre en rapport avec le Comité de Paris. Imbert se chargea de cette mission. Il partit et, dès son arrivée, se rendit au siège du Comité central, dont les membres étaient alors : MM. Guinard, Voyer d'Argenson, Godefroy Cavaignac, Berrier-Fontaine, N. Lebon, J.-J. Vignerte, de Kersausie, Audry de Puyraveau, Beaumont, Titot et Desjardins. La ligne de conduite adoptée par le Comité parisien, quoique plus accentuée dans la forme, était celle du Comité marseillais :

on devait se préparer à combattre, mais ne rien entreprendre sans y avoir été provoqué par le gouvernement. C'est dans ce sens que le gérant du *Peuple Souverain* écrivait au rédacteur en chef de ce journal, le 26 mars 1834. Il disait :

Mon cher Maillefer,

A mon arrivée à Paris, j'ai remis vos deux lettres. Je n'ai pas vu Carrel ; il m'a fait dire d'aller déjeuner demain avec lui ; je me rendrai à cette invitation, qui me procurera le plaisir de causer avec ce grand écrivain.

Je viens de lire le *Peuple Souverain*, qui m'annonce deux procès ; je vous prie de m'écrire à quelle date ils sont fixés, pour que je me rende à Marseille en temps utile.

Il faut, mon cher ami, préparer les esprits à un assaut terrible avant la fin de juillet ; ce n'est point une illusion, c'est une vérité que j'ai été à même de reconnaître par moi-même : telle est, dans ce moment, la détermination arrêtée. Réussirons-nous, ne réussirons-nous pas ? C'est à l'union de tous les républicains que s'adresse cette question.

VIII

Insurrection d'Avril : Lyon, Paris, Lunéville, Marseille

La lutte sanglante que prévoyait Imbert était plus proche qu'il ne le pensait. Elle éclata à Lyon le 9 avril, et voici comment Th. Lavallée en résume les péripéties :

« La soumission des ouvriers lyonnais, en 1831, ne mit pas fin aux difficultés qui avaient fait naître l'insurrection. Peut-être n'appartient-il pas à l'Etat de résoudre les problèmes posés entre celui qui fait travailler et celui qui travaille. Du moins, peut-il interposer sa puissance médiatrice, amiable, dans la controverse et y apporter, lui aussi, des éléments d'appréciation, de transaction. A défaut de cette intervention bienveillante, la partie la plus forte par le nombre, mais la plus faible par la culture intellectuelle, par les ressources financières, cherchera des solutions ou dans des expédients chimériques, ou, n'ayant pas le temps d'attendre, dans des coups de main qui, même en réussissant, ne résolvent rien.

« Ainsi était-il arrivé à Lyon. Les ouvriers avaient formé une société, dite *Les Mutuellistes*, qui, au mois de février, à la suite de conférences entamées, puis rompues, avec les fabricants, avait ordonné une grève générale à laquelle les conseils de républicains sensés mirent promptement fin. Six *Mutuellistes*, poursuivis pour délit de coalition, comparurent, le 5 avril, devant la police correctionnelle. Une foule immense stationnait sur la place du Palais-de-Justice. Le tribunal, après avoir entendu les témoignages, remit les suites de l'affaire au 9 du même mois.

« La fermentation était extrême dans la ville. Les débats sur la loi contre les associations surexcitaient les esprits ; les *Mutuellistes* songeaient à leurs amis qui allaient être condamnés ; les nombreuses sections des *Droits de l'Homme* n'attendaient que le signal du combat et accusaient de trahison les chefs qui tardaient à le donner.

« Le 9, l'audience fut reprise ; un des défenseurs, Me Jules Favre, commençait sa plaidoirie, lorsqu'un coup de feu retentit et l'on apporta au Palais un ouvrier tué par un soldat. En cherchant à lui porter secours, on découvrit dans ses habits les insignes d'agent de police ; c'en était un, en effet, nommé Faivre. Etait-il victime d'une méprise ? Jouait-il le rôle d'agent provocateur ?

« Ce coup de feu fut le signal d'un combat qui éclata sur tous les points à la fois. La fin de la journée arriva sans que la victoire fût décidée ; mais les troupes obéissaient à une action combinée ; les ouvriers n'avaient ni plan, ni chefs ; ils se battaient isolément ; peu de ceux qu'ils comptaient voir à leur tête s'y montrèrent, beaucoup se cachèrent et s'enfuirent. La lutte se prolongea, cependant, furieuse, impitoyable, pendant les journées des 10, 11, 12, 13 et 14 avril. La Croix-Rousse, qui tint plus longtemps, se soumit au moment d'une attaque décisive.

« La nouvelle de l'insurrection lyonnaise causa à Paris une vive agitation. Les plus ardents parmi les sectionnaires parisiens des *Droits de l'Homme*, jugèrent le moment opportun pour une prise d'armes. Elle eut lieu, en effet, le 13, mais partiellement, sans plus de méthode qu'à Lyon et sans chefs aussi, car celui qui en avait donné l'ordre, le capitaine Kersausie, fut arrêté dès le début.

« L'insurrection s'établit, comme en juin, dans les quartiers Saint-Denis et Saint-Martin, où elle résista jusque vers le milieu de la journée du 14. Un évènement trop fréquent dans les combats de ce genre laissa une longue et sinistre mémoire : des soldats envahirent de vive force une maison d'où l'on crut qu'étaient partis des coups de feu et massacrèrent, sans distinction, tous ceux qu'ils rencontrèrent ; il s'y trouvait des femmes et des vieillards. C'était la rue *Transnonain,* dont le nom est resté odieux à la population parisienne.

« A Saint-Etienne, à Clermont, à Châlons, à Vienne, à Grenoble, à Lunéville, à Arbois, à Marseille, il y eut aussi des tentatives, qui furent aisément comprimées. »

Celle de Lunéville aurait pu avoir des conséquences graves pour le gouvernement : « Enlever les trois régiments de cuirassiers en garnison dans cette ville, courir, le sabre à la main, sur Nancy et sur Metz, y soulever le peuple au cri de : *Vive la République !* et pousser droit à Paris en faisant rouler devant soi le flot sans cesse grossissant des populations et des troupes révoltées, tel était le dessein qu'avaient formé huit sous-officiers, tous hommes de résolution et de courage.

« Le 16, à huit heures du soir, quatre-vingts sous-officiers se trouvèrent réunis au Champ-de-Mars, après l'appel. Le maréchal-des-logis Thomas les fit ranger par régiments, et, prenant la parole, leur exposa les motifs du complot, le plan qu'il fallait suivre, les ressources dont on disposait, les chances de succès, la nécessité d'agir avec audace et promptitude. Vivement soutenue par le sous-officier Bernard, cette allocution excite dans l'assemblée un sombre enthousiasme. On se sépare ensuite, en disant : à minuit !

« Mais quelle est la surprise des sous-officiers, lorsqu'en rentrant dans leurs quartiers, ils aperçoivent les officiers en armes et des piquets qui, de toutes parts, se rassemblent, commandés par des capitaines. Plus de doute : on est trahi. Un traître, en effet, était allé raconter au général Gusler la scène du Champ-de-Mars, et les sous-officiers venaient d'être devancés (1). »

Un de mes chers compatriotes, Jules Roustan, d'Hyères, maréchal-des-logis au 9ᵐᵉ régiment de cuirassiers, était au nombre des conjurés. C'était un

(1) Louis Blanc. *Histoire de Dix ans.*

jeune homme de 27 ans, de la nature d'Imbert : brave, franc, dévoué. Le capitaine Veytard en faisant la visite des chambres et de la sellerie du 1er escadron, trouva dans le 1er peloton, commandé par Jules Roustan, dix selles paquetées et une partie des porte-manteaux préparés. Comme Roustan, en sa qualité de maréchal-des-logis, avait dû avoir connaissance des préparatifs faits dans son peloton, il fut amené devant le lieutenant-colonel qui lui demanda s'il avait donné l'ordre à ses hommes de se tenir prêts à monter à cheval. Roustan répondit :

— Mon colonel, en cela j'ai suivi l'impulsion de mes camarades.

— Comment ! lui dit le lieutenant-colonel, l'impulsion de vos camarades ! Vous êtes le seul de votre escadron qui ayez donné cet ordre-là !

— Eh bien ! mon colonel, s'ils ne l'ont pas fait, ils devaient le faire, car c'était convenu. »

Sur cette réponse catégorique, le lieutenant-colonel le fit arrêter et conduire à la maison d'arrêt de Lunéville, où il trouva le maréchal-des-logis Thomas et treize autres sous-officiers des 8me et 9me régiments de cuirassiers.

Après de nombreux mois de détention, Roustan, par suite de démarches faites à son insu par M. Denis, maire d'Hyères, député du Var, fut mis en liberté, ainsi, du reste, que plusieurs autres détenus du même corps.

Sa carrière étant brisée et sa haine de la royauté s'étant accrue depuis la défaite du parti républicain, Roustan résolut de quitter la France. Là-dessus, il alla se reposer pendant quelques temps à Hyères, au sein de sa famille, et partit ensuite pour une contrée péruvienne, d'où il ne revint jamais.

Pendant que ces événements s'accomplissaient, que s'était-il passé à Marseille ? Dès le 8 avril, en prévision du mouvement insurrectionnel qui se préparait à Lyon pour le mois de juillet, comme l'avait fait pressentir Imbert, les deux comités comprirent la nécessité de grouper leurs sectionnaires sous une seule et unique direction. A cet effet, ils donnèrent simultanément leur démission, après quoi, dans la nuit du 9, les députés des cinquante-six sections se réunirent dans un local de la rue Bernard-du-Bois, et nommèrent un comité de onze membres, où ne figurait aucun des ex-commissaires dissidents. Ce résultat était dû aux démarches incessantes de quelques meneurs qui ne briguaient les suffrages des prolétaires que pour la satisfaction de leur vanité ou pour se faire bientôt une position qu'ils n'étaient pas aptes à trouver en dehors de la politique. Les nouveaux commissaires, à part trois ou quatre hommes énergiques et capables, étaient des jeunes gens imberbes, beaux discoureurs de cafés, mais sans antécédents politiques. L'accusation de trahison dont on

les frappa peu de jours après n'était pas méritée, car
ils n'avaient pas assez d'importance pour que l'autorité
cherchât et songeât même à les gagner ; mais il est
certain que pendant la durée de leur mission, ils
manquèrent d'intelligence et de courage et que le
résultat de leur conduite arrêta pour longtemps, à
Marseille, le mouvement progressif de l'opinion
républicaine.

Le lendemain de la réunion du Bernard-du-Bois,
les premières nouvelles de l'insurrection de Lyon
arrivèrent à Marseille. Des émissaires furent aussitôt
envoyés dans toutes les directions pour attirer dans
cette ville les membres de la *Société des Droits de
l'Homme*. On ne tarda pas à voir dans les rues une
foule de citoyens, parmi lesquels se trouvaient 100 à
150 membres d'une société républicaine d'Aix. En
même temps les sections marseillaises avaient été
convoquées et tenues en permanence, ainsi que le
Comité, qui s'établit dans les bureaux du *Peuple
Souverain*, rue de la Darse, n° 22. Trois mille hommes
déterminés et la plupart armés, brûlaient d'ardeur de
proclamer la République à Marseille et de marcher
au secours des patriotes de Lyon, nonobstant le tort
que ceux-ci avaient eu de ne pas se concerter d'avance
avec les chefs de la démocratie des autres grands
centres de population.

Dans la soirée du 12, une foule de sectionnaires

réunis dans le cercle *Pithéas*, rue Saint-Ferréol, n° 38, en apprenant que la malle-poste venait d'arriver sans apporter de dépêches de Paris, firent entendre plusieurs fois le cri de : *Aux armes !* et ne revinrent sur leur décision que par suite des ordres reçus de la haute direction.

« Lorsque les événements sont accomplis, dit Lardier, et que les circonstances qui les ont accompagnés sont effacées de la mémoire, il est facile au parti qui a survécu d'assurer qu'il n'a jamais douté du triomphe. Mais ceux qui ont vu Marseille à cette époque savent de quelle terreur étaient frappés les partisans du gouvernement, et quel était l'embarras et l'abattement des agents de l'autorité. Une tentative d'insurrection à Marseille pouvait échouer, mais elle aurait eu de grandes chances de succès si on avait profité de la stupeur où les nouvelles de Lyon avaient plongé l'administration. Elle eût été le foyer d'un vaste soulèvement dans le Midi ; elle eût sauvé Lyon et probablement changé les destinées de la France. »

Mais le comité ne voulait donner le signal de l'attaque que sur l'avis d'un succès certain obtenu par les insurgés de Lyon ; et pendant qu'il attendait cette nouvelle, l'autorité prenait des dispositions qui probablement auraient empêché la tentative de réussir, même dans le cas où la République aurait été proclamée par les Lyonnais.

Enlever les armes qui se trouvaient chez les arque-
busiers pour les transporter dans le fort Saint-Nicolas ;
consigner les troupes dans les casernes ; faire sillon-
ner les rues par de nombreuses patrouilles ; doubler
les postes ; distribuer des cartouches, tels étaient les
ordres donnés par le général Damrémont, dans la
journée du 10, en même temps que celui d'embosser
le brick *La Mésange*, au Cul-de-Bœuf, de manière à
balayer la Cannebière. Tout cela ne devait pas inspirer de grandes craintes dans une ville comme
Marseille, où il eût été si facile de couvrir de barricades la partie entière des vieux quartiers et de les
rendre ainsi presqu'imprenables. Mais dans les journées suivantes, la situation n'était plus la même : la
garnison entière était sous les armes ; elle avait pris
position aux débouchés des principales rues, sur les
points qui devaient être les plus menacés et se tenait
prête à accepter la lutte, de concert avec de nombreuses compagnies de la garde nationale composées
de bourgeois dont les sentiments étaient tout à fait
hostiles aux républicains, qu'ils appelaient : *leïs des-
caladaïres* (les dépaveurs : allusion aux combattants
de Juillet 1830 et des 5 et 6 Juin 1832).

En présence de ces préparatifs, ce qu'il y avait de
mieux à faire, c'était de renoncer à la lutte, et c'est à
quoi on finit par se décider : « Les sections, dit Lardier, reçurent l'ordre de quitter leur poste et de se

séparer ; et le comité, de son côté, prononça sa dissolution. L'insurrection n'avait pas osé se montrer ;
l'autorité fit preuve de courage et commença ses
poursuites. Pendant qu'on était, pour ainsi dire, aux
prises, le *Peuple Souverain*, dans son numéro du
14 avril, avait fait paraître comme *Post-Scriptum* un
article où il annonçait que Louis-Philippe était
assiégé dans les Tuileries, que les troupes s'ébran-
laient et qu'elles commençaient à fraterniser avec le
peuple.

« Ce numéro fut immédiatement saisi par ordre du
procureur du roi ; les deux imprimeurs du journal,
Sénès et Mille, furent arrêtés pour être détenus jusqu'à ce que l'on connut l'auteur de l'article incriminé,
article qui devint postérieurement une des pièces du
procès d'avril, jugé par la Chambre des pairs. Ils ne
furent mis en liberté que sous caution, et leur cau-
tionnement ne leur fut rendu que neuf mois après,
lorsque la Chambre des pairs les eut complètement
mis hors de cause. Après plusieurs recherches et
interrogatoires, M. Constant Bérard, propriétaire,
déclara être l'auteur de l'article, fut arrêté quelques
jours après et incarcéré.

« L'autorité ne devait pas en rester là ; des visites
domiciliaires très rigoureuses eurent lieu dans les
bureaux du *Peuple Souverain* et chez plusieurs particuliers. Le même jour, MM. Maillefer, Barthélemy,

courtier royal, et Richard, avocat, furent arrêtés en vertu de mandats d'arrêt envoyés par la Cour des pairs. Le docteur Meynier, contre qui la même mesure devait être prise, eut le temps de s'y soustraire en se tenant caché jusqu'au moment de l'instruction de l'affaire, qui le mit hors de cause. Les citations et les interrogatoires au parquet se multiplièrent journellement, et la plupart des chefs de section, et quelques sectionnaires y furent appelés sans que leurs dépositions donnassent lieu à de nouvelles arrestations (1).

« Pour être juste, au surplus, il faut reconnaître que, dans cette circonstance, l'autorité et le parquet, loin de déployer la rigueur que leur conduite antérieure pouvait faire craindre, montrèrent une modération et même une loyauté auxquelles on était loin de s'attendre. Après quelques jours passés au secret, Barthélemy fut mis en liberté, et les autres détenus purent communiquer avec leurs amis et en recevoir tous les adoucissements que leur position comportait.

(1) Parmi les chefs de section qui furent appelés au parquet, je remarque, outre les administrateurs et les rédacteurs du *Peuple Souverain* : Le docteur Gillet ; Weick, filateur de cotons ; Tempier, entrepreneur de travaux publics ; Leterrier, commissionnaire ; Gibert, médecin ; Laget, agent d'affaires ; Segond, voyageur de commerce ; Achard, maître de pension, et l'ouvrier-poète François Masuy, qui publia plus tard des satires remarquables par l'énergie de l'expression et l'élévation des idées.

Ch. D.

Pour Maillefer, la détention se prolongea pendant deux ans, et ne se termina qu'à son acquittement définitif, prononcé par la Cour des pairs (1). »

IX

Arrestation d'Imbert.
Le BONNET DE LA LIBERTÉ. — Le PROCÈS-MONSTRE.
Charles Lagrange. — Péroraison de Jules Favre.

Surpris à Paris par la nouvelle de l'insurrection de Lyon, Imbert avait préféré rester dans la capitale pour y combattre avec ses camarades de 1830 et de 1832, que de retourner à Marseille, où sa présence, selon lui, n'était pas indispensable, et où, d'ailleurs, il ne pouvait arriver en temps opportun. Mais il ne tarda pas à s'apercevoir qu'un mouvement insurrec-

(1) Le gouvernement provisoire de 1848, récompensa hautement les mérites de Maillefer en le nommant consul général à Messine. Il occupa ensuite le consulat de Barcelone, puis celui de Montevideo ; enfin, après vingt-neuf ans de services dans cette honorable carrière, il prit sa retraite et vint s'établir à Hyères, dans la villa Antonin Manoyer, où il mourut, en février 1877. Il était né à Nancy, en 1799.

tionnel à Paris, n'avait pas plus de chance d'aboutir que celui des 5 et 6 juin, à cause des mesures dictatoriales qui venaient d'être prises par le gouvernement.

Cependant, comme les membres du Comité des Droits de l'Homme de Paris s'étaient engagés à venir en aide aux Lyonnais par une diversion énergique, on rédigea à la hâte une proclamation, qui fut portée au bureau du journal la *Tribune,* moniteur des républicains ardents et dont Armand Marrast avait la direction. La *Tribune* ayant été saisie, on alla trouver Armand Carrel ; mais celui-ci, dont l'âme était aussi incertaine que chevaleresque, ne put se décider à faire insérer la proclamation dans le *National,* où elle aurait pu paraître le lendemain, 13. Alors, on s'adressa à divers imprimeurs ; mais on n'en trouva pas un qui ne reculât épouvanté après avoir pris connaissance de la pièce dont on lui demandait l'impression. Il y avait plus encore : pour frapper l'insurrection à la tête, le gouvernement, qui, dès le mois de mars avait fait incarcérer à Sainte-Pélagie un certain nombre de chefs de section, donna l'ordre de lancer des mandats d'arrêt contre les républicains qui avaient le plus d'autorité sur les classes ouvrières. Le 12, on arrêta Recurt et Guinard ; le 13, on mit la main sur le capitaine de Kersausie ; Armand Marrast avait pris la clef des champs ; Godefroy Cavaignac s'était réfugié chez un ami, où il attendait le moment de se montrer et d'agir. Ce moment ne vint pas. L'ordre avait été donné à plusieurs sectionnaires de descendre sur la place publique, non pour commencer l'attaque, mais pour répandre dans l'air une agitation qui indiquât quelles étaient les dispositions du peuple. Cet ordre fut mal compris ou mal exécuté. Le dimanche, 13, dans les rues Beaubourg, Geoffroy, Langevin, Grenier-Saint-Lazare, Transnonain, des barricades furent construites par une poignée d'hommes exaltés que des agents de police excitaient au combat. On sait quels furent les résultats de ces tentatives isolées, qui permirent au gouvernement de porter un dernier coup à une association qui, plus disciplinée et moins confiante, n'eût probablement pas abouti à un avortement.

Imbert était désolé de voir finir ainsi cette association qui avait porté dans ses flancs une révolution et dont il avait été un des promoteurs. Néanmoins, il se berçait encore de l'espoir d'une victoire du peuple à Marseille ou dans une autre ville, lorsqu'il apprit, par une lettre écrite dans les bureaux du *Peuple Souverain*, que Marseille n'avait pas donné, que Maillefer était en prison et qu'à la date du 14 avril un mandat d'arrêt avait été décerné contre lui par M. Mérendol, juge d'instruction.

Pour se soustraire à ce mandat, il quitta la maison qu'il habitait, rue du Mail, n° 3, alla retenir aux

Messageries Générales une place pour le départ du
lendemain, 28, et se mit en quête d'un logement pour
la nuit. En arrivant au coin de la rue Neuve-des-
Petits-Champs et de la rue de la Vrillière, il rencontra un officier de paix, qui, croyant le reconnaître, le
laissa passer et l'appela ensuite par son nom pour
s'assurer qu'il ne se trompait pas. Pensant que c'était
un ami qui l'appelait, Imbert tourna brusquement la
tête ; mais au lieu d'un ami, il aperçut l'officier de
paix, qui, souriant, s'avança vers lui en disant qu'il
avait ordre de l'arrêter. Toute résistance étant inutile,
il se laissa conduire au dépôt de la Préfecture de
police et de là à Sainte-Pélagie.

On avait trouvé sur lui : le reçu des Messageries
Générales, un certificat de républicanisme et une
copie du *Bonnet de la Liberté*, chanson qui était alors
dans les mains de tous les patriotes et que j'ai retrou-
vée parmi les pièces du procès d'avril. Le certificat
avait été délivré, le 10 du même mois, par François
Delente, Anguste Caunes, et autres républicains
éprouvés, pour répondre aux attaques d'un individu
que l'on ne soupçonnait pas alors et qui cependant
appartenait à la police. Il portait en substance : « Il
n'est aucun de nous qui n'ait été en butte à ces mêmes
calomnies, émanées de sources méprisables. Aussi,
nous faisons-nous un devoir de rendre justice à notre
camarade Imbert, décoré de Juillet, qui s'est en toute

circonstance, avant, pendant et après les fatales journées de juin 1832, conduit de manière à mériter partout l'estime et la considération de ses camarades. »
Voici maintenant la chanson :

LE BONNET DE LA LIBERTÉ

Air du VIEUX DRAPEAU

Français, les rois sont en famille ;
Leurs canons sont braqués sur nous.
Ils menacent de leur courroux
Le vieux drapeau de la Bastille.
Relevons-nous avec fierté
Pour briser une ligue altière !
Couronnons la sainte bannière
Du bonnet de la Liberté !

Entendez résonner l'enclume :
Nos maîtres nous forgent des fers :
Mais pour engloutir les pervers,
Voyez l'Etna qui se rallume.
Ils ont cru le lion dompté :
Il va redresser sa crinière.....
Couronnons la sainte bannière
Du bonnet de la Liberté !

Au despotisme qui conspire.
Montrons l'oriflamme éclatant !
Montrons-lui le drapeau géant
Chargé des lauriers de l'Empire.
En proclamant l'Egalité,
Arborons-le sur la frontière ;
Couronnons la sainte bannière
Du bonnet de la Liberté !

Une lâche diplomatie
A genoux marchande la paix ;
Elle traîne l'honneur français
Dans la fange de l'infamie.
Du système *emphilipesté*,
Pour clore l'ignoble carrière,
Couronnons la sainte bannière
Du bonnet de la Liberté !

Lorsqu'en sa course fugitive,
Le temps emportera les rois,
Nous irons, armés de nos droits,
Crier à l'Europe captive :
« Peuples ! Paix et Fraternité !
Nous vous apportons la lumière ! »
Couronnons la sainte bannière
Du bonnet de la Liberté !

Par une ordonnance du 15 avril, la Cour des pairs fut convoquée pour juger les prisonniers faits à Lyon, à Paris, à Marseille et autres localités. Plus de 2.000 personnes avaient été arrêtées. La Commission d'instruction fonctionna pendant neuf mois, et déclara la prévention établie contre 440 personnes. La Cour n'en mit en accusation que 164, dont 45 contumaces.

Le procès, auquel on donna le nom de *Procès-Monstre,* commença le 5 mai 1835. « Les accusés n'ayant pu s'entendre pour adopter une même ligne de conduite, les débats furent pleins de confusion. Les uns assistaient aux audiences sans vouloir dire une seule parole ; d'autres protestaient énergiquement, avec violence même ; d'autres acceptaient le débat et répondaient aux interrogatoires ; d'autres encore refusaient de comparaître et on les traînaient de vive force au prétoire, les habits déchirés, quelquefois ensanglantés, spectacle peu digne de la justice; d'autres, enfin, refusaient de se vêtir et il fallait les laisser dans leur lit pour ne pas les amener nus devant les juges (1). »

Selon moi, ce furent les accusés de Paris, au nombre desquels était Imbert, qui se conduisirent avec le plus de dignité : La Cour ayant décidé qu'elle n'admettrait que des avocats reconnus par les tribunaux, tandis que les détenus de Sainte-Pélagie voulaient choisir leurs défenseurs dans tous les rangs de la société, comme c'était leur droit, ces derniers avaient résolu de ne plus opposer à leurs juges que le silence et le dédain.

« — Je ne veux rien vous répondre, dit Cavaignac, au président Pasquier, tant que vous n'aurez pas fait droit à notre réclamation relativement au choix d'un défenseur. »

« — Je refuse de répondre, dit Imbert : vous n'êtes pas pour nous des juges, mais des ennemis. »

La plupart des accusés de Lyon et des autres villes, entre autres Baune, Martin, Marc Caussidière, Maillefer et les sous-officiers de Lunéville, voyant que la Cour ne voulait pas même admettre comme

(1) Th. Lavallée.

défenseurs, des hommes comme Armand Carrel et Voyer d'Argenson, protestèrent contre sa décision et se rangèrent à l'avis des accusés de Paris, qui, rentrés dans leur prison, opposèrent une résistance victorieuse à ceux qui voulurent les ramener devant leurs juges.

« — Je demande la parole en mon nom personnel, avait dit Lagrange : L'avocat du Roi a dit tout à l'heure que le Code d'instruction criminelle n'était pas applicable devant la Cour des pairs ; alors pourquoi a-t-on invoqué l'article 295 du même Code pour nous priver de nos défenseurs ?

« En me présentant devant vous, en ne me faisant pas déchirer en morceaux avant qu'on m'amenât à votre audience, j'ai voulu non seulement pouvoir me défendre, mais encore proclamer hautement nos actes. D'après la marche que vous avez prise, je vous déclare, sans qu'aucune de mes paroles puisse être regardée comme une reconnaissance de votre juridiction, que je proteste contre cette longue détention qui ruine nos familles ; contre le régime des prisons, qui ruine nos santés. Je proteste contre la manière dont nous sommes traités dans des prisons spéciales, où on n'a cependant pas la nécessité d'exécuter des règlements antérieurs ; je proteste contre la privation où l'on nous tient de recevoir les visites de nos parents ; je proteste contre la disposition de cette salle dans laquelle nous sommes assis sur des bancs où il nous est impossible de remuer, où nous sommes condamnés à souffrir, tandis que vous êtes à votre aise dans vos fauteuils ; je proteste contre l'exclusion du public de vos séances, car je ne regarde pas comme formant le public, les quelques personnes auxquelles MM. les pairs distribuent des billets pour venir assister à notre jugement comme à un spectacle : je ne regarde comme formant le public que nos mères, nos frères, le peuple enfin... »

Ici, le président retira la parole à l'accusé, qui protesta de nouveau au milieu d'un violent tumulte, à la suite duquel la Cour se retira pour délibérer sur un réquisitoire de M. Martin (du Nord), procureur général, tendant à autoriser le président à faire sortir de l'audience et reconduire en prison tout accusé qui troublerait les débats.

Le surlendemain, la Cour des pairs rendit un arrêt conforme aux conclusions de M. Martin (du Nord). Pendant la lecture de cet arrêt et de l'acte d'accusation, il y eut de bruyantes protestations de la part des accusés. On les fit alors sortir de la salle et l'on en ramena vingt-neuf appartenant à la catégorie de Lyon, qui avaient promis de rester tranquilles. Parmi eux se trouvaient Lagrange ; mais on s'était singulièrement trompé à son égard : il ne fut pas plutôt entré qu'il demanda la parole ; et comme M. Pasquier la lui

refusa : « — Je la prends, s'écria-t-il avec impé-
tuosité ; je demande acte de la protestation que nous
avons envoyée hier, ou alors je proteste encore avec
la conscience d'un homme qui a tenu son serment, et
qu'une comparaison avec vous ferait rougir ! »

A ces mots, sur l'ordre du président, des gardes
municipaux le saisissent, l'entraînent ; mais lui, se
cramponnant à la barre, et, les yeux fixés sur ses juges,
s'écrie avec une vive exaltation : « — A votre aise,
messieurs les pairs ! jugez-nous sans nous entendre ;
faites tomber encore de nobles têtes ; baignez-vous
encore dans des flots de sang généreux, pour cacher
les traces qu'a laissées sur vous le sang du brave des
braves ! »

Le procès, après ces mémorables incidents, cessa
d'intéresser le public, jusqu'au jour où M. Jules Favre
prit la parole pour défendre quelques accusés de
Lyon. Sa plaidoirie, qui fut admirable, se termina
par un véritable réquisitoire :

« — Le ministère public nous accuse de complot,
dit-il avec véhémence ; nous, nous accusons le gouvernement de n'avoir pas empêché une lutte qu'il
avait prévue. Vous nous accusez d'avoir élevé des
barricades, nous vous accusons de les avoir laissé
construire lorsque vous pouviez vous y opposer. Vous
nous accusez d'avoir tiré sur les défenseurs de l'ordre,
et nous vous accusons d'avoir déchiré la loi qui pou-

vait être une sauve-garde pour les hommes paisibles, d'avoir versé le sang des personnes innocentes, d'avoir exécuté des ordres impitoyables.

« Voilà, messieurs mon réquisitoire ; car, moi aussi, j'ai une accusation à porter ; celle-ci et celle du parquet resteront fixées à la porte de ce palais ; la France les pourra lire l'une et l'autre ; elle jugera, ainsi que vous, de quel côté se trouve la vérité ! »

Les audiences se prolongèrent jusqu'au 28 décembre 1835, date de l'arrêt concernant la dernière série d'accusés. La plus grande peine appliquée fut celle de la déportation : on se contenta du nombre de cadavres d'hommes, de femmes et de vieillards retirés du n° 12 de la rue Transnonain.

X

L'Évasion de Sainte-Pélagie.

Entre temps, le 12 juillet, un certain nombre d'accusés, détenus à Sainte-Pélagie, s'étaient évadés par un couloir souterrain creusé par eux et aboutissant dans le jardin d'une maison de la rue Copeau. Imbert avait été un des principaux artisans du projet conçu pour cette évasion, devenue célèbre, et dont il a fait le récit dans l'*Almanach Populaire* de 1844, édité à Paris par le républicain Pagnerre, qui fut membre du gouvernement provisoire, en 1848. Voici la reproduction fidèle, quant aux faits, de cette intéressante narration :

« Après une longue prévention, les accusés d'avril qui étaient détenus à Sainte-Pélagie, n'ayant pu faire accepter par la Cour des pairs les conseils qu'ils avaient appelés de tous les points de la France, résolurent de se soustraire aux condamnations dont ils étaient menacés.

8

« Ce fut à table que Guinard, Imbert, Cavaignac et Marrast conçurent le plan d'évasion et se concertèrent sur les moyens à employer pour le faire réussir.

« Comme, pour exécuter les travaux, il ne fallait qu'un petit nombre d'hommes robustes et déterminés, il fut décidé que, jusqu'au dernier moment, le secret serait gardé envers les autres prévenus.

« Le moyen qui leur sembla le plus sûr et le plus facile, étonne par l'audace de sa conception et les obstacles inouïs de son exécution.

« Il s'agissait de s'introduire dans un caveau de la prison, d'en percer les fondations et de creuser un souterrain qui aboutît au jardin d'une maison voisine !

« La première difficulté était de s'introduire dans ce caveau, où les gardiens ne descendaient jamais, et d'y avoir accès à toute heure, selon les besoins des travaux à exécuter. Son entrée était dans un corridor banal et précisément en face d'une porte qui donnait sur le préau.

« On conçoit combien il était difficile de tromper la vigilance des gardiens, qui, de l'intérieur de la cour, pouvaient surveiller la porte du caveau.

« Cependant, avec un peu d'adresse, Guinard prit l'empreinte de la serrure avec de la cire molle ; et quand sa femme vint le voir, il lui remit cette empreinte en lui disant à quoi elle devait servir.

« Mme Guinard ne perdit pas de temps. Elle s'adressa à un ami politique, qui passa la nuit à confectionner la clef ; et le lendemain, le précieux instrument était entre les mains de Guinard.

« On chercha ensuite comment on pourrait l'utiliser. Profitant d'un moment favorable , et pendant que Marrast et Cavaignac faisaient sentinelle, Guinard ouvrait la porte, s'introduisait, suivi d'Imbert, dans le caveau, et observait l'état des lieux pour la direction que devait prendre le souterrain.

« Déjà, des fenêtres de leurs cabanons, ils avaient étudié le voisinage et leurs yeux s'étaient arrêtés sur un vaste jardin, ombragé de grands arbres dont le feuillage cachait les lieux à tous les regards.

« En ce temps là, les détenus politiques jouissaient de quelques privilèges, qui leur furent utiles dans l'accomplissement de leur projet. Le préfet de police leur avait accordé une libre communication avec leurs femmes, leurs enfants et un certain nombre d'autres personnes. Cette tolérance fut mise à profit.

« Il ne restait plus, pour se mettre à l'œuvre, qu'à se procurer les instruments nécessaires. Guinard chargea sa femme de s'adresser à quelques amis pour obtenir des pioches, des pieux et autres outils.

« Peu de jours après, Mme Guinard, Mme Imbert (1)

(1) La compagne qu'Imbert avait adoptée après sa séparation d'avec sa femme.

et Mlle Cavaignac, introduisirent sous leurs vêtements les objets demandés.

« Mais pour que l'ouvrage avançât vite, quatre travailleurs ne suffisaient pas. Ce fut alors que MM. Vilain et Fournier furent mis dans le secret. Après cela les travaux commencèrent.

« La porte qui donnait sur la cour étant toujours ouverte et surveillée, il était impossible d'ouvrir, sans être vu, celle du caveau, qui se trouvait tout à fait en face. Il fallait alors employer la ruse.

« Les détenus organisèrent une partie de balle : Ils jouèrent pendant quelques temps en ayant soin de chasser toujours la balle du côté de la porte et en feignant d'être gênés dans leurs mouvements parce qu'elle restait ouverte.

« Les gardiens, fatigués de leurs plaintes, se décidèrent à fermer la porte pendant la durée de la partie. En sorte que lorsque les travailleurs voulaient entrer dans la cave ou en sortir, l'un d'eux mettait la partie en train et les autres pouvaient agir en toute sécurité.

« Il y eut d'abord à desceller les pierres du mur, que l'on conserva pour masquer, au besoin, l'ouverture qu'on allait pratiquer. Puis on se mit à creuser. La terre qu'on rencontra était d'un jaune gras qui tachait les vêtements, et qui contrastait singulièrement avec la couleur noire du sol du caveau. Faute d'autre moyen, il fallait bien se résigner à l'épandre un peu partout et à la piétiner : si un gardien s'était avisé de descendre dans le caveau, tout était perdu !

« Les conspirateurs avaient meublé le caveau de tous les objets de première nécessité : ils y avaient descendu des vêtements pour le travail, de l'eau, des chandelles, des allumettes chimiques et jusqu'à une couverture, dont ils avaient fortement lié les coins et qui servait à traîner hors du souterrain la terre du déblai.

« Et tout allait bon train : l'un piochait, l'autre ramassait la terre avec les mains et la jetait dans la couverture, que les autres tiraient ensuite à eux.

« Toutefois, il y avait des moments où ces intrépides mineurs, qui avaient à quelques pas, d'un côté, le soleil, la vie ! et de l'autre, une mort lente dans les ténèbres d'un cachot ! en étaient jusqu'à regretter d'avoir mis la main à cette rude besogne : leurs fatigues étaient intolérables, le moindre bruit du dehors leur causait une émotion indicible et ils avaient à craindre d'être ensevelis sous un éboulement de terrain.

« Après bien des heures d'espoir et d'angoisse, on était enfin parvenu à creuser une voie de douze mètres de longueur sur une largeur d'un mètre et sur un mètre dix-sept centimètres de hauteur. Il y avait eu quatre murs de l'épaisseur d'un mètre à percer avant d'arriver sous le chemin de ronde de la prison !

« Les mineurs en étaient arrivés là, lorsqu'un jour, un bruit de pas se fait entendre au dessus de leurs têtes ; ils écoutent... le bruit devient de plus en plus distinct ; il n'en faut plus douter : c'est la sentinelle du chemin de ronde qui passe et repasse au-dessus d'eux !

« Il y eut alors un moment de vive stupeur : Les détenus, ignorant à quelle distance ils étaient du sol, avaient creusé un peu à l'aventure, et maintenant ils entendaient les pas de la sentinelle aussi clairement que si une simple couche de terre les eût séparés d'elle !

« Comme, en continuant à travailler, ils avaient à craindre d'être entendus et, ce qui était plus sérieux, de voir tomber, à tout moment, la sentinelle dans le souterrain, ils décidèrent qu'il y avait lieu de consulter un ingénieur.

« Un de leurs amis, M. Higonnet, après avoir obtenu l'entrée de la prison, vint à Sainte-Pélagie, descendit furtivement dans le caveau, examina les lieux et s'empressa de rassurer les travailleurs. Selon lui, il n'était pas besoin d'étançonner le souterrain ; il n'y avait qu'à continuer comme on avait commencé.

« Une circonstance qu'il est cependant bon de noter, les favorisa singulièrement : on construisait alors à Sainte-Pélagie un bassin qui occupait de nombreux ouvriers. Il en résulta que le bruit du dehors couvrit celui du dedans, et que l'on put ainsi donner plus d'activité aux travaux.

« Toute crainte pourtant n'avait pas disparu : l'excavation touchait à sa fin, lorsqu'un jour les mineurs, étant remontés pour prendre leur repas, se rendirent dans une chambre dont la fenêtre donnait sur le chemin de ronde. Tout à coup, un d'entre eux, qui regardait à travers les barreaux, pousse un cri de terreur... — que vient-il d'apercevoir ? — Un énorme chariot, chargé de pierres de taille, qui allait passer sur le souterrain !.. comment la croûte d'argile qui le couvre résistera-t-elle à cette épreuve ?.. Tous accourent à la fenêtre ; et là, le regard fixé sur le véhicule, ils attendent, en proie à une poignante anxiété, qu'il ait dépassé le point au-dessus duquel s'est concentré toute leur espérance... le chariot passa et, dès ce moment, on redoubla d'activité pour mener à bonne fin l'œuvre de la délivrance.

« Au bout de l'excavation, qui avait atteint une longueur de dix-sept mètres, se trouvait un cinquième mur, qui la séparait du jardin. Après le percement de ce mur, on dut creuser, au-dessus de soi, une espèce de puits de trois mètres de hauteur ; et on ne laissa à enlever, pour le moment suprême, qu'une croûte de terre de cinquante à soixante centimètres d'épaisseur.

« La terre du souterrain était argileuse et jaunâtre ; celle du puits était noire : on la recueillit avec soin pour l'éparpiller sur le sol du caveau afin de lui rendre l'aspect qu'il avait auparavant.

« Cela fait, on masqua l'ouverture de l'excavation avec les pierres qu'on avait conservées. Puis on songea au moyen de connaître l'état des lieux où le souterrain venait aboutir.

« Il fallait pour cela l'aide des amis du dehors. Voici comment on y parvint : pour avoir le plan du jardin et de la maison, Armand Barbès s'était adressé à un de ses amis, qui était dessinateur. Celui-ci avait une sœur de quinze à seize ans dans un pensionnat de Paris. Il la conduisit un jeudi devant la maison que Barbès lui avait indiquée. Là, après lui avoir dit un mot sur le but de sa mission, il lui demanda de feindre un évanouissement. Mais elle manqua de courage et ni prières, ni menaces ne purent vaincre sa timidité. Seulement, elle promit de s'armer de résolution pour le dimanche suivant.

« Ce jour-là, en effet, elle joue son rôle ; le frère appelle au secours ; on vient ; on la transporte dans le salon du propriétaire de la maison, qui se joint à sa femme pour lui prodiguer des soins.

« Pendant ce temps, et pendant que la jeune fille, revenue à elle, est conduite dans le jardin pour y respirer un air plus frais, le dessinateur inspecte les lieux et s'assure qu'une porte vitrée seule sépare le jardin d'un corridor qui aboutit à la rue Copeau.

« Ce n'était là qu'un léger obstacle. Néanmoins, en prévision du cas où de nouveaux renseignements deviendraient nécessaires, le frère et la sœur revinrent, à quelques temps de là, chez les époux Vautrin, pour les remercier de leurs bons offices. Le visiteur causa longtemps avec eux, dit qu'il était de Limoux, qu'il attendait un panier de vin du pays et qu'il se ferait un devoir de le leur offrir.

« M. et Mme Vautrin acceptèrent avec reconnaissance, et, dès ce moment, on fut assuré du moyen de pénétrer dans la maison pour empêcher toute résistance quand s'effectuerait l'évasion.

« Toutes les précautions prises, tous les moyens assurés, on attendit les débats de la Cour des pairs et l'arrêt de disjonction des causes, arrêt à la suite duquel, les accusés de Paris devaient être ramenés de la prison du Luxembourg à celle de Sainte-Pélagie, par suite de leur refus d'accepter les débats tels qu'on voulait les diriger.

« Comme on vient de le voir, l'évasion, avant le procès, n'avait plus d'obstacles sérieux à surmonter ; mais, par un sentiment d'honneur facile à comprendre, les conspirateurs du caveau, avaient décidé qu'ils ne donneraient suite à leur projet que lorsqu'ils ne pourraient plus être utiles à leurs co-accusés.

« Les choses se passèrent comme on les avaient prévues : l'arrêt de disjonction intervint et les accusés de Paris furent ramenés dans leur ancienne prison.

« Alors seulement on s'occupa des préparatifs de l'évasion ; et on en fixa l'exécution au lendemain, 12 juillet, à 8 heures du soir.

« Le lendemain, dans la matinée, on fit disparaître les outils qui avaient servi au percement du couloir, outils qui, en restant sur les lieux, auraient pu compromettre ceux qui les avaient confectionnés ou fournis. Mmes Imbert et Guinard les emportèrent sous leurs jupes. Quand à la clef du caveau, elle fut jetée le soir même par Imbert, dans un champ de blé, à une très grande distance de Paris.

« Nous avons dit que la hauteur du souterrain était de 1 mètre 17 centimètres : cela ne permettait pas de se tenir debout ; se courber, ralentissait trop le mouvement ; marcher à quatre pattes n'était pas prudent sur un sol mal aplani et jonché de pierres anguleuses. Alors, que fit-on ? une chose bien simple : on étendit des couvertures de laine, en guise de tapis, dans toute la longueur de la voie, ce qui permettait de ramper avec une certaine vitesse sans avoir à craindre de se blesser.

« On attendit la nuit tombante pour comuniquer le secret à tous les détenus. Plusieurs refusèrent de profiter du moyen qu'on leur offrait d'être libres : les uns parce qu'ils n'avaient pas à craindre une condamnation, les autres par un sentiment exagéré de défiance envers la police. Néammoins, ils se conduisirent en bons camarades, en cherchant à détourner l'attention des gardiens de tout ce qui aurait pu compromettre le sort des fugitifs.

« Enfin, à 8 heures 45 minutes, pendant que les détenus se groupaient, comme d'habitude, autour d'Armand Marrast, pour entendre la lecture du journal le *Messager*, ce qui permettait aux gardiens de se retirer pour aller prendre un peu de repos, les détenus descendirent dans le caveau. Pour éviter le désordre, on avait eu le soin de placer un homme armé à l'entrée du souterrain pour contenir l'impatience de ses camarades et un autre homme armé, à l'entrée du caveau, pour empêcher qu'on ne revint sur ses pas.

« Plusieurs heures auparavant, les chefs du complot avaient envoyé MM. Fournier, Vilain et Landolphe au fond du souterrain pour achever le percement du trou qui devait donner issue dans le jardin. En sorte qu'il ne restait plus qu'à avertir les complices du dehors, par un signal convenu, que tout était prêt pour le départ.

« Mme Crevat avait loué une chambre à un étage très élevé, dans le voisinage de la prison. Elle apercevait de là celle de son mari. Une lumière, que celui-ci mit à sa fenêtre, lui apprit ce qui lui importait de savoir. Elle prévint aussitôt les complices de l'évasion, et Crevat descendit pour rejoindre ses camarades.

« Il y avait encore de l'hésitation parmi quelques-uns des détenus présents. Pour leur enlever tout soupçon de manœuvre policière, les meneurs déclarèrent que trois d'entre eux passeraient les premiers et que les trois autres ne s'introduiraient dans la voie qu'à la suite de tous ceux qui auraient la ferme résolution de s'évader.

« Cela dit, on se divisa par sections et l'évacuation commença après quelques mots de Guinard, qui engagea ses compagnons à ne pas compromettre le succès de l'entreprise par trop de précipitation.

« En un clin d'œil, tous les fugitifs eurent franchi la longueur du couloir et gagné le jardin, avec l'aide des trois camarades qui avaient achevé le percement du puits.

« Imbert et Cavaignac étaient sortis les derniers.

« Il ne restait plus qu'à donner le dernier signal. Soudain, deux coups de sifflet, partis presqu'en même temps du jardin et de la rue Copeau, annoncent que des deux côtés on est prêt pour le dénoûment. Les fugitifs se précipitent alors vers la maison. L'un d'eux frappe discrètement à la porte ; un domestique approche :

« — Qui va là ?

« — Ouvrez !

« — On n'ouvre pas.

« Sur ce, on se rue sur la porte ; on l'ébranle, les

vitres volent en éclats. En même temps, les amis du dehors accourent en criant : « Ouvrez ! ouvrez ! ce sont nos amis ! »

« Enfin la porte cède et tous, pêle-mêle, s'envolent dans la rue, pendant que la sentinelle, postée sur la terrasse de la prison, regarde d'un œil indifférent et que Mme Vautrin, dont le mari est absent, tombe évanouie entre les bras de la femme d'un détenu, que Barbès avait introduite dans la maison.

« Une fois dans la rue, on chercha à rejoindre les voitures que MM. Etienne Arago, Higonnet, Barbès, Mmes Guinard, Imbert, Crevat et Mlles Cavaignac et Grouvelle avaient préparées.

« La foule, étonnée de ce mouvement inusité, s'était rangée en double haie sur le passage des fugitifs.

« — Qu'est-ce ? disait-on.

« — Ce sont les détenus politiques qui s'évadent.

« — Ah ! tant mieux ! laissons-les faire !

« Et chacun de rire en songeant au bon tour qu'on venait ainsi de jouer au gouvernement.

« Les voitures se dispersèrent de divers côtés et le lendemain tous les fugitifs, heureux de se sentir libres, étaient désormais à l'abri des atteintes de leurs persécuteurs. »

XI

Imbert se réfugie en Belgique
Ses diverses professions. — Mort de Chiret
Ses Obsèques
Discours d'Imbert et de Ch. Delescluze

Pour échapper plus sûrement aux poursuites de la police, les évadés s'étaient enfuis vers des points différents.

Imbert avait été prendre la route de Belgique. Il voyagea sous le nom de *Comte Duval* et arriva, sans encombre, à Bruxelles, où il trouva, chez des compatriotes, une généreuse hospitalité. Il apprit là, six mois après, que le 23 janvier 1836, la Cour des pairs l'avait condamné à dix ans de détention et à la surveillance de la haute police pendant toute sa vie.

Il ne songea plus, dès ce moment, qu'à chercher le moyen de vivre honorablement dans l'exil, avec sa compagne et ses deux enfants. Ce moyen, il ne tarda pas à le trouver, grâce au dévoûment de ses hôtes et, il faut le dire, à la sympathie qu'il savait inspirer à tous ceux qui le voyaient, même pour la première fois.

Tour à tour associé à une entreprise de transport par eau, directeur des mines de charbon de Binche (province du Hainaut), fabricant de poteries, il se fit remarquer dans chacune de ces industries par une activité infatigable et une intelligence rare.

Pendant un sondage qu'il faisait exécuter sur les frontières de France, les tiges se détachèrent de la machine et tombèrent au fond du puits. Au moyen d'un mécanisme qu'il inventa, toutes ces tiges furent retirées et il eut la satisfaction de voir terminer des travaux que tout le monde considérait comme devant être abandonnés. Une Commission nommée par l'administration des mines, étant venue prendre connaissance de ce fait, elle reconnut, ainsi que les journaux belges, que le moyen ingénieux trouvé par Imbert était un nouveau progrès dans l'art mécanique.

Plus tard, la fabrication des poteries lui donna une nouvelle occasion de se signaler. Il devint en peu de temps un des principaux chefs de l'industrie céramique, et ses produits lui valurent une médaille d'argent à l'Exposition agricole et industrielle qui eut lieu, en 1847, dans la capitale du Brabant.

Il avait en toutes choses des idées fort ingénieuses. Pendant son séjour à Bruxelles, il inventa un engin de guerre qui eut plus tard de nombreuses imitations. C'était une bombe en fonte ayant la forme et la grosseur d'une poire ; on la chargeait de poudre et de mitraille par son extrémité inférieure; puis on y introduisait une capsule adaptée à une tige en fer dont la tête restait en dehors. L'engin étant plus lourd du bas que du haut, il s'ensuivait que lorsqu'il était lancé en l'air, il retombait sur la tête de la tige, qui, par suite du choc résultant de la chute, faisait éclater la capsule et conséquemment la bombe, dont le contenu et le contenant s'éparpillaient de tous les côtés.

Ces résultats ayant été constatés par une Commission composée de membres des sociétés secrètes de Lyon et de Paris, on décida de faire confectionner à Charleroi, 5,000 de ces bombes pour être expédiées à Paris, afin de pouvoir, en cas de révolution, se défendre avec plus d'avantage contre les troupes; mais il ne paraît pas qu'on ait donné suite à ce projet, car, pendant la lutte de février 1848, le peuple ne se servit que des armes prises chez les armuriers pour chasser du trône le prince ingrat et corrupteur qu'il avait élevé sur le pavois en 1830.

Les divers travaux auxquels il se livra pendant ses nombreuses années d'exil, ne lui firent pas oublier les intérêts de sa noble cause : partout il faisait de la propagande et partout il faisait naître dans les cœurs le sentiment républicain.

La petite ville de Binche était imbue des idées

monarchiques et cléricales : il entreprit de la démocratiser ; mais au lieu de s'adresser aux prolétaires, il eut le bon esprit de commencer par les bourgeois ; et ce furent les prédications de ceux-ci qui tirèrent le peuple binchois de l'état d'ignorance et de servilisme dans lequel, depuis des siècles, il était tenu par les prêtres. Le fait suivant fera juger des sentiments dont ce peuple était animé, quelques années seulement après l'arrivée du démocrate marseillais.

L'un des évadés de Sainte-Pélagie, Adolphe Souillard, dit *Chiret,* ancien tapissier-décorateur, pour se soustraire aux persécutions de la police de Bruxelles, était venu demeurer avec sa jeune femme à Charleroi, où il vivait d'un modeste emploi qui lui avait été offert par le directeur du journal de cette ville, M. Charles Delescluze (1). Atteint peu de temps après d'une affection de poitrine qui ne lui laissait aucun espoir, il fut accueilli à Binche, par son ami Imbert, dans la maison duquel il trouva les soins les plus délicats. Mais le coup était porté : le pauvre Chiret mourut dans les bras de sa femme et de son compagnon d'infortune, le 21 mai 1840, à l'âge de trente-trois ans !

Jusqu'à ses derniers moments, il protesta devant

(1) Delescluze avait été arrêté en 1834, à l'occasion des journées d'avril. En 1835, ayant été impliqué dans un complot, il s'éloigna de Paris et vint se réfugier en Belgique, où il fonda le *Journal de Charleroi.*

ses amis, du désir qu'il avait d'être enterré sans l'assistance des ministres du culte catholique. Tous lui
avaient promis de respecter sa dernière volonté.

Mais le clergé de Binche voulut s'opposer à ce qu'il
trouvât place dans le cimetière commun, et remua
terre et cieux pour qu'il fut inhumé dans une partie
réservée du cimetière.

Avertie de ces intrigues, la régence de Binche,
décida que l'inhumation aurait lieu dans la fosse
commune et non ailleurs. Le clergé protesta ; mais la
régence maintint sa décision et donna des ordres pour
la faire exécuter.

Les obsèques eurent lieu le surlendemain. Elles
furent dignes de Chiret et de la démocratie belge.
Plus de quatre mille personnes y assistèrent. Toute
la jeunesse du pays avait tenu à honneur de figurer
dans le cortège, où les prêtres étaient remplacés par
des franc-maçons, ce qui ne s'était pas encore vu
dans la ville de Binche.

Au champ du repos, que des citoyens de toutes les
classes avaient envahi de bonne heure, Imbert prit la
parole pour dire un dernier adieu à son compagnon
d'exil : il s'exprima en ces termes :

« Messieurs,

« S'il est douloureux de voir descendre dans la
tombe un de nos semblables, qui pouvait espérer
vivre encore de longs jours, c'est surtout lorsqu'il

s'agit d'un homme qui a consacré sa fortune et sa vie
au service de la cause sainte de l'humanité. Camarade
d'exil de Chiret, j'ai pu apprécier tout ce qu'il y avait
de bon et de généreux dans son caractère et, en
raison des sentiments fraternels qu'il avait su m'inspirer, vous ne serez pas étonnés si j'apporte ici plus
de douleur que de paroles. Depuis dix années, Chiret
ne fut pas un jour sans travailler à la défense de ses
principes. Il y a six ans, la proscription nous frappa
du même coup et nous jeta tous les deux sur la terre
étrangère. Pour ceux qui savent tout ce que l'exil a
d'angoisses, la perte de celui que nous pleurons est
due à ses persécuteurs. Chiret était d'une valeur
éprouvée et, dans maintes circonstances, il mérita
l'estime de ses camarades. Quand il ne pouvait pas
combattre pour la cause du peuple, il ne restait pas
dans l'inaction : ouvrier, il cherchait à éclairer ses
frères, et les efforts de sa rare intelligence ne furent
pas inutiles dans cette grande entreprise contre les
oppresseurs des nations.

« Le peuple perd en lui un intrépide défenseur,
ennemi de l'intrigue, ambitieux du bonheur de tous.

« Dans le cours de la maladie qui l'a conduit au
tombeau, que de fois il a exprimé le regret de ne plus
avoir la force de soutenir ses opinions et de mourir
sans avoir vu triompher la cause des travailleurs !

« Mais pourquoi parler des qualités de l'ami que

nous avons perdu ? La foule qui se presse autour de sa dépouille mortelle n'en dit-elle pas assez pour sa mémoire ? Ce n'est pas un puissant du jour environné de la pompe ruineuse des cérémonies du catholicisme ; ce n'est qu'un pauvre exilé, une victime du despotisme, un martyr de la liberté, et tous, messieurs, vous vous êtes empressés de l'accompagner au champ du repos.

« En terminant, permettez-moi, messieurs, à moi qui depuis quelques années réside parmi vous, de vous remercier au nom de la France libérale, au nom de nos amis politiques, de l'hommage que vous venez de rendre à ce courageux défenseur des droits du genre humain. C'est là un gage nouveau de la réconciliation des peuples et de l'union sincère des amis de la Liberté. »

Parmi les discours qui suivirent ces paroles émues d'Imbert, il y en eut un qui fit couler bien des larmes et qui exalta l'âme de tous les assistants.. Ce fut celui que prononça Ch. Delescluze. En le reproduisant ici, je suis certain qu'il ne sera pas lu sans intérêt par ceux qui ont gardé la mémoire de ce vaillant martyr de la cause démocratique :

« Messieurs,

« En rendant les derniers devoirs à celui qui fut notre ami, nous, ses frères d'opinions, ses compatriotes, nous confondons les regrets que nous cause la perte de Chiret dans un juste sentiment d'orgueil, car tous ceux qui l'ont connu rendent justice à ses brillantes qualités, à son énergie, à sa franchise toujours loyale, à son dévoûment.

« Chiret était de cette génération qui s'éveilla au bruit glorieux du canon d'Iéna : alors, messieurs, la France et la Belgique marchaient à des gloires communes, vous étiez Français, il naquit votre compatriote. Sous la Restauration, il se prépara avec toute la France à lutter contre le despotisme religieux et et monarchique et, lorsque revinrent les ordonnances de Juillet, il fut des premiers à se jeter sur la place publique, à combattre pour la cause sacrée de la Liberté. Vous ne savez que trop ce qui advint après Juillet ; l'intrigue releva le trône, et la Liberté vaincue se réfugia dans le cœur des hommes énergiques qui voulaient toutes les conséquences d'une révolution populaire. Chiret n'avait pas à hésiter ; sa place fut marquée dès le principe au premier rang des soldats du peuple. Aux barricades de Juin, au cloître Saint-Merri, aux combats d'avril 1834, Chiret soutint noblement, au péril de sa vie, les principes de sa religion politique. Les persécutions dont il avait été jusque-là victime, l'emprisonnement répété n'avaient pas arrêté son courage. A cette dernière tentative, il avait consacré les restes de l'héritage paternel, et, pour échapper à une condamnation rigoureuse, il ne lui restait que l'exil, l'exil et la misère peut-être. Mais il était de ceux qui pensent que le travail honore tout le monde ; et lui, qui naguère commandait à de nombreux ouvriers, il se fit ouvrier lui-même, et sur le prix de son travail de tous les jours, il sut trouver le moyen de donner toujours la plus forte part à ceux qui l'entouraient, quelle que fut leur nation, car, dans nos principes, tous les hommes sont frères indépendamment des limites capricieuses posées par le despotisme.

« Le climat de l'Angleterre, les privations de l'exil, le souvenir de la patrie absente, la douleur de voir triompher les ennemis du peuple, toutes ces circonstances développèrent chez lui le germe de la maladie qui l'a conduit au tombeau. C'est alors qu'il vint en Belgique, espérant y retrouver le soleil de sa patrie, et toujours disposé à demander sa vie au travail ; mais déjà la maladie menaçait son existence, et, pour surcroît d'infortune, l'ombrageuse police de Bruxelles, esclave fidèle des rancunes et des haines de Louis-Philippe, vint l'inquiéter jusque sur son lit de douleur ; il fallut fuir ; le pouvoir qui ne pouvait l'atteindre comprit que le meilleur moyen de le blesser au cœur, c'était de le frapper dans la personne de sa femme ; exilé deux fois, presque mourant, il eut la douleur de voir que son nom était un brevet de proscription. Il y a un an encore, les persécutions recommencèrent ;

il fut chassé du sol de la Belgique par la force armée, chassé comme un malfaiteur, lui dont la vie entière fut guidée par les plus nobles sentiments ! oh ! je me le rappelle avec bonheur, l'appui de tous les Belges ne manqua pas à l'exilé ; il revint à Charleroi partager mes travaux, et, à Charleroi comme à Binche, il sut se faire aimer et respecter même par ceux qui ne partageaient pas ses opinions.

« Il y a deux jours, la mort est venue nous l'enlever, à 33 ans, après cinq mois d'atroces souffrances, alors que plein de force d'âme, il pouvait vivre pour ses amis et pour la Liberté. Et vraiment, nous ne savons si nous devons le plaindre, car sa vie a été bien remplie de traits courageux, d'actions dévouées. Mais, si sa vie a été quelque peu utile au développement du progrès, sa mort ne sera pas sans résultat sur l'opinion publique : sa dernière pensée a été un acte de bienfaisance, sa dernière parole, un mot de liberté ! Au lieu d'entourer sa tombe des prières menteuses de prêtres mercenaires, il a voulu que sa mort fut, comme sa vie, un bienfait pour la classe indigente (1). Et cet exemple ne sera pas perdu. Après lui, messieurs, plus d'un honnête homme imitera ce précédent, et c'est ainsi que nous arriverons à débarrasser l'humanité des chaînes que nous impose la domination cléricale.

(1) Conformément à l'intention de Chiret, une distribution de pain avait été faite aux pauvres de Binche, avant le départ pour le cimetière.

« Et vous, citoyens belges de toutes les classes, qui vous associez à nos regrets, qui bravez les foudres d'un clergé prévaricateur, vous avez fait une bonne action; nous vous en remercions comme Français, comme républicains, c'est-à-dire amis de tous les peuples, ennemis de tous les despotismes.

« Puisse ce glorieux drapeau tricolore, qui fut aussi le vôtre et celui de tous les peuples opprimés, se relever bientôt avec un nouvel éclat, et pensant à l'ami que nous regrettons, car les hommes ne pleurent pas; ils se souviennent, nous dirons : Chiret a bravement combattu pour le conquérir, il est digne de s'ensevelir dans ses nobles plis!

« Adieu, frère, adieu! Vive la République et la liberté de tous les peuples! »

XII

Le Clergé de Binche. — La Question d'Orient. — Imbert
se concerte avec les Démocrates Belges. — Son Expulsion de Belgique est ordonnée. — Le Ministre de
l'Intérieur revient sur sa décision. — Amnistie de 1888.
— Voyage à Marseille. — Le Banquet de Saint-Just. —
Retour en Belgique.

Le lendemain de ces obsèques, le curé de Binche
monta en chaire et protesta en termes violents contre
l'inhumation du pauvre exilé dans la fosse commune.
Puis il se rendit, suivi de ses vicaires et de quelques
dévotes, au champ du repos, et, le goupillon en
main, procéda à une nouvelle bénédiction de la terre
des morts, comme si la dépouille d'un homme de bien
pouvait être une profanation!

Mais cela n'ayant pas suffi à ces messieurs pour se
consoler de leur échec de la veille, ils dirent que
Chiret, au moment de mourir, avait voulu se confesser
et qu'il en avait été empêché par Imbert et ses amis,
ce qui était un double mensonge; en outre, ils firent
circuler un bruit étrange : leurs fidèles se disaient

tout bas que l'abbé Gérard, mort depuis trois semaines, s'était montré trois fois sur l'autel pour se plaindre qu'on eût placé un hérétique, un maudit à côté de lui!

Et c'est ainsi que les prêtres de Binche comprenaient la religion de celui qui fut cloué sur une croix immonde pour avoir proclamé que tous les hommes étaient égaux et qu'ils étaient tous fils d'un même père!

La question d'Orient vint, en 1840, passionner les esprits belliqueux et ranimer les espérances des républicains. Le patriote Imbert, dans la pensée que la conduite du cabinet français, dont M. Thiers était le président, amènerait une conflagration générale des États, s'était entendu avec les chefs de la démocratie belge pour le cas ou l'épée de la France sortirait du fourreau : ils avaient convenu qu'aux premiers coups de canon tirés par notre escadre, un soulèvement serait tenté en Belgique pour la réunion de ce pays à la France, et que les deux peuples s'uniraient ensuite dans une pensée commune : le triomphe de nos armes et la proclamation de la République.

La police belge ayant eu connaissance des pourparlers qui avaient eu lieu à cette occasion, en informa le ministre de l'intérieur, qui s'empressa de lancer contre Imbert un ordre d'expulsion. Celui-ci, ayant été prévenu, protesta contre la mesure prise envers lui et déclara que lui et les siens se feraient tuer plutôt que de sortir de la Belgique. Ces paroles furent rap-

portées au ministre, qui, connaissant la volonté de fer
de celui qui les avait prononcées, revint sur sa décision pour n'avoir pas à se reprocher d'avoir fait verser
inutilement le sang d'un exilé français. Seulement, il
fit prier Imbert de ne plus rien entreprendre contre
les institutions belges, ce qui était juste, après tout,
car si on a le droit de conspirer contre le gouvernement de son pays, lorsque la plupart des citoyens
sont considérés par lui comme des ilotes, on a aussi
le devoir, quand on est dans l'exil, de se soumettre
au gouvernement qui vous donne l'hospitalité.

Profitant de l'amnistie dont les condamnés politiques avaient été l'objet en 1838, à l'occasion de la
naissance du comte de Paris, Imbert, tourmenté du
désir de revoir son soleil du Midi, se décida, en
mai 1841, à venir passer quelques temps à Marseille.

Son voyage, à partir de Valenciennes, où les républicains le reçurent avec de vives démonstrations de
joie, ne fut pour lui qu'une série d'ovations et de banquets. A Paris, à Lyon, à Aix, partout où il s'arrêta,
dans le but de réchauffer le zèle des uns et de relever
le moral des autres, ses coreligionnaires furent heureux de lui donner des preuves du bon souvenir qu'on
avait gardé de ses services démocratiques.

Prévenus du jour de son arrivée dans sa ville natale,
quelques-uns de ses meilleurs amis : Jacques Fortoul,
Ramagni fils et Carpentras aîné, vinrent l'attendre au

hameau de la Viste, relai de poste qui se trouvait sur le parcours de la diligence d'Aix.

Je renonce à peindre le bonheur que le sensible Imbert éprouva à la vue de ses trois anciens compagnons de luttes et du splendide panorama de la ville et de la mer qui, de ce point élevé, s'offre tout à coup à l'admiration des voyageurs.

Les trois citadins étant venus à pied, Imbert, ne voulant pas qu'ils retournassent seuls, fit signe au cocher de continuer sa route ; après cela, les quatre amis entrèrent à la guinguette pour se reposer quelques instants.

Là, ils s'assirent à l'ombre de la treille, dont les feuilles naissantes, qui se découpaient sur le bleu du ciel et que le soleil dardait de ses rayons printaniers, donnaient un attrait de plus au plaisir qu'ils avaient de se retrouver ensemble après les tribulations politiques que chacun d'eux avaient éprouvées depuis les affaires d'avril 1834.

Lorsque la dive bouteille de vin clairet eut coulé dans les verres, on trinqua joyeusement à l'avenir *prochain* de la République (elle ne devait triompher que sept ans après) ; puis on causa du présent et surtout de l'avenir : « Louis-Philippe, se dit-on, perdait chaque jour du terrain ; le parti républicain en gagnait tous les jours. » C'est ainsi que les amis du peuple se consolaient alors des persécutions dont ils étaient victimes et qu'ils entretenaient dans leur cœur ce feu sacré qui empêcha le parti de s'effondrer dans la corruption dont presque toutes les classes étaient atteintes. Quand on eut bien causé, on se mit en route.

Chemin faisant, Imbert, dont le cœur était vivement ému par le spectacle magique qu'il avait sous les yeux, ne se lassait pas de couver du regard les sites pittoresques qui lui rappelaient quelque doux souvenir. Ce n'est pas sans plaisir qu'il revit le *Château-Vert,* ce joyeux restaurant alors situé au fond de l'anse d'Arenc, qui n'existe plus, et le vieux moulin à vent qui s'élève sur la butte de ce quartier si poétique en ce temps-là et que, par suite du développement de l'industrie, les Marseillais de vieille roche ne reconnaissent plus aujourd'hui.

Mais son émotion ne fut pas moins vive lorsqu'il aperçut, pleine d'animation et de gaîté, à travers une atmosphère azurée, cette voie si longue et si droite qui part de l'Arc-de-Triomphe pour aboutir à l'obélisque de la place Castellane.

Tout, dès ce moment, le rendit heureux, fit palpiter son cœur. Il était si connu de la plupart de ses compatriotes que, depuis la rue d'Aix jusqu'au *Café d'Europe,* situé place du Grand-Théâtre, n° 3, où il était attendu par de nombreux républicains, il ne put faire dix pas sans rencontrer quelqu'un qui ne vint lui serrer la main ou l'embrasser.

Quand il entra au *Café d'Europe*, aujourd'hui
Taverne de l'Epoque, tout le monde se leva pour lui
souhaiter la bienvenue. C'était non seulement l'ami
qu'on recevait avec tant de cordialité, mais encore
celui qui, depuis vingt ans, n'avait cessé de combattre
et de souffrir pour la cause du peuple.

Mais on ne s'en tint pas là. Quelques jours après,
on lui offrit un banquet au *Chalet des Aygalades*,
restaurant champêtre situé à quelques pas du château
de ce nom, dont les dépendances, pleines de roses, de
cascades et de pins brodés de vignes grimpantes, ins-
pirèrent au poète Méry, quelques-uns de ses plus doux
chants. Les strophes suivantes, dont j'ai trouvé une
copie dans les papiers d'Imbert, donnent une char-
mante idée du lyrisme facile et gracieux de ce cher
poète du Midi, qui les improvisa sur la terrasse du
château, entouré de M. de Castellane, l'heureux possesseur de cette délicieuse villa, et de plusieurs amis
de ce dernier :

> De ce haut perron où les roses
> Montent pour toucher notre main,
> On peut voir, d'un coup d'œil, trois choses :
> La mer, la ville et le chemin.

> La mer nous dit : Crains mes naufrages :
> J'ai noyé mes meilleurs amis,
> Et ceux qui bravaient mes orages,
> Dans mon algue sont endormis.

La ville nous dit : Je suis pleine
De fracas, de brume et d'ennuis ;
Mes jours sont noués à la peine,
Et je n'ai pas d'air pour mes nuits.

Le chemin nous dit : mon ornière
Mène aux pâles climats du nord :
On trouve à ma borne dernière,
Le peuple assis dans la mort.

Mais la vie est ici, dans l'ombre
Pleine d'un air délicieux ;
Au milieu de ces fleurs sans nombre
Comme les étoiles des cieux !

Sous ces toits rougis par la tuile,
Baignés par un azur divin ;
Où naît l'arbre qui donne l'huile,
La pampre qui donne le vin ;

Dans ces verdoyantes arcades
Qui conseillent un doux sommeil ;
Dans l'arc-en-ciel de ces cascades
Qui pleuvent avec le soleil !

Vivons dans ce limpide espace !
Et, sans songer au lendemain,
Laissons à la foule qui passe,
La mer, la ville et le chemin.

Les ouvriers et les paysans voulurent également fêter le retour de leur ami Imbert. Un banquet populaire fut organisé, à cet effet, à Saint-Just, pour le dimanche suivant. Ce jour-là on vit arriver dans ce charmant village, de tous les quartiers environnants, des groupes nombreux de citoyens qui accouraient comme à une fête patronale, le visage souriant, l'œillet rouge à la boutonnière. Mais cela ne faisait pas le compte du préfet, M. de La Coste : il avait donné des ordres pour que la manifestation n'eût pas lieu ; et, au moment où les convives allaient se mettre à table, des escouades d'agents de police, suivies de la force armée, baïonnette au bout du fusil, envahirent la salle du banquet et sommèrent les républicains de se retirer. Ceux-ci s'indignèrent et déclarèrent qu'ils n'obéiraient pas. Mais Imbert, arrivé sur ces entrefaites, conseilla à ses amis de se soumettre aux ordres de l'autorité, ne voulant pas que le sang de ses concitoyens coulât inutilement : « Calmez-vous, frères, leur dit-il avec l'accent de la persuasion ; pas de résistance imprudente ! Le sang du peuple est précieux ; vous devez le réserver pour le jour, et ce jour viendra bientôt, où vous aurez à combattre pour la conquête de vos droits et des libertés républicaines ! »

Ces paroles, sages et fières à la fois, furent accueillies par des applaudissements frénétiques et par les cris de *Vive Imbert ! Vive la liberté !* Puis on entonna la *Marseillaise ;* et c'est au refrain de ce chant immortel que la salle fut évacuée et qu'on défila devant la troupe, toute étonnée d'avoir été mise en mouvement, après distribution de cartouches, pour empêcher de braves gens, qui n'avaient pas même le jonc du *nèrvi* à la main, de fêter, à table, en plein air, le retour dans sa patrie d'un simple citoyen !

La police étant encore intervenue, on se sépara en poussant de nouveaux cris de : *Vive la liberté ! Vive Imbert !* cris auxquels se mêlèrent ceux de : *Vive la République !*

La plupart des manifestants s'en allèrent dîner dans les guinguettes du village, où ils se consolèrent, par des chants patriotiques, de la mesure arbitraire dont ils venaient d'être l'objet.

Quant aux victuailles, elles furent distribuées aux pauvres de la ville et de la banlieue, par les soins de la Commission organisatrice du banquet, qui joignit à cette distribution le reliquat du montant des quotités recueillies pour ces agapes fraternelles.

En résumé, la journée fut bonne pour la démocratie marseillaise ; elle gagna en considération et les ennemis de la liberté trahirent une fois de plus la faiblesse des institutions dont ils étaient les soutiens.

Depuis la disparition du *Peuple Souverain,* il n'y avait plus eu à Marseille d'organe démocratique. Imbert chercha à ressusciter ce vaillant journal. Dans le prospectus qu'il publia à cet effet, il disait :

« En ces jours d'amères déceptions et d'odieuses illégalités, lorsque le pouvoir qui pèse sur la France tend rapidement vers un but qui n'est plus un mystère, tout cœur généreux, tout patriote deviendrait coupable s'il sacrifiait et ses devoirs et ses convictions

9

à de petites personnalités, à des nuances d'opinion souvent imaginaires.

« Un organe qui dévoile les mensonges officiels de nos gouvernants, les turpitudes de l'égoïsme, qui signale courageusement les actes de ce ministère et de ses agents, ennemis des feuilles indépendantes ; un organe enfin qui rallie sous un même drapeau les hommes de bien, les hommes de progrès, est vivement désiré par la partie saine de la population.

« *C'est une honte pour Marseille et les départements du Midi, que l'absence d'un organe représentant l'opinion démocratique*, nous écrivait Cormenin. »

Mais tous les efforts du vieux patriote marseillais pour la réussite de son entreprise, échouèrent devant l'apathie des uns et le mauvais vouloir des autres, parmi lesquels on pourrait citer certains négociants qui regrettaient d'avoir porté en sautoir, pendant plusieurs années, un cordon de montre tricolore, et certains avocats qui, après avoir juré haine et mort à la royauté, le bonnet rouge sur la tête, le poignard à la main, étaient en train de devenir marguilliers de leurs paroisses ou pèlerins assidus de Notre-Dame-de-la-Garde.

Vers le mois de novembre 1841, Imbert, après avoir semé un peu partout les idées dont il s'était fait depuis si longtemps l'apôtre, retourna auprès de sa famille, qui, depuis son départ, avait été se fixer à Bruxelles.

XIII

Voyages d'Imbert dans le Midi de la France.— Il cherche
à réorganiser la démocratie militante. — Un mandat
d'amener est lancé contre lui. — Il rentre en Belgique.
— La Cour d'Assises de Toulouse le condamne par
contumace à cinq années de détention. — Le Poli-
gnac de Louis-Philippe. — L'adjonction des capacités.
— Les Banquets Réformistes. — Discours de Lamartine.
— Interdiction du Banquet du XII^ms arrondissement. —
Journées des 22 et 23 février 1848. — Catastrophe du
Boulevard des Capucines.

Je retrouve Imbert, deux ans après, dans les départements du Midi de la France, voyageant en apparence
pour le compte d'une maison de commerce, mais en
réalité pour le compte de la République. Il avait
accepté la mission de réorganiser dans cette région la
démocratie militante et il s'était mis à l'œuvre avec
ce zèle fiévreux qu'il apportait dans toutes celles de
ses actions qui avaient un but politique ou humani-
taire, lorsque, par suite de perquisitions faites chez
des sectionnaires de Toulouse et d'Agen, la police

découvrit parmi les papiers saisis, une lettre d'Imbert, qui, malgré ses insignifiances, donnait prise aux soupçons de la justice. Prévenu par un officier de paix de Paris, qu'un mandat d'amener venait d'être lancé contre lui, il s'éloigna encore une fois de la France, triste, mais non découragé, car, pour son esprit perspicace, la chute de Louis-Philippe, par cela seul que ce trône ne reposait sur aucun principe, était inévitable. Il ne se trompait pas. Mais ce qu'il y eut de malheureux pour lui dans cette affaire, ce fut un jugement de la Cour d'Assises de Toulouse, qui le condamna, le 20 mars 1844, à cinq années de détention pour avoir comploté contre la sûreté de l'État et fait partie d'une association non autorisée de plus de vingt personnes, arrêt qui le riva sur la terre d'exil jusqu'au jour où il entendit sonner le glas de la royauté des agioteurs et des repus.

L'écroulement du régime inauguré le 7 août 1830, eut surtout pour cause l'inhabileté du Polignac de Louis-Philippe, M. Guizot, ministre sec et hautain, qui prétendait gouverner comme en Angleterre et refusait toute concession aux exigences de l'opinion publique, contrairement à la politique intelligente de nos voisins d'outre-mer.

L'opposition demandait en vain l'adjonction des capacités, c'est-à-dire l'extension du droit de vote aux citoyens exerçant des professions libérales, et l'abais-

sement du cens, qui était alors de deux cents francs,
et de mille francs pour l'éligibilité.

Tout ·était repoussé par le pouvoir , même des
réformes tout à fait inoffensives et que désirait vivement l'opinion publique. Si du moins on s'était occupé
sérieusement du sort des classes inférieures ! Mais les
privilégiés du nouveau régime, comme ceux du « bon
vieux temps », n'avaient guère d'autre but que d'ar-
rondir leur fortune et d'obtenir de nouveaux honneurs.

En présence de ce mauvais vouloir du parti des
bornes, ainsi qualifié par Lamartine, les députés de la
gauche résolurent de poser la question devant le pays.
Ils le firent dans des banquets organisés sur divers
points des départements, banquets qui, dans plusieurs
villes, furent exclusivement républicains. Celui de
Mâcon eut un retentissement énorme. L'auteur des
Girondins y prononça un de ces discours qui sont
comme le souffle avant-coureur d'une tempête populaire. On fut saisi surtout par une période de cette
magnifique improvisation, période quasi prophétique,
où la situation ignominieuse que le ministère Guizot
avait faite à la France, était exposée en termes palpi-
tants de vérité. En voici la reproduction :

« Si la royauté trompe les espérances que la prudence du pays a placées, en 1830, moins dans sa
nature que dans son nom ; si elle s'isole dans son
élévation constitutionnelle ; si elle ne s'incorpore pas

entièrement dans l'esprit et dans l'intérêt légitime des masses ; si elle s'entoure d'une aristocratie électorale au lieu de se faire peuple tout entier ; si elle se défie de la nation organisée en milices civiques et la désarme peu à peu comme un vaincu ; si elle caresse l'esprit militaire à la fois si nécessaire et si dangereux à la liberté ; si, sans attenter ouvertement à la volonté de la nation, elle corrompt cette volonté et achète, sous le nom d'influence, une dictature d'autant plus dange-reuse qu'elle aura été achetée sous le manteau de la Constitution ; si elle parvient à faire d'une nation une vile meute de trafiquants, n'ayant reconquis leur liberté que pour la revendre aux enchères des plus sordides faveurs ; si elle fait rougir la France de ses vices officiels et si elle nous laisse descendre, comme nous le voyons en ce moment, dans un déplorable procès (procès Teste et Cubières); si elle nous laisse descendre jusqu'aux tragédies de la corruption ; si elle laisse affliger, humilier la nation et la postérité par l'improbité des pouvoirs publics, elle tombera cette royauté, soyez-en sûrs ! elle tombera, non dans son sang, comme celle de 89, mais elle tombera dans son piège ! et, après avoir eu les révolutions de la liberté et les contre-révolutions de la gloire, nous aurons la révolution de la conscience publique et la révolution du mépris !... »

Le gouvernement s'inquiéta de ces manifestations

de l'esprit public, et pendant la discussion de l'adresse, qui eut lieu du 17 janvier au 12 février 1848, il déclara que s'il avait toléré les banquets jusqu'alors, il les interdirait à l'avenir.

Pour répondre à la théorie du garde des sceaux que « tout ce qui n'est pas permis est défendu », des citoyens du XIIme arrondissement de Paris, organisèrent un banquet pour le 19 février.

« Le 14, le préfet de police, se fondant sur l'article 291 du Code pénal, interdit la réunion. Le Comité du banquet se mit alors sous le patronage du Comité des banquets réformistes ; celui-ci annonça publiquement que le banquet aurait lieu le 22 février.

« La crise arrivait à l'état le plus aigu : il fallait ou que l'opposition reculât ou que la lutte s'engageât par les armes.

« Le 21, les journaux publièrent un programme indiquant la place où devaient se réunir les diverses députations pour prendre rang dans le cortège. Le local choisi était situé dans une rue, aujourd'hui supprimée, des Champs-Elysées.

« Mais le gouvernement ayant déclaré que le banquet serait empêché, au besoin, par la force, la presque totalité des députés décida de ne pas se rendre au banquet : quelques-uns seulement persistèrent, entre autres Lamartine.

« La place de la Concorde dût-elle être déserte,

dit-il, tous les députés dussent-ils se retirer de leur devoir, j'irai seul au banquet, avec mon ombre derrière moi ».

« Le 22, parut dans les journaux une note où les députés de l'opposition expliquaient leur conduite par le désir d'éviter l'effusion de sang et annonçaient qu'il leur restait à accomplir un grand acte de fermeté et de justice : la demande de mise en accusation du ministère.

« La résignation des députés à abandonner le banquet n'avait pu être assez généralement connue, le matin du 22, pour qu'un certain nombre de citoyens, d'ouvriers surtout, ne se rendissent pas aux endroits désignés, dans les environs de la Madeleine. Une colonne d'étudiants se présenta chez M. Barrot, et, ne l'ayant pas rencontré, se dirigea vers le Palais-Bourbon, grossie d'une foule de personnes.

« Un peloton de garde municipale leur barra un instant le pont de la Concorde, puis, les voyant sans armes, les laissa passer. Arrivés au Palais Législatif, ils demandèrent MM. Crémieux et Marie, leur remirent une pétition, puis regagnèrent la place de la Concorde. La cavalerie de la garde municipale exécuta des charges où plusieurs personnes furent blessées. La foule reflua dans le faubourg Saint-Honoré, forçant quelques boutiques d'armuriers, faisant des essais de barricades, puis se retira par les boulevards.

« Le soir, Paris était tranquille, et le gouvernement, satisfait de sa victoire, fit rentrer les troupes
dans leurs casernes.

« En divers quartiers, des gardes nationaux
s'étaient spontanément réunis, mais, ne recevant pas
d'ordres, s'étaient séparés, un peu irrités du dédain
qu'on leur montrait.

« Le lendemain, 23, la population retrouva les
troupes revenues à leurs positions stratégiques. La
bataille était offerte, elle fut acceptée. La lutte s'engagea d'abord dans le quartier Saint-Martin, contre
la garde municipale. L'état-major de la garde nationale se décida à faire battre le rappel pour con-
voquer les légions. Celles-ci se réunirent lentement,
incomplètement et se portèrent partout intermédiaires
entre la population et la troupe pour arrêter ou empêcher le combat. Plusieurs légions manifestèrent le
vœu ou que le ministère se retirât ou que des conces-
sions fussent faites.

« En apprenant ces dispositions d'un corps qui
avait été si longtemps le plus ferme appui du trône,
Louis-Philippe fut troublé, ébranlé. Il fit appeler
M. Guizot et lui demanda la démission du cabinet.
Cet ordre fut obéi. Le roi manda alors M. Molé et le
chargea de composer un nouveau ministère.

« La satisfaction causée par la retraite du cabinet
Guizot, la certitude que tout autre ministère devrait

consentir des réformes, répandirent dans toute la ville un sentiment de joie qui se manifesta par de nombreuses illuminations. Toutefois, dans les quartiers du Temple, Saint-Martin, Saint-Denis, les barricades restèrent debout, gardées par des citoyens armés qui menaçaient d'aller, le lendemain, à la Chambre, exiger l'abdication de Louis-Philippe.

« Mais ce n'était là qu'un court intermède entre des scènes d'émeute et une sanglante tragédie qui devait amener toute une révolution.

« Un groupe de gardes nationaux de la 8me légion et des citoyens, partis de la place Royale, ayant passé à la Bastille, parcouru une partie du faubourg Saint-Antoine et regagné la Bastille, s'était, de là, dirigé par les boulevards, vers la Madeleine, se recrutant en route de nombreux adhérants et échangeant, sur tout son itinéraire, des manifestations de sympathie avec les troupes stationnées sur divers points. Vers neuf heures du soir, c'était une colonne, formidable par sa masse, mais d'aspect et d'intentions pacifiques, qui arrivait alors au boulevard des Capucines.

« Lorsque cette colonne parvint à proximité du ministère des affaires étrangères, situé, à cette époque, à l'angle de ce boulevard et de la rue Neuve-des-Capucins, les gardes nationaux gradés qui marchaient en tête, prièrent le colonel Courant, du 14me de ligne, commandant des troupes chargées de défendre le ministère, de laisser le passage libre, comme cela s'était fait sur d'autres points, lui remontrant l'impossibilité d'arrêter instantanément cette masse de population, dont la force d'impulsion devait inévitablement produire un choc avec la troupe. Le colonel objecta sa consigne, à laquelle il devait obéir. Durant ce colloque, la foule avançait toujours, malgré les efforts des premiers rangs pour la retenir. L'ordre est donné aux soldats de croiser la baïonnette. Dans l'exécution de ce mouvement, soit précipitation d'un homme affolé, soit maladresse, un coup de feu part des rangs de la troupe. Aussitôt, sans attendre ni sommations, ni commandement, la troupe fait feu de tous côtés. Cette décharge à bout portant sur une masse profonde produit un effet des plus meurtriers ; la chaussée du boulevard est jonchée de morts, de blessés, de gens que la foule a renversés en s'enfuyant éperdue. Du côté de la Madeleine, où il n'y avait que peu de monde, le feu de la troupe avait blessé plusieurs hommes d'un détachement de dragons. »

XIV

Le 24 Février 1848. — Le Peuple aux Tuileries
Formation du Gouvernement provisoire
Proclamation de la République

« Le premier moment de stupeur passé, la foule était revenue sur le lieu du sinistre pour porter secours aux victimes : elle y trouva trente-cinq morts et quarante-sept blessés. Vers dix heures, un camion de messageries, conduisant des émigrants au chemin de fer du Havre, arrive sur le boulevard. Un officier ordonne au conducteur d'enlever les cadavres ; celui-ci fait descendre les émigrants et, avec l'aide de citoyens et de gardes nationaux, charge sur sa voiture seize morts. La triste besogne terminée, la foule s'écrie : « A la Bastille ! au *National !* » et le camion est dirigé vers la rue Le Pelletier, où étaient les bureaux du *National*.

« Là, M. Garnier-Pagès adresse à la foule quelques mots, promettant que le sang versé sera vengé et que justice sera faite. Puis, le camion s'éloigne et, après bien des détours, occasionnés par la rencontre des barricades, arrive à la mairie du 9ᵐᵉ arrondissement, rue du Chevalier-du-Guet, où les corps furent provisoirement déposés. Le lendemain, on les transporta à la morgue.

« Cependant, la nouvelle sinistre avait rapidement circulé et, dans tous les quartiers, le cri : *Aux armes !* retentissait et les rues se couvraient de barricades. Ce n'est plus l'abdication que l'on veut, c'est la déchéance de Louis-Philippe.

« Le 24, la lutte menaçait de prendre un caractère terrible. Le maréchal Bugeaud avait promis au roi de vaincre à tout prix l'insurrection. Mais, avant qu'il pût donner l'ordre d'attaque, le commandement de la garde nationale lui était retiré pour être confié au général de Lamoricière ; en même temps, la proclamation suivante était répandue dans Paris :

« Habitants de Paris,

« L'ordre est donné de suspendre le feu. Nous venons d'être chargés par le roi de composer un nouveau ministère. La Chambre va être dissoute. Un appel est fait au pays. Le général Lamoricière est nommé commandant en chef de la garde nationale. MM. Odilon Barrot, Thiers, Lamoricière, Duvergier de Hauranne sont ministres.

« Liberté, Ordre, Réforme.

« *Signé* : ODILON BARROT, THIERS. »

« A cette proclamation, l'insurrection répondit :

« Louis-Philippe nous fait assassiner comme Char-
« les X, qu'il aille rejoindre Charles X. »

« Le ministère *in extremis* n'était pas né viable.
M. Odilon Barrot put s'en convaincre par lui-même,
lorsque, essayant de parcourir les boulevards, il dut
se retirer devant les cris hostiles de la foule.

« De tous côtés, citoyens et gardes nationaux marchaient en armes vers les Tuileries, qui eussent été
envahies dès la matinée, si l'on n'eût perdu inutilement plusieurs heures à combattre pour la possession
du Château-d'Eau, place du Palais-Royal.

« Pendant ce temps, Louis-Philippe passait en
revue des troupes réunies dans la cour des Tuileries
et les postes de garde nationale. Accueilli par ceux-ci
aux cris de : *Vive la Réforme !* il rentra consterné.

« Vers deux heures, M. Émile de Girardin arrive
au Palais et déclare au roi que le seul parti à prendre
est d'abdiquer et de donner la régence à la duchesse
d'Orléans.

« Vivement pressé de se résoudre à cet acte
suprême par ceux qui l'entourent et même par un de
ses fils, le vieux roi se résigne et signe l'abdication au
profit du comte de Paris.

« A ce moment, le poste du Château-d'Eau était
pris ; les vainqueurs, marchant aux Tuileries, s'empa-
rèrent des voitures qui allaient prendre le roi et sa

famille. Force fut donc au roi et aux siens de sortir à pied du palais et de gagner, par les jardins, la place de la Concorde, tandis que le duc de Nemours les suivait, emmenant les troupes, dont la résistance eût fait couler du sang et n'eût rien sauvé.

« A la place de la Concorde, la famille royale s'installa, très incommodément, dans trois voitures légères et partit, avec une escorte de cuirassiers, pour Saint-Cloud. Louis-Philippe se rendit de là à Trianon, puis à Dreux et alla, sous un déguisement, au Havre, s'embarquer pour l'Angleterre, où il retrouva sa famille.

« Laissée seule aux Tuileries, la duchesse d'Orléans fut conduite à la Chambre par quelques députés qui espéraient encore la faire proclamer régente. Mais quelle autorité restait à cette Assemblée, discréditée dans l'esprit public, et dont la dissolution avait été annoncée le matin même comme résolue ?

« M. Marie venait de proposer la formation d'un gouvernement provisoire, quand la salle est envahie par une foule armée. M. Ledru-Rollin conteste à l'Assemblée le droit de conférer la régence et conclut aussitôt à la nomination d'un gouvernement provisoire. Lamartine appuie la proposition. Il est interrompu par un nouveau flot d'envahisseurs. M. Sauzet est obligé de quitter le fauteuil présidentiel. La duchesse sort de la salle accompagnée du duc de

Nemours, qui ne l'a pas abandonnée depuis le matin ; elle se retira d'abord aux Invalides et rejoignit ensuite le reste de la famille royale en Angleterre.

« Une sorte d'ordre et de délibération s'établit au Palais-Bourbon sous la présidence de Dupont (de l'Eure) et un gouvernement provisoire est nommé par acclamation ; il est composé de MM. Dupont (de l'Eure), Arago, Lamartine, Ledru-Rollin, Crémieux, Garnier-Pagès et Marie. La foule le salue du cri de : *Vive la République ! A l'Hôtel-de-Ville !* Les nouveaux gouvernants se mettent en route. Devant la caserne d'Orsay, Lamartine s'arrête, demande à boire et, levant le verre qu'un dragon lui a apporté : « Voilà le banquet ! » dit-il. La foule applaudit et fraternise avec les soldats.

« A l'Hôtel-de-Ville, les députés trouvèrent une autre liste de gouvernement ; elle portait les mêmes noms que la liste du Palais-Bourbon, sauf, en plus, les noms de MM. Marrast, Flocon, Louis Blanc et Albert, ouvrier.

« Le gouvernement provisoire, tout en déclarant sa préférence pour la forme républicaine, avait cru d'abord réserver à la nation le soin de se prononcer définitivement. Mais, sous la pression de la nécessité, il se résolut à proclamer la République (1).

(1) T. Lavallée. « La Révolution de 1848 et l'institution républicaine, a dit Daniel Stern, n'eussent-elles produit d'autre résultat

XV

Prédiction d'Imbert. — Son arrivée à Paris.
Ses prouesses pendant l'Insurrection. — Il est nommé
Directeur de l'HOSPICE DES INVALIDES CIVILS.
Sa conduite envers les blessés.

La révolution du 24 Février avait été prédite par
Imbert quelques jours auparavant : le 21 au soir, à la
nouvelle de l'agitation extrême causée dans Paris par
les préparatifs du banquet, il résolut d'aller prendre
part à cette manifestation, bien qu'il fût encore sous
le coup de la condamnation dont il avait été frappé
par la Cour d'assises de Toulouse.

Avant de se rendre à la gare, il monta au cercle
démocratique de Bruxelles pour y serrer la main à
ses nombreux amis, qui attendaient là, dans une fié-
vreuse impatience, le résultat des tentatives projetées
par les démocrates parisiens. « Adieu, leur dit-il avec

que d'avoir procuré au peuple les moyens légaux de son émancipation, qu'il les faudrait encore saluer du cœur et de l'esprit
comme le gage certain d'une œuvre providentielle, d'une méta-
morphose ascendante qui s'opère dans le monde, en dépit des
faiblesses, des fautes et des crimes, en dépit surtout de l'aveugle-
ment des hommes. »

l'accent de la certitude, je vais assister à la proclamation de la République. Quant à vous, citoyens,
tenez-vous prêts : je reviendrai bientôt pour vous
aider à la faire triompher chez vous. »

La confiance qu'on avait dans son sens politique
était telle, en Belgique, que, la veille même du
24 Février, le journal manuscrit de l'Ecole centrale de
l'Industrie, annonçait la fuite de Louis-Philippe et
l'avènement du gouvernement du peuple par le
peuple.

En arrivant à Paris, il n'eut rien de plus pressé que
d'aller se mettre à la disposition des organisateurs du
banquet. Puis il se prépara à combattre, de concert
avec ses compagnons de 1830, des 5 et 6 juin, des
journées d'avril. Pendant la journée du 22, il se mul-
tiplia pour surexciter les esprits, pour aider à des tentatives de barricades. Il était avec les sept cents étudiants qui arrivèrent, vers onze heures du matin, sur
la place de la Madeleine, en chantant la *Marseillaise,*
et qui furent chargés par la garde municipale au
moment où ils traversaient la place de la Concorde.
Une femme et un ouvrier furent tués à ses côtés. Le
soir, vers trois heures, il prit une part active à l'attaque du pont Monceaux, défendu par les soldats et par
la garde municipale. Là, il essuya un feu de peloton,
à la suite duquel quatre citoyens tombèrent morts ou
blessés.

Le 23, dès les premières lueurs du jour, il parcourut les barricades qui s'étaient élevées dans les rues Saint-Martin, Rambuteau, Saint-Merri, du Temple, Saint-Denis et sur beaucoup d'autres points, pour soutenir, par son exemple, l'ardeur des ouvriers et des gardes nationaux qui tiraillaient avec les troupes ou avec les gardes municipaux.

Peu s'en fallut qu'il ne fut au nombre des victimes de la terrible fusillade qui éclata à bout portant, vers dix heures du soir, devant l'Hôtel des Capucines, car il était aux premiers rangs de la multitude de citoyens, qui arrivaient des profondeurs du faubourg Saint-Antoine, en chantant des chants patriotiques, et qui s'étaient arrêtés là pour essayer de fraterniser avec les deux cents hommes du 14me de ligne qui gardaient le ministère des affaires étrangères. Au lieu de fuir, comme le plus grand nombre, Imbert, n'écoutant que le cri de son cœur, se joint aux citoyens courageux qui accourent vers les blessés, pour les relever et les transporter dans les ambulances improvisées ; puis, quand ce devoir d'humanité est accompli, il va se mêler à ceux qui, pendant la nuit, à la lueur des torches, promenèrent dans les faubourgs, en poussant des cris de vengeance, le chariot dans lequel avaient été déposés quelques-uns des trente-deux cadavres qui furent relevés sur les lieux de la catastrophe.

Le lendemain, 24, Paris se réveilla couvert de 1512

barricades, presque toutes gardées par des chefs républicains. Brisé de fatigues, Imbert était venu pendant
la nuit se reposer derrière celle de la Fontaine-Molière,
où se trouvaient un grand nombre de ses amis.
Comme le poste du Château-d'Eau, sur la place du
Palais-Royal, était le seul point qui défendait encore
les abords des Tuileries, ces républicains, ainsi que
Caussidière, Baune, Sobrier et plusieurs autres qui
commandaient la barricade Mazagran, vinrent dans
la matinée, sur l'invitation d'Étienne Arago, joindre
le peuple, qui tentait, mais en vain, depuis plusieurs
heures, de se rendre maître de la position. Pendant
le combat, qui fut acharné d'un côté comme de l'autre
et coûta la vie à 48 citoyens ou soldats (1), Imbert se
montra le digne émule des citoyens Lagrange et
Arago, dont les noms restèrent attachés à cette victoire décisive du parti républicain.

Mais tout n'était pas fini là pour les chefs de
l'insurrection. Après avoir suivi la foule aux Tuileries
pour empêcher autant que possible la dévastation des
appartements du Palais, ils décidèrent le peuple à
marcher sur la Chambre des députés afin d'y mettre
obstacle à la proclamation de la régence. « — Voulez-
vous d'une régence en quenouille ? » s'était écrié

(1) Le chiffre des soldats et des citoyens tués pendant les journées de Février a été de 72 pour l'armée et de 289 pour le peuple,
dont 14 femmes. En tout : 361 morts.

Lagrange, dans la salle des maréchaux. « — Non ! non ! avait répondu la foule ; pas de royauté ! pas de régence ! » « — Vous avez raison, mes amis, dit le héros de l'insurrection lyonnaise ; il nous faut une bonne République ! » Du Palais-Bourbon, où le gouvernement provisoire fut nommé, on se rendit à l'Hôtel-de-Ville. Là, le vaillant Imbert eut, comme tant d'autres vieux lutteurs, la joie inénarrable d'entendre proclamer la forme de gouvernement pour le triomphe de laquelle il avait tant de fois exposé sa vie !

Les principaux combattants retournèrent ensuite aux barricades, suivant la promesse qu'ils avaient faite aux ouvriers de les garder avec eux jusqu'au jour où il n'y aurait plus de crainte pour la stabilité de la République.

Ce fut parmi les gardiens de la barricade Fontaine-Molière, que mon héros apprit qu'au moment de son installation au ministère de l'intérieur, Ledru-Rollin avait signé un arrêté qui le chargeait, à titre provisoire, de la direction de l'*Hospice des Invalides civils* (1)

En prenant cette décision, Ledru-Rollin avait eu un double but : récompenser les services humani-

(1) Un arrêté du 29 avril nomma Imbert, à titre définitif, directeur de cet établissement, aux appointements de 5,000 fr. par an, à partir du 1er mai, avec jouissance d'un logement aux Tuileries. L'appartement qu'il occupa était celui du prince de Joinville.

taires d'un vieux républicain ; affirmer sa volonté de
ne pas laisser tomber dans l'oubli la généreuse inspiration que le gouvernement provisoire avait eue,
dans la nuit du 24 au 25, en décrétant que le Palais
des Tuileries *servirait désormais d'asile aux invalides du travail.*

L'idée de ce décret était née de ces simples mots :
Invalides civils, qu'une main invisible avait tracés à
la craie sur les pilastres de la grille, au moment de
l'invasion du Palais. « Idée touchante, a dit Louis
Blanc, qui donnait aux souffrances humaines ce que
la bassesse humaine venait de perdre, consacrait au
culte de la reconnaissance nationale et de la pitié un
temple élevé au servilisme des cours. »

M. Saint-Amant, nommé le 24 février, commandant supérieur du Château des Tuileries, avoue, tout
en la désapprouvant, que cette désaffectation du
Château eut, pour la prompte évacuation des grands
salons, un effet décisif : nul ne se crut en droit de
rester dans un local où des malades et des blessés
étaient attendus !

Tout en songeant au bien que sa nouvelle position
lui permettrait de faire aux blessés de l'insurrection et,
plus tard, aux invalides du travail, Imbert se rendit
au ministère de l'intérieur pour y demander des instructions, et, de là, au Château des Tuileries, pour
les dispositions à prendre en vue de l'installation des

blessés indigents qui se trouvaient à l'Hôtel-Dieu et à l'hospice de la Charité.

Ces victimes du droit, au nombre de 178, furent transportées aux Tuileries, où une ambulance avait été établie dans les appartements de Louis-Philippe. Là, grâce à la vigilance paternelle d'Imbert, on ne cessa de les traiter avec tous les égards qui leur étaient légitimement dus. Elles étaient, en outre, visitées tous les jours par Imbert, qui leur parlait avec bonté, s'enquérait de leurs besoins et les encourageait de son mieux à supporter leurs souffrances. Quand un malade, près de mourir, demandait les secours de sa religion, le directeur s'empressait de souscrire à sa volonté. « Il faut, disait-il avec le cher poète de la Restauration,

> Qu'on puisse aller même à la messe :
> Ainsi le veut la Liberté.

Celui qui succombait à ses blessures était enterré avec une pompe toute militaire. Son convoi était escorté des blessés valides et des combattants des deux dernières révolutions, précédés d'Imbert, qui marchait, tête nue, jusqu'au champ du repos, où quelques paroles élogieuses pour le défunt étaient toujours prononcées soit par le directeur, soit par tout autre des assistants.

Tous ces actes de l'administration d'Imbert, sans compter les services qu'il avait rendus, en préservant

maintes fois le Château de nouvelles dévastations,
étaient dignes en tous points du régime républicain;
mais ils ne convenaient pas aux sentiments monarchiques de la plupart des employés du Château. Aussi
firent-ils tout ce qu'ils purent pour contrarier la marche du service, soit en ne tenant aucun compte des
ordres du directeur, soit en suivant les instructions
secrètes de leurs anciens maîtres. Imbert s'en plai-
gnit à Ledru-Rollin; mais celui-ci, dont le cœur
débordait de générosité pour ses ennemis comme
pour ses amis, lui conseilla d'être indulgent pour ces
victimes de la servitude et d'essayer de les ramener
par la persuasion au sentiment de leurs devoirs. Ce
moyen avait déjà été employé par Imbert. Il le renou-
vela; mais ce fut peine perdue, et lorsque la réaction
victorieuse l'eut dépossédé de ses fonctions, ceux
pour lesquels il avait eu le plus d'égards étaient devenus ses pires détracteurs.

XVI

Vues politiques d'Imbert. — Appel au Peuple. — Le
17 Mars. — Affaire de « Risquons-Tout ». — Dissolution
des Ateliers nationaux. — Journées de Juin. — Admirable conduite de mon Héros.

Ledru-Rollin était de tous les membres du gouvernement provisoire le plus apte à maintenir, sous un
régime de liberté absolue, l'union des bourgeois et
des ouvriers. C'était l'opinion d'Imbert et de tous
ceux qui avaient à cœur la réalisation loyale des principes de 89. Aussi désiraient-ils vivement que le
grand tribun se séparât résolûment de ses collègues
pour exercer le pouvoir dictatorial jusqu'au jour où
les classes populaires, les paysans surtout, auraient
été suffisamment éclairées sur leurs droits politiques.
Le droit de vote entre les mains des masses igno-
rantes, agissant sous l'influence des partis monarchiques, c'était, à courte échéance, l'anéantissement

de la République (1). Cela était d'autant plus à craindre, que ces derniers, dont l'aplatissement devant les hommes de Février avait été ignominieux, commençaient à se démasquer en profitant des dissensions qui se manifestaient de temps en temps dans le sein du gouvernement, pour diriger contre le ministre de l'intérieur leurs plus venimeuses attaques. La manifestation du 16 mars, dite des *bonnets à poil,* donna suffisamment la preuve du danger qu'il y avait à maintenir le décret qui fixait au 9 avril la convocation des électeurs. Les corporations ouvrières, ayant compris ce danger, firent le lendemain une contre-manifestation pour obtenir l'ajournement des élections et l'éloignement des troupes qui occupaient Paris.

Les corporations n'étaient pas seules à cette manifestation : tous les républicains militants s'y trouvaient et l'on peut juger du caractère qu'elle devait avoir par l'appel suivant, que signèrent Sobrier, Imbert, Pilhes, et qui fut apposé sur les murs de Paris, le 17 au matin.

(1) J'ai su, par un ami politique qui avait causé du suffrage universel avec Ledru-Rollin, que le grand tribun avait proposé à ses collègues de n'admettre pour l'électorat que les citoyens ayant vingt-cinq ans d'âge, sachant lire et écrire et exerçant une profession avouable. Lamartine, toujours trop généreux et trop confiant, n'avait voulu d'exception que pour les cas d'indignité : son opinion fit pencher la balance ; et beaucoup d'esprits judicieux en sont encore à le regretter, car il est certain que le niveau intellectuel et moral de nos Assemblées délibérantes serait plus élevé si le gouvernement provisoire avait été de l'avis de Ledru-Rollin.

« Le peuple a été héroïque pendant le combat, généreux après la victoire, magnanime assez pour ne pas punir...

« Il est calme, parce qu'il est fort et juste...

« Que les mauvaises passions, que les intérêts blessés se gardent de le provoquer !...

« Le peuple est appelé aujourd'hui à donner la haute direction morale et sociale.

« Il est de son devoir de rappeler fraternellement à l'ordre ces hommes égarés qui tenteraient encore de se maintenir en corps privilégiés dans le sein de notre Égalité.

« Il voit d'un œil sévère ces manifestations contre celui des ministres qui a donné tant de gages à la Révolution.

« Que le peuple se rassemble donc aujourd'hui, 17, à dix heures du matin, sur la place de la Révolution ; qu'il exprime sa volonté.

« Nous avons versé notre sang pour la cause de la République ; nous sommes prêts à le verser encore.

« Nous attendrons avec confiance la réalisation des promesses du gouvernement provisoire.

« Nous attendrons... nous qui manquons souvent du nécessaire...

« En ce moment, ceux qui marchent contre la Révolution, ouvertement ou sourdement, commettent un crime de lèse-humanité !

« A nous donc, citoyens ! allons au gouvernement provisoire l'assurer de nouveau que nous sommes prêts à lui donner notre concours pour toutes les mesures d'ordre, d'unité et de salut public.

« Vive la République ! »

Les manifestants, au nombre de cent cinquante mille environ, partis des Champs-Élysées, se rendirent en bon ordre, par les quais, à l'Hôtel-de-Ville. Leurs délégués furent introduits auprès du gouvernement provisoire, qui promit seulement d'examiner la pétition en ce qui concernait les élections. Ils se dirigèrent alors, par la Bastille, sur les boulevards, qu'ils parcoururent silencieusement, et se séparèrent aux Champs-Élysées. Une partie, celle des militants, avec laquelle était Imbert, alla au ministère de l'intérieur. Ledru-Rollin, qui, en ce moment, n'avait qu'à dire un mot pour être investi de la dictature, ne répondit pas autrement que ses collègues. Trop confiant dans le sens politique des classes inférieures, le gouvernement maintint ses décisions. Seulement, comme les listes électorales ne pouvaient être prêtes le 9 avril, il remit les élections au 23 du même mois.

On connait les suites de ces élections précipitées : une majorité flottante, un aventurier pour président de la République, le coup d'État de Décembre, le Bas-Empire, la guerre du Mexique, l'envahissement et le démembrement de la France par les Prussiens !

Partisan enthousiaste de la liberté des peuples amis, Imbert aurait voulu, avec la masse démocratique, que le gouvernement provisoire mît le feu aux poudres en aidant ouvertement les patriotes belges à renverser chez eux la monarchie pour y substituer la République. C'était aussi le vœu de l'armée, encore sous le coup des humiliations qu'elle avait ressenties sous le gouvernement de « la paix à tout prix ». Le ministre de l'intérieur, Armand Marrast, maire de Paris, et Caussidière, préfet de police, étaient de cet avis ; mais il durent s'incliner devant la majorité du gouvernement, dont l'opinion était contraire à une intervention quelconque en Belgique comme dans les autres États.

Lamartine et son groupe estimaient que le moment n'était pas venu de déchirer ces infâmes traités de 1815, qui avaient parqué les peuples comme des troupeaux sans avoir tenu compte de leurs plus légitimes aspirations.

Cette manière de voir n'ayant pu convaincre Imbert de l'inopportunité d'une tentative armée sur la Belgique, il conseilla aux républicains belges, résidant à Paris, de tenter, avec leurs seules forces, contre le roi Léopold, ce que la République française, par des considérations de diverses natures, ne pouvait tenter elle-même (1).

(1) Une Commission militaire avait déclaré que l'effectif de l'armée était tout au plus de 101,000 hommes, et le ministre des

A cet effet, un ancien officier de cavalerie au service belge organisa, avec l'assentiment du maire de Paris, dans l'Hôtel-de-Ville même, une colonne où l'on embrigada ouvertement des recrues. Une autre colonne était en même temps organisée par un commerçant en vins, qui communiquait avec le ministre de l'intérieur. Celle-ci comptait dans ses rangs quatre élèves de l'École polytechnique, dont quelques-uns furent envoyés à Bruxelles pour se concerter avec les chefs de la démocratie belge. La réunion eut lieu chez la compagne d'Imbert, qui retarda tout exprès son départ pour Paris. On convint que le soulèvement du peuple de la capitale aurait lieu aussitôt que la colonne insurrectionnelle déploierait le drapeau français sur la frontière.

Le départ de la première colonne, composée de huit cents hommes, eut lieu le 24 mars au soir. Les wagons qui la contenaient se laissèrent remorquer à Valenciennes par des locomotives belges qui les entraînèrent jusqu'à Quiévrain. Là, un bataillon de troupes belges les reçut au débarcadère et les fit prisonniers, sauf les Français, qui furent reconduits à la

finances, Garnier-Pagès, avait trouvé à peu près vides les caisses de la monarchie de Juillet. Comment faire la guerre dans une telle situation ? Il est vrai que tout cela eût été peu de chose, s'il y avait eu en tête du gouvernement un homme comme Danton ; mais combien Lamartine et même Ledru-Rollin étaient inférieurs pour les vues et pour l'audace à ce Titan de la Révolution !

frontière. Une mauvaise organisation, l'inexpérience des chefs et surtout la trahison, firent également échouer la seconde expédition, qui comptait douze cents hommes et dont le départ avait eu lieu le 25 mars : elle se termina par une échauffourée, non loin du village de *Risquons-Tout,* après un combat d'une heure avec les troupes belges, combat où sept ou huit hommes furent tués des deux côtés.

Fonctionnaire public, Imbert n'avait pu prendre qu'une part très indirecte à l'organisation de ces colonnes et encore moins à leur expédition. Il le regretta d'autant plus qu'il avait promis à ses amis de Bruxelles, parmi lesquels se trouvait le général Mellinet, de retourner auprès d'eux pour les aider à faire leur révolution. Je suis persuadé que s'il avait eu la liberté d'agir ostensiblement, la seconde colonne, à la disposition de laquelle Charles Delescluze, commissaire de la République dans le département du Nord, avait mis quinze cents fusils, l'expédition aurait eu un tout autre sort, car ce n'est pas à la douane belge, mais dans Bruxelles même que son dénoûment aurait eu lieu.

Environ un mois après, s'ouvrit la session de la Constituante. Cette assemblée ne se montra pas tout d'abord hostile aux idées du 24 Février. Après avoir acclamé la République, elle déclara que le gouvernement provisoire avait bien mérité de la patrie, nomma un bureau et une Commission exécutive composés de républicains.

Tout alla bien ainsi pendant une dizaine de jours. Mais la tentative du 15 Mai, organisée par M. Huber, sous l'inspiration de M. Auguste Blanqui, vint malheureusement donner l'occasion aux députés réactionnaires de laisser éclater leurs ressentiments. A partir de ce jour, tous ceux qui avaient voulu la République avec ses conséquences sociales, furent considérés par ces députés comme des ennemis de la famille et de la propriété. Ils firent plus : pour se débarrasser de ces hommes, ils ne reculèrent devant aucun moyen, pas même devant celui de la guerre civile : en créant les ateliers nationaux, le gouvernement provisoire n'avait eu en vue qu'un expédient pour donner temporairement du pain à des ouvriers inoccupés. Cependant, comme, par suite de la prolongation du chômage, le personnel des ateliers s'était énormément accru et qu'il en résultait une charge écrasante pour le trésor public, la Commission nommée par la Chambre pour s'enquérir de ce qu'il y avait à faire, était d'avis de dissoudre ces ateliers, mais graduellement, car jeter du jour au lendemain cent dix mille hommes sans travail, sans argent et sans pain sur le pavé, c'était provoquer une insurrection dont les conséquences pouvaient être encore plus désastreuses pour le pays. Mais ces considérations de prudence et d'humanité n'arrêtèrent pas ceux qui n'étaient entrés dans l'assemblée que pour perdre la République.

Le 23 juin, M. de Falloux, grand admirateur du pape qui prépara la Saint-Barthélemy, monta à la tribune et demanda, en sa qualité de rapporteur de la Commission, la dissolution *immédiate* des ateliers. En vain Lamartine et Caussidière, lui-même, supplièrent-ils la Chambre de modifier les sinistres conclusions de ce rapport. La majorité n'écouta rien, et le même jour la lutte éclata : elle fut terrible, car elle coûta la vie à 1,035 citoyens ou soldats, y compris deux représentants du peuple, cinq généraux et l'archevêque de Paris. Il y eut, en outre, 1,703 blessés, sans compter les insurgés et les gardes nationaux, en très grand nombre, qui furent soignés à domicile. Qu'on ajoute à cela les 25,000 arrestations qui eurent lieu pendant et après l'insurrection, et l'on pourra se faire une idée des résultats de la guerre civile dont M. de Falloux et ses congénères furent les principaux auteurs (1).

Bien que les partis réactionnaires eussent poussé les ouvriers républicains aux barricades, il était du devoir de la Commission exécutive de combattre éner-

(1) Quelques temps avant les journées de Juin, un légitimiste de la noblesse du Var me disait, en se frottant les mains : « Vienne la guerre civile, car après cela, nous aurons Henri V. » N'est-ce pas le journal le *Monde* qui, après le 4 septembre 1870, disait : « Il nous faut encore une bonne guerre civile ? »

10

giquement une insurrection qui, sous le régime du suffrage universel et de la liberté, était un crime de lèse-souveraineté nationale. Fidèle observateur de la loi républicaine, Imbert était avec les représentants qui, sans autre arme que leur écharpe, marchaient en tête des colonnes de troupe ou de garde nationale et cherchaient à ramener des frères égarés, avant d'ordonner l'usage de la force. Personnellement, il se dévoua corps et âme pour arrêter cette lutte fratricide, car s'il y avait des légitimistes et des bonapartistes parmi les insurgés, la plus grande partie était composée de républicains.

Mais quand aux paroles de conciliation on répondit par la fusillade, il n'hésita pas à combattre et, comme d'habitude, il ne se montra pas des moins courageux. Partout où sifflaient les balles, on était sûr de le retrouver. Sur la place de la Bastille, où s'élevait une immense barricade d'où partaient des décharges épouvantables, il montra un sang-froid digne de celui du général Négrier, qui tomba à quelques pas de lui, tué de la main d'un soldat, tandis que le représentant Charbonnel, son ami, blessé mortellement, tombait dans ses bras, frappé peut-être par une balle républicaine ! et c'est à travers des centaines de barricades aux prises avec les assaillants, que le malheureux Charbonnel est transporté à son domicile par Imbert, avec l'aide du publiciste Kauffmann, qui devait être plus tard aussi vaillant dans la presse démocratique qu'au milieu de ces barricades où il venait de courir de si terribles dangers.

L'admirable conduite d'Imbert, pendant ces douloureuses journées, méritait une haute récompense : il la trouva dans les chaudes félicitations des ministres Trélat et Recurt, qui avaient été témoins des nouveaux services que leur ancien ami venait de rendre à la cause de la République.

XVII

Vengeances réactionnaires. — Actes de dévoûment d'Imbert. — L'ex-gouverneur des Invalides civils. — Election de 1849. — Arles et Tarascon acclament la candidature d'Imbert.— Encore un Acte d'abnégation.

A part l'assassinat du général de Bréa, qui fut commis par quelques misérables, les insurgés s'étaient conduits aussi humainement que possible pendant tout le temps que dura la bataille. Mais comme ils étaient en général républicains, les réactionnaires mirent tout en œuvre pour les rendre odieux aux populations.

Ainsi, tous les jours, une presse immonde, dont les feuilles étaient répandues à profusion jusque dans les plus petites localités, attribuait aux insurgés des actes de férocité dont le récit, inventé à plaisir, jetait l'épouvante parmi tous ceux qui considèrent comme parole d'Évangile tout ce que disent les journaux.

Ce qu'il y eut de vrai, c'est qu'on ne respecta pas toujours la vie des prisonniers ; c'est que des gardes nationaux se livrèrent à des excès indignes de gens civilisés. On en jugera par la note suivante, que rédigea Imbert pour un publiciste de Paris :

« Vous me demandez quelques détails sur les scènes qui se sont passées sous mes yeux aux environs des Tuileries, pendant les journées de Juin. Je m'empresse de répondre à votre désir en me renfermant dans mon rôle de témoin oculaire. Les faits parlent d'eux-mêmes et me dispensent de tous commentaires.

« Plusieurs malheureuses femmes, accusées faussement d'avoir coupé le cou et les poignets à des gardes mobiles, et que des gardes de cette légion conduisaient au jardin des Tuileries, n'échappèrent à la fureur des gardes nationaux que grâce au dévoûment des hommes de l'escorte, qui leur firent un rempart de leurs corps.

« D'autres prisonniers auraient été mis à mort par

ces forcenés sans l'intervention énergique des représentants du peuple qui se trouvèrent heureusement
dans la cour du Château, au moment de l'arrivée
du convoi.

« Les prisonniers qu'on amenait à chaque instant
dans les caveaux des Tuileries, étaient accueillis par
les cris répétés de : « Il faut les fusiller ! »

« Devant le soupirail grillé de chacun de ces
caveaux, où 1,500 insurgés restèrent entassés comme
du bétail, dans une boue fétide, sans pain et sans eau
pendant cinquante heures, était placé un factionnaire
qui avait pour consigne de tirer sur les prisonniers au
moindre acte d'insubordination. Cette consigne a
coûté la vie à plusieurs de ces malheureux, qui se
disputaient les places voisines du soupirail, d'où leur
venait un peu d'air et de lumière.

« Témoin de ces faits odieux, je courus à l'état-
major pour les dénoncer, et je fus assez heureux pour
obtenir le remplacement des gardes bourgeoises par
des soldats de la ligne, ce qui mit un terme à ces san-
glantes exécutions.

« Dans la nuit du 26 au 27, un détachement de
gardes nationaux conduisait environ 200 insurgés. En
traversant la place du Carrousel, un coup de feu part
des rangs de l'escorte. Les insurgés, croyant que c'est
le signal d'une fusillade générale, prennent la fuite
dans tous les sens. Aussitôt, des feux de pelotons sont

dirigés sur les fugitifs, dont une trentaine tombent pour ne plus se relever. Troublés par le bruit de leurs armes et par les cris des blessés, les gardes nationaux finirent par s'entre-tuer en croyant tirer sur les fugitifs. J'ai assisté à tous les détails de ce drame lugubre. Rien n'était plus horrible à voir que la place du Carrousel jonchée de morts et de blessés. Je dois ajouter que les auteurs des actes que je viens de vous signaler appartenaient en général aux gardes nationales des départements. »

Le modeste Imbert oublie de parler du courageux dévoûment dont il donna des preuves à la suite de cette terrible fusillade : muni d'une lanterne sourde, il sortit du château, suivi de l'ex-trompette Escoffier, pour se mettre avec lui à la recherche des blessés, au risque d'être fusillés par les gardes nationaux. Plusieurs de ces malheureux furent transportés par leurs soins à l'ambulance des Tuileries, où se trouvaient déjà soixante-dix-huit blessés. Ils eurent en outre le bonheur de sauver un des évadés, qui, en courant, était tombé dans un égoût et qui ne pouvait en sortir seul à cause d'une blessure qui le faisait horriblement souffrir. Malgré la puanteur qui s'exhalait de cet égoût, Imbert y descendit, releva l'insurgé et, avec l'aide d'Escoffier, le tira de ce lieu infect, où il aurait infailliblement péri sans le secours de mon héros et de son compagnon. Aux Tuileries, comme le nouveau venu était couvert d'ordures et qu'il sentait très mauvais, personne n'osait s'approcher de lui : c'est encore Imbert qui se dévoua pour le déshabiller, le laver et le mettre en état d'être admis à l'ambulance, où Imbert eut la douleur de constater que les sœurs hospitalières, irritées au-delà de toute expression contre les vaincus, par l'effet des calomnies de journalistes stipendiés (1), refusaient de donner leurs soins à ces victimes de notre organisation sociale.

Lorsqu'un vote de l'Assemblée eut concentré le pouvoir exécutif entre les mains du général Cavaignac, la Commission exécutive s'empressa de donner sa démission. Ce changement de situation politique eut pour conséquence la destitution des fonctionnaires nommés depuis le 24 février. Imbert ne fut pas *remercié*, mais *frappé* un des premiers. Et de quelle manière ? On osa lui réclamer les dépenses faites pour sa nourriture pendant le temps de sa direction provisoire, et de plus on lui fit l'injure de visiter ses malles au moment où elles sortaient des Tuileries.

C'est ainsi que les républicains « honnêtes et modérés » reconnaissaient les services d'un homme qui était resté pauvre après avoir tenu dans ses mains les richesses du palais des rois ; qui venait de risquer

---

(1) Ces misérables avaient osé dire que les insurgés avaient scié les jambes à des gardes mobiles et procédé par le pillage, le viol et l'incendie à la destruction d'un couvent de jeunes filles.

sa vie pour la cause de la légalité et qui n'avait pas
même touché un centime des appointements qui lui
étaient légitimement dus pour avoir sacrifié son
temps et les quelques ressources qui lui restaient, à
l'organisation d'une œuvre philanthropique et nationale !

Certes de tels procédés étaient de nature à blesser
profondément une âme comme celle d'Imbert ; mais
cela aurait été bien vite oublié si l'institution qu'il
avait eu l'insigne honneur d'organiser avait été main-
tenue par le nouveau gouvernement. Mais comme
l'*Hôtel des Invalides civils,* était une œuvre toute
démocratique, et qu'il devait amener tôt ou tard la
suppression des hospices de *charité*, on s'empressa
de le supprimer, comme tant d'autres généreuses inspirations de cette époque.

Et depuis il n'a jamais plus été question du rétablissement de cette institution si éminemment populaire en 1848. Nos députés républicains n'y ont pas
même songé depuis 1870. Peu de temps après le
remplacement de M. de Mac-Mahon par le sage
Grévy, j'ai essayé, à plusieurs reprises, de ressusciter,
à Marseille, l'idée qui nous était si chère, à nous, républicains d'autrefois ; mais tout ce que j'ai pu dire est
resté à peu près sans écho. La nation serait-elle
vieillie et n'aurait-elle plus courage à rien ? Il est
cependant bien triste pour un ouvrier honnête, privé

de forces et de ressources, de ne pouvoir dire dans l'asile où il finit ses jours, après avoir frappé sur l'enclume pendant cinquante ans de sa vie, et alors que les républicains sont au pouvoir : *Je suis entré ici par la porte du droit et non par la porte de la charité : je suis chez moi !*

En octobre 1848, Imbert adressa à chacun de ses nombreux amis, une circulaire qui contenait les passages suivants :

« Les représentants de l'extrême gauche, réunis en Comité, viennent de proclamer, à l'unanimité, la candidature de leur collègue Ledru-Rollin, à la Présidence de la République.

« Tous les républicains démocrates de la capitale et des principales villes se sont associés à cette pensée avec enthousiasme ; tous, nous avons compris que le choix d'un Président pouvait être une question de vie ou de mort pour les institutions républicaines.

« En effet, de tous les candidats qui vont surgir, les uns, comme Thiers, Dufaure, Bugeaud, personnifient le détestable régime monarchique à jamais déchu ; les autres, Lamartine et Cavaignac, sont les hommes de transaction, c'est-à-dire, en politique, de *trahison :* les faits sont là, témoins vivants de cette lâche politique qui doit inévitablement perpétuer la discorde entre les citoyens. Louis-Napoléon Bonaparte, enfin, c'est l'Empire en perspective, mais l'Empire avec son despotisme ombrageux et brutal, moins l'admirable unité de sa législation et le brillant prestige de sa gloire ; c'est l'Empire avec la Restauration des vieux oripeaux aristocratiques de tous les régimes : c'est l'*assassinat de la République*.

« Seul, Ledru-Rollin, résume l'homme de la République de 1848, et nos ennemis l'ont bien compris, quand, depuis huit mois, ils cherchent à étouffer, sous les plus noires calomnies, cette courageuse personnification de la démocratie nouvelle.

« Tous les ennemis de la République démocratique, et ils sont nombreux, savent que Ledru-Rollin est le seul homme révolutionnaire dont l'immense talent oratoire, le courage indomptable et les instincts démocratiques, sont le plus redoutables à leurs tendances réactionnaires : ils savent tous qu'avec Ledru-Rollin, le triomphe de la démocratie est assuré ; le règne des classes déshéritées, réalisé ; l'individualisme odieux de la bourgeoisie, nivelé ; le despotisme usuraire du capital, anéanti, et la transformation sociale, prochaine.

« La révolution de Février devait être tout cela : il ne tient qu'à nous que sa mission s'accomplisse.

« Soyons unis, serrons nos rangs, procédons comme un seul homme pendant que nos ennemis se divisent, et nous triompherons ».

Ce langage d'Imbert était raisonnable à l'égard du

récidiviste de Boulogne-sur-Mer ; de M. Thiers, qui était alors le défenseur des intérêts monarchiques, et du trop conciliant Lamartine, qui eût été peut-être le jouet des royalistes ; mais il manquait de sens politique en ce qui concernait le frère de Godefroy Cavaignac, lequel, nonobstant ses torts envers la démocratie, était devenu l'homme de la situation, la bouée de sauvetage des institutions républicaines.

En posant la candidature de Ledru-Rollin, au lieu de chercher à concentrer les forces du parti sur celle du chef du gouvernement, les représentants de la Montagne commirent une faute dont on ne tarda pas à subir les désastreuses conséquences. Il est des circonstances où ceux qui tiennent dans leurs mains les destinées d'une cause, doivent savoir maîtriser leurs plus légitimes ressentiments. Si, après la Révolution de 1870, nos députés avaient suivi la même tactique envers M. Thiers, qui sait si la République n'aurait pas fini par sombrer une troisième fois ?

Attristé, mais non découragé, Imbert s'était remis à faire de la représentation commerciale ; mais ses opérations ne lui rapportant pas suffisamment pour élever sa famille, il se décida, au bout d'un an, à quitter Paris, pour venir se fixer à Marseille, où il espérait se refaire une position sortable. Sa situation était telle, alors, que pour faire le voyage il se trouva dans la nécessité de mettre au Mont-de-Piété sa montre et les bijoux de sa femme et de sa fille.

Et voilà l'un des hommes que la réaction accusait de n'avoir voulu la République que pour s'enrichir !

Imbert était si peu intéressé qu'il n'avait pas même songé à profiter de sa position pour faire donner de l'avancement à son fils aîné, Jean-Jacques Imbert, qui était resté sous-officier en Afrique, avec ses cinq ans de grade et ses onze campagnes !

L'ex-gouverneur des Invalides civils arriva à Marseille, avec sa famille, dans le courant du mois d'avril 1849. Comme c'était son habitude, il y partagea son temps entre ses affaires commerciales et celles de la République. Les élections à la Législative devaient avoir lieu le 8 mai 1849, il s'occupa, avant toutes choses, des moyens à employer pour faire réussir, dans les Bouches-du-Rhône, les candidatures républicaines. Plus reconnaissant que ses compatriotes, parmi lesquels il avait tant contribué à répandre les idées démocratiques, les électeurs d'Arles et de Tarascon lui offrirent la candidature. Mais le 28 avril, l'assemblée générale des démocrates de Marseille, ayant adopté la liste proposée par la *Voix du Peuple*, il s'empressa de déclarer dans ce vaillant journal, qu'il se désistait de sa candidature afin de ne pas diviser les forces républicaines. Sa lettre se terminait par les lignes suivantes :

« Que la Commission spéciale, souveraine ; que les électeurs d'Arles et de Tarascon, reçoivent ici mes cordiaux remercîments pour l'élan spontané avec lequel ils m'avaient acclamé leur candidat définitif. Je les prie de reporter leur voix sur les citoyens que la *Voix du Peuple* a jugés plus dignes que moi de représenter le département à la Législative. Le premier devoir d'un républicain, c'est l'abnégation : la République est en péril : unissons-nous pour la sauver ! que ce soit là, aujourd'hui comme toujours, notre unique et invariable mot d'ordre ! »

Le rédacteur en chef, M. Albert Laponneraye, fit suivre la déclaration d'Imbert des lignes que voici :

« La lettre qui précède est un titre de plus du citoyen Imbert à l'estime publique ; nous l'en félicitons et l'en remercions sincèrement. Si nous ne l'avons pas porté sur notre liste, ce n'est pas qu'il fût moins digne qu'aucun des neuf citoyens dont les noms y figurent ; sous ce rapport, le citoyen Imbert, noble et intrépide vétéran de la démocratie, ne le cède en rien à qui que ce soit ; mais c'est parce que les citoyens que nous lui avons préférés devaient réunir, selon nous, un plus grand nombre de suffrages. Nous pouvons être dans l'erreur ; mais si nous nous sommes trompé, c'est de bonne foi et nous sommes persuadé que les électeurs républicains des Bouches-du-Rhône ne nous en voudront pas. »

Ces neuf candidats étaient :

MM. Ledru-Rollin, représentant du peuple ;

Dupré (Édouard), sous-lieutenant au 20me de ligne ;

Gleize-Crivelli, avocat ;

Hennequin (Victor), rédacteur de la *Démocratie Pacifique ;*

Ollivier (Démosthène), représentant du peuple ;

Rubin, ancien procureur de la République ;

Bédarride, maire d'Aix, bâtonnier de l'ordre des avocats ;

Barthélemy, ancien maire de Marseille, représentant du peuple ;

Astouin, représentant du peuple.

Cette liste, toute modérée qu'elle fût, ne convint pas aux rédacteurs du *Courrier de Marseille* et du *Sémaphore,* organes des anciens libéraux : Ils préférèrent se coaliser avec ceux de la *Gazette du Midi,* feuille légitimiste et cléricale, et du *Nouvelliste,* journal des fausses nouvelles et de la diffamation.

Après cela, le succès de la réaction n'était plus douteux. La liste multicolore obtint 45,404 suffrages et celle de la *Voix du Peuple* 31,141 seulement. Mais les républicains constatèrent avec joie que Ledru-Rollin avait eu 12,000 voix de plus qu'au scrutin du 10 décembre 1848. Ce progrès énorme acquis en cinq mois, avec l'aide d'un seul journal contre quatre, était le prélude d'un prochain triomphe : les réactionnaires le sentirent et ne chantèrent pas trop victoire.

Le 8 juillet suivant, le scrutin s'ouvrit de nouveau pour une élection complémentaire. La candidature d'Imbert fut proposée et acclamée dans divers comités. Mais en apprenant que celle du vénérable Dupont (de l'Eure), ancien membre du gouvernement provisoire, avait été choisie par la *Voix du Peuple* et adoptée par le club Castellane, Imbert s'inclina devant le nom de celui qui, seul, avait pu dire à Louis-Philippe : « Sire, quand le roi aura dit oui et que Dupont (de l'Eure) aura dit non, je ne sais auquel des deux la France croira. »

La candidature de Dupont (de l'Eure) échoua contre celle du général Rullière. Le parti n'avait pas encore assez fait de progrès depuis le 8 mai pour lutter avec avantage, et on devait s'attendre à ce résultat ; mais la *Voix du Peuple* n'en eut pas moins raison de blâmer les nombreuses abstentions qui s'étaient produites parmi les républicains. Voter est, en toute circonstance, un devoir et devrait être même une obligation.

XVIII

Mort de Laponneraye. — Ses Obsèques. — « Le Convoi »

Le 1ᵉʳ septembre 1849, la démocratie marseillaise
eut à déplorer la mort du rédacteur en chef de la *Voix
du Peuple,* Albert Laponneraye. Une foule de journaux républicains de Paris et des départements
payèrent un large tribut de regrets à sa mémoire.
Le *Sémaphore,* lui-même, qu'il avait si souvent combattu, rendit hommage à la loyauté de son caractère,
à la fermeté de ses convictions. Écrivain de talent et
homme de bien, Laponneraye était aussi un excellent
père de famille : sa vieille mère, sa femme, sa fille,
sa sœur et sa belle-sœur étaient à sa charge, et il
n'avait pour toute ressource que ses modestes appointements de journaliste ! Le *Démocrate du Var,* journal
auquel j'ai eu l'honneur de collaborer pendant plusieurs années, s'exprima ainsi sur la perte de cet intrépide soldat de la Révolution :

. . . .

« A peine âgé de quarante ans, Laponneraye était cependant un vétéran de la démocratie. Frappé plus d'une fois au milieu du combat, il se releva toujours plus ardent, plus fier et plus dévoué à la cause du peuple, cause *qu'il ne déserta jamais,* et pour laquelle il luttait depuis plus de vingt ans.

« Les armes loyales étaient impuissantes contre un tel champion ; il fallait avoir recours au dard empoisonné de la calomnie.

« C'est à une de ces blessures que Laponneraye doit la mort : trop susceptible sur le point d'honneur, il n'a pu, malgré la réparation qu'il avait obtenue de la justice, survivre au coup de stylet dirigé contre lui par une odieuse machination. »

Les démocrates marseillais firent à Laponneraye de magnifiques obsèques. Près de vingt mille personnes, entourées d'un grand nombre de commissaires portant au bras une petite écharpe rouge voilée d'un crêpe, suivirent sa dépouille mortelle jusqu'au cimetière Saint-Charles, déjà envahi par une énorme partie de la population. Plusieurs discours furent prononcés au milieu d'un religieux silence et des larmes de la plupart des assistants. Chacun jeta ensuite une poignée de terre sur le cercueil descendu dans la fosse. Puis, quelques amis du défunt, placés à la porte du cimetière, recueillirent l'obole de tous pour les frais du monument qu'on éleva plus tard à sa

mémoire. Ce monument n'existe plus : par suite de
la suppression du cimetière Saint-Charles et sur la
demande de Mme veuve Laponneraye, les restes mortels du grand citoyen ont été transférés, en 1880, au
nouveau cimetière, dans la pinède du carré n° 6,
auprès du tombeau d'Alphonse Esquiros, qui succéda
si dignement à Laponneraye dans la rédaction de la
Voix du Peuple. La nouvelle tombe, ignorée du peuple marseillais, ne porte aucune inscription : pourquoi
cela ?

L'ancien rédacteur-gérant du *Peuple Souverain,*
Imbert, se fit aussi un devoir d'honorer publiquement
la mémoire de Laponneraye. Voici les pages touchantes qu'il publia dans la *Voix du Peuple*, quelques
jours après les obsèques de ce valeureux défenseur de
la République. Les idées philosophiques que ces
pages renferment, bien qu'elles soient le résultat des
méditations d'un enfant du peuple dépourvu de toute
espéce d'étude, même de celle de la grammaire, sont
si douces et si consolantes que je m'en voudrais de ne
pas avoir appelé sur elles l'attention des âmes reli-
gieuses :

LE CONVOI

C'était dimanche dernier, deuxième jour du mois où nous sommes. Un char funèbre, décoré de draperies rouges et couronné
de palmes triomphales, roulait, lentement, sur le pavé de l'an-
tique cité phocéenne.

Il était précédé de musiciens aux instruments harmonieux.

Plus de vingt mille citoyens étaient derrière, tête nue, portant une branche de laurier à la main.

— Quel est ce convoi ? demanda un étranger.

— C'est celui d'un écrivain démocrate. du citoyen Albert Laponneraye.

— Était-il riche ?

— Non ; sa plume était son seul bien.

— Mais pourquoi cet air de fête ?

— Pour inspirer à tous le mépris de la mort !

Au lieu de ces têtes décharnées qui couvrent les monuments de l'enclos des trépassés, nous ne verrons sur la tombe de Laponneraye que des figures animées d'un doux sourire. N'est-ce donc pas ainsi que nous devons considérer le trépas ?

Et pourquoi nous affliger sur les cendres insensibles de nos amis ? Pleurons sur la famille qui survit, mais non pas sur ceux qui ne sont plus. Admirons la main de Dieu qui les a retirés d'ici-bas. Soumis à la loi irrévocable de la nature, pourquoi ne pas embrasser de bonne volonté cet état de repos et de paix ? Celui qui a une crainte excessive de la mort n'est le plus souvent qu'un méchant homme.

La République, seule, d'accord avec les lois éternelles de la nature, devrait enfermer dans le même tombeau les riches et les pauvres, les puissants et les faibles. Une coutume aussi sage affaiblirait dans le cœur du peuple l'horreur du trépas, en même temps qu'elle interdirait tout orgueil aux grands de la terre.

La vertu seule est immortelle. Tout le reste s'efface : richesse, honneurs, dignités ! La matière corruptible qui compose le corps humain ne serait plus eux ; elle se mêlerait à la cendre de leurs égaux et l'on n'attacherait plus aucune idée à cette dépouille périssable.

Et de cette coutume découlerait une idée qui serait la meilleure des religions : l'âme séparée du corps n'a-t-elle pas la liberté de fréquenter les lieux qu'elle chérissait ? Ne se plaît-elle pas à revoir ceux qu'elle aimait ? Ne vient-elle pas planer au-dessus de leurs têtes pour contempler les vifs regrets de l'amour et de l'amitié ? Elle n'a pas perdu ce penchant, cette tendresse qui l'unissait ici-bas à des cœurs sensibles. C'est encore un plaisir pour elle que leur présence, dont elle écarte sans doute bien des dangers. Ces mânes chéries, ce sont nos anges gardiens !

Quel regret profond ne doit pas inspirer une telle idée au jeune homme qui, après avoir perdu l'auteur de ses jours, se le représente comme témoin de ses actions les plus secrètes ; elle lui recommande à toute heure la vertu ; et, s'il est tenté de faire le mal, il se dit : *Mon père me voit ! mon père m'entend !*

Sèche tes larmes, jeune homme, et que l'idée horrible du néant ne vienne plus attrister ton âme ! Ne te semble-t-il pas que les ombres de tes ancêtres t'attendent pour aller avec toi vers le séjour éternel et qu'elles ne retardent leur marche que pour t'accompagner ?

« Approche, mortel superbe, dit le poète Young ; jette un coup-d'œil sur ces tombeaux. Qu'importe un nom à qui n'a plus de nom ! Une épithète mensongère soutient ces tristes syllabes dans un jour plus désavantageux que la nuit de l'oubli ; c'est une banderolle flottante qui surnage un moment et qui va bientôt suivre le navire englouti. Oh ! que plus heureux est celui qui n'a point bâti de vaines pyramides, mais qui a suivi constamment le chemin de l'honneur et de la vertu ! Il a regardé le ciel en voyant tomber cet édifice fragile où l'essaim des peines tourmentait son âme immortelle ; il a béni ce glaive, effroi du méchant ; et lorsqu'on se rappelle la mort de ce juste expirant, c'est pour apprendre à mourir comme lui ! »

Il est mort, Laponneraye, cet homme juste, et il a vu couler nos larmes, non sur lui, mais sur sa famille et sur nous-mêmes ! Ses amis entouraient son lit funèbre, nous l'entretenions de ces vérités consolantes dont son âme était remplie ; nous lui montrions un Dieu dont il sentait la présence mieux que nous. Un coin du rideau semblait se soulever devant-son œil-mourant... il nous a tendu une main paisible, il nous a souri avant de rendre le dernier soupir...

Oui, voilà bien la mort de l'homme vertueux !

Mais la tienne, vil calomniateur, dont le venin ramassé par tes pareils, poursuit la victime jusqu'au fond du tombeau, la tienne ne sera pas la même ! A tes derniers moments, livide, tremblant, effaré, tu verras le trépas s'avancer comme un spectre effrayant ! Abreuve-toi à ce calice amer, misérable ! Bois-en toutes les horreurs !

XIX

Lettre à Ledru-Rollin. — Le Choléra. — Les Cercles républicains. — Les Récompenses. — Double refus d'Imbert. — La Légion d'Honneur. — Alphonse Gent et la « Jeune Montagne ». — Congrès de Valence. — Arrestation des chefs du complot de Lyon.

L'idée républicaine faisant chaque jour de nouveaux progrès dans les masses, Imbert espérait, comme tous ses amis, que les élections de 1852 seraient favorables à la République si, bien entendu, elles n'étaient pas précédées de quelque coup d'État, comme on commençait déjà à l'appréhender. Le 24 novembre 1849, il écrivait à Ledru-Rollin, alors en exil à Londres :

Mon bien cher ami,

La personne qui vous remettra ces lignes est le brave Terrasson, de Marseille, blessé en défendant la révolution hongroise. Je n'ai pas besoin de vous le recommander, étant certain qu'il sera bien accueilli par vous et par vos entours.

Je ne vous dirai rien de la situation de nos affaires politiques : vous la connaissez mieux que moi. Nous sommes en pleine monarchie, mais la lumière se fait de plus en plus parmi les masses. Le vote universel nous a chassés, le vote universel nous ramènera.

Combien nous regrettons maintenant que le gouvernement provisoire ait voulu consulter le peuple avant que celui-ci n'ait été éclairé sur l'usage qu'il devait faire de son vote !

En 1846, pendant mon exil, j'avais inséré dans mon journal l'*Atelier démocratique, de Bruxelles*, un projet sur les mesures à prendre le lendemain d'une insurrection victorieuse. Je me propose de vous en envoyer un exemplaire : si vos idées à ce sujet concordaient avec les miennes, j'en serais heureux.

Maintenant, quelques mots sur votre exil. Comment le supportez-vous ? Comment vont nos amis Étienne Arago, Caussidière, Louis Blanc ? Vivez-vous tous en bonne intelligence ? C'est bien à désirer, car la République aura bientôt besoin de tous ses enfants pour asseoir sur des bases inébranlables les institutions démocratiques.

Que vous dirai-je de la Cour prévotale de Versailles ? Chacun de nous s'attendait à ce dénoûment (1). Vous avez bien fait, mon cher Ledru, de ne pas vous constituer prisonnier, comme on vous le conseillait. Il est certain qu'en exil, par vos discours et par vos écrits, vous serez plus utile à la cause que dans un cachot du Mont-Saint-Michel. Toujours des conseils à un homme comme vous ! Cela me rappelle que si le 17 mars, vous aviez suivi vos inspirations, lesquelles étaient de vous rendre maître des destinées de la République, Paris serait peut-être aujourd'hui la capitale des Etats-Unis d'Europe au lieu d'être le foyer d'une conspiration napoléonienne qui, si elle venait à réussir, conduirait tôt ou tard la France à de nouveaux désastres militaires.

Adieu, cher et grand citoyen ; recevez mes salutations fraternelles et celles des patriotes marseillais ; dites à nos amis de Londres que le peuple, plus éclairé sur ses intérêts, ne tardera pas à faire justice de leurs proscripteurs.

Tout à vous de cœur et de bras.   IMBERT.

(1) La Cour de Versailles venait de juger les inculpés de la manifestation des Arts-et-Métiers, laquelle avait eu pour but de protester contre la destruction de la République romaine par l'armée française, c'est-à-dire contre la violation de l'article 5 de la Constitution.

La même année, le choléra vint de nouveau décimer la population marseillaise. Dès les premiers jours de l'invasion, le *Cercle Paradis,* composé exclusivement de républicains, offrit à la municipalité la formation d'un bureau de secours, dans le local du cercle, rue Paradis, n° 94, pour le cas où l'épidémie ferait des progrès sérieux. La proposition ayant été acceptée et le nombre des décès cholériques s'étant élevé, dans la journée du 3 septembre, à 83, le cercle, sans plus attendre, ouvrit son bureau de secours et en conféra la présidence à M. Henri Amat, avocat, aujourd'hui ex-député des Bouches-du-Rhône.

L'exemple fut bientôt suivi par le *Cercle Noailles*, dont le local était situé boulevard du Musée, n° 22.

Ce cercle avait été fondé sur l'initiative d'Imbert et renfermait tout ce qu'il y avait de plus militant dans le parti républicain.

Les deux cercles rivalisèrent de zèle, de charité et de dévoûment. Aussi obtinrent-ils des résultats inespérés.

Tandis que les six bureaux organisés par les soins de la mairie n'avaient pu sauver, en moyenne, que les deux tiers de leurs malades, les deux bureaux républicains, sur 955 cholériques soignés par eux, en remirent sur pied 866, soit plus de 86 sur 100 ! Mais ce résultat coûta cher à ces valeureux champions de l'humanité ; un bon nombre, Imbert entre autres, furent rudement éprouvés par l'épidémie et quatre d'entre eux, appartenant au *Cercle Paradis*, et dont je voudrais pouvoir citer les noms, succombèrent à ses plus violentes attaques.

Tant de nuits passées au chevet des cholériques, dans des chambres malsaines et souvent dans des galetas infects ; tant de sacrifices de toutes sortes et surtout tant de dangers courus, méritaient, sinon une récompense, du moins un témoignage public de satisfaction de la part des autorités. C'est ce que ne comprirent ni M. de Chanterac, maire ; ni M. de Suleau, préfet. Ces fonctionnaires étaient des serviteurs de la religion de Loyola et manquaient, par conséquent, de tout esprit de justice lorsqu'il s'agissait des serviteurs de la religion du philosophe de Galilée. La répartition des récompenses nationales accordées à l'occasion du choléra se fit avec une partialité révoltante ; et c'est à peine si dans le rapport municipal dont ces récompenses étaient l'objet, on daigna nommer quelques républicains pour lesquels on demandait une médaille, alors que pour tous les candidats « bien pensants », on faisait un étalage pompeux de services qui, le plus souvent, n'étaient pas dignes d'être signalés à l'attention publique.

Aussi, en apprenant que leurs noms figuraient dans ce jésuitique rapport, Imbert et le docteur Trabuc s'empressèrent-ils d'adresser au maire la protestation

suivante, qui fut reproduite par le journal *Le Peuple*
dans son numéro du 24 juin 1850 :

> Monsieur le maire,
>
> Nous avons lieu d'être étonnés du rôle ridicule que vous nous
> attribuez dans votre rapport sur les récompenses à accorder aux
> personnes qui se sont distinguées pendant la durée de l'épidémie
> cholérique.
>
> Notre but en établissant un bureau de secours, bien avant ceux
> de la commune, était purement humanitaire : aucun de nous
> n'était dominé par une idée de récompense, et nous pouvons dire
> avec satisfaction qu'il n'est aucun de vos bureaux où on ait trouvé
> autant de dévoûment et plus d'abnégation.
>
> Nous avons eu 33 décès seulement sur 252 cas bien constatés ;
> voilà notre récompense et nous n'en voulons pas d'autre.
>
> Nous avons l'honneur de vous saluer.
>
> IMBERT. — Dʳ TRABUC.

Le dédain exprimé par Imbert pour ces sortes
de récompenses, n'empêcha pas le public de s'indi-
gner de la conduite des autorités envers ceux qui,
comme le président du bureau de secours du *Cercle
Noailles*, s'étaient le plus exposés aux atteintes du
fléau asiatique. M. de Suleau, à qui la pensée des
élections législatives à venir, donnait parfois bien du
souci, essaya d'atténuer sa faute en donnant mission
à l'un de ses confidents de voir Imbert et de lui offrir
la croix d'honneur. Mais le vieux républicain resta
fidèle, comme par le passé, à sa règle de conduite
politique : il fit remercier le préfet, mais il refusa la
croix.

Comme la plupart des républicains de 1848, Imbert avait inscrit dans son programme la suppression des récompenses honorifiques ; et ce n'était pas sans raison. Rien, en effet, ne contribue plus à l'abaissement des caractères, que ces récompenses, lorsque les gouvernements n'en sont pas avares. La croix d'honneur, surtout, si enviée pour les souvenirs de gloire qui s'y rattachent, a été cause, depuis le règne de Louis-Philippe, de toutes sortes de palinodies et de bassesses.

Cependant, je ne puis me défendre d'une vive émotion quand je vois briller cette croix sur la poitrine d'un simple soldat ou de quiconque a risqué sa vie pour sauver celle d'un de ses semblables. Il m'est arrivé même d'être attendri jusqu'aux larmes à l'aspect d'une vivandière ou d'une sœur de charité décorée de l'étoile des braves.

Mais ces touchantes particularités ne me font pas changer d'opinion sur le caractère pernicieux dont l'institution de la Légion d'honneur est revêtue depuis une cinquantaine d'années.

Selon moi, le gouvernement de la République s'honorerait en décrétant de nouveau que, « à l'avenir, la décoration de la Légion d'honneur sera exclusivement réservée à la récompense des services militaires et des actes de dévoûment accomplis en présence de l'ennemi. »

Je me hâte de dire, toutefois, que je ne prétends

pas apporter ici le moindre blâme contre les citoyens qui pour de vrais « services exceptionnels » ou de rares vertus, ont été jugés dignes de porter le ruban rouge. Ceux-là sont en général inaccessibles à la corruption.

M. de Chanterac, lui, s'inquiéta si peu des menaces de l'opinion publique que, six mois après, il signa un arrêté qui prescrivait la dissolution du *Cercle Noailles*, sous le prétexte qu'on y prêchait des doctrines subversives ! C'est ainsi que ce bon M. de Chanterac récompensait les services publics rendus par ceux qui n'étaient pas de son bord politique.

Vers les derniers jours du mois d'octobre 1850, on apprit tout à coup l'arrestation d'une douzaine de chefs républicains, dont les principaux étaient : MM. Thourel, avocat ; Langomazino, rédacteur de l'*Indépendant des Alpes*, et Gent, avocat du barreau d'Avignon, ancien constituant, tous les trois fort sympathiques aux masses : Thourel et Langomazino, par un talent oratoire qui les frappait d'admiration ; Gent, par une énergie de conviction et d'action qui leur imposait la confiance et les tenait sur le qui-vive (1).

(1) Louis-Joseph Langomazino, que je considère, sous bien des rapports, comme le digne pendant d'Imbert, est mort à Taïti, en mars 1885. Il était né à Saint-Tropez, en 1820. Fils d'un ouvrier, lui-même ouvrier-mécanicien, puis typographe, il s'instruisit lui-même et, en 1848, se jeta intrépidement dans le journalisme républicain. Impliqué dans le complot de Lyon, il fut condamné à la déportation et transporté à Nouka-Hiva (Iles Marquises). La peine

Ces honnêtes patriotes étaient inculpés de complot
contre la sûreté de l'État et de participation à l'organisation de sociétés secrètes.

Presque tous avaient été conduits dans les prisons
de Lyon, escortés et enchaînés comme des malfaiteurs.

L'accusation de complot n'était qu'un prétexte pour
effrayer l'Assemblée nationale, obtenir d'elle de nouveaux moyens de compression et détourner son attention des agissements de plus en plus audacieux du
clan napoléonien. Les bonapartistes seuls, et l'avenir ne le prouva que trop, étaient coupables de conspiration.

Les acclamations militaires de Satory, les menées
séditieuses de la société du *Dix-Décembre*, les
bruits persistants de coup d'État, un journal de Paris
qui avait osé dire : « quand on s'appelle Bonaparte
on couche à Vincennes ou on s'installe aux Tuileries »,
toutes ces choses avaient donné le droit aux républicains de se préparer à défendre, même par les armes,
la loi fondamentale du pays.

---

ayant été plus tard commuée en celle du bannissement, il alla se
fixer à Taïti, où il devint agriculteur, colon, juge au tribunal de
première instance et président du tribunal criminel. Il exerçait en
dernier lieu, avec un rare talent, la profession d'avocat près les
mêmes tribunaux.

Après le 4 septembre, Gent a été préfet des Bouches-du-Rhône
et député de Vaucluse; il est aujourd'hui sénateur du même
département. Albin Thourel a été successivement procureur général de la Cour d'Aix, conseiller général des Bouches-du-Rhône
et député des Basses-Alpes. Il est mort à Aix, en 1879, à l'âge
de 80 ans.

Alphonse Gent avait été l'âme de l'organisation de résistance populaire pour laquelle il était poursuivi. Venu à Lyon pour y concourir à la défense des accusés qui avaient pris part à l'insurrection du 15 juin 1849, il avait eu l'idée, après le procès, de réunir en un faisceau les forces démocratiques du Midi, au moyen d'une vaste association qui devait avoir son siège à Lyon, et dont les présidents devaient être soumis à la volonté d'un chef supérieur.

Gent s'était mis aussitôt à l'œuvre : il avait visité de nombreuses localités, sondé l'esprit des populations, conseillé à ses amis de s'organiser, établi çà et là de sérieuses relations. Puis, il était revenu à Lyon, et avait attendu là, sous le pseudonyme de *Marc*, le résultat de ses patriotiques démarches.

Lorsque la Société la *Jeune Montagne*, eut étendu un peu partout ses ramifications, Gent convoqua à un congrès les délégués de tous les départements affiliés. Ces départements comprenaient : le Jura, l'Ain, Saône-et-Loire, le Rhône, l'Isère, la Drôme, l'Ardèche, le Gard, Vaucluse, les Hautes-Alpes, les Bouches-du-Rhône, l'Aude, le Var et les Basses-Alpes. Dans ce congrès, qui eut lieu à Valence, pendant la nuit du 29 au 30 septembre 1850, Gent exposa son plan de campagne, le fit adopter et proposa de procéder à la nomination d'un chef suprême, sur l'ordre duquel tous les sociétaires devaient se lever en armes.

Le choix tomba naturellement sur Gent, qui accepta, après avoir de nouveau déclaré que l'association n'avait pour but que d'obéir, le cas échéant, à l'article 110 de la Constitution (1).

XX

Congrès de Mâcon. — Arrestation d'Imbert
Sa Captivité.— Sa Maladie. — Sa Mort. — Ses Obsèques
Scène de désolation.

Moins de trois mois après ces arrestations, lesquelles avaient été suivies de beaucoup d'autres, notamment celle du citoyen Daumas, jeune ouvrier des ports de Toulon, aujourd'hui député, qui venait d'assister à un conciliabule tenu à Aix, un certain nombre des chefs de la *Jeune Montagne* ; Michel (de Bourges) et Madier de Montjau, représentants du peuple ; Imbert, alors président de la *Solidarité Républicaine*, et plusieurs autres notabilités du parti, se réunirent à Mâcon pour aviser au moyen de renouer les liens épars des

(1) Cet article était ainsi conçu : « L'Assemblée Nationale confie le dépôt de la présente Constitution et des droits qu'elle consacre, à la garde et au patriotisme de tous les Français. »

diverses associations. Comme au congrès de Valence, des dispositions furent prises, non pour attaquer, mais pour assurer le maintien des institutions républicaines.

Sa mission remplie, Imbert monta dans la diligence des Messageries Nationales avec le citoyen Petibon, d'Avignon, et le conseiller général Méric, du Luc, démocrate ardent que sa fougue méridionale avait fait surnommer le *Sanglier du Var*.

Les trois amis rentraient chez eux, satisfaits d'avoir échappé aux tracasseries des agents de Louis-Bonaparte, car sous aucun gouvernement, même celui de la Restauration, on ne s'était joué avec autant d'impudence de la liberté individuelle, que sous le gouvernement du Dix-Décembre ; mais leur contentement dura peu ; en descendant de voiture, à Avignon, le 15 janvier 1851, ils se trouvèrent en présence de la gendarmerie, qui avait ordre de les arrêter et de les conduire à l'Hôtel-de-Ville.

Sommés par Petibon d'exhiber le mandat judiciaire en vertu duquel il était arrêté, les gendarmes répondirent qu'ils n'en avaient point et que, du reste, cela n'était pas indispensable. Les trois démocrates protestèrent alors contre ce sauvage mépris de la loi. Mais on n'écouta rien et on ne s'en tint pas là : Arrivés à l'Hôtel-de-Ville, autour duquel avait eu lieu un déploiement de forces extraordinaire, on

leur fit mettre bas tous leurs vêtements, — comme à
des forçats soupçonnés de cacher sur eux quelque
instrument homicide ou pouvant servir à une évasion.

L'interrogatoire, qui dura au moins quatre heures,
eut lieu en présence du commandant de place, du
capitaine de gendarmerie et des commissaires de
police. Les trois démocrates étaient accusés de s'être
rendus à Lyon pour y organiser un complot contre
le gouvernement. Comme on n'en pouvait trouver la
preuve, on relâcha Méric et Petibon, en leur disant
qu'on s'était trompé à leur égard. Quant à Imbert,
porteur comme ses compagnons d'un passeport qui
contenait bien son nom et son signalement, on le
retint prisonnier sous le vain prétexte qu'on avait
besoin d'autres documents pour constater son identité. En somme, c'était à Imbert qu'on en voulait !

Ramené à Lyon, huit jours après, il fut écroué à
la maison d'arrêt dite de *Roanne*, et enfermé dans
une chambre appelée le *secret de l'entresol*. « Les
tourmenteurs qui l'ont bâtie, disait à propos d'Imbert,
le publiciste Kauffmann, ont pris contre l'invasion de
l'air et de la lumière, plus de précautions qu'on n'en
prend à aucun autre endroit contre les rigueurs du
froid, contre les atteintes des moustiques ou des bêtes
venimeuses. Une fenêtre qui donne, non sur une
cour, non sur un préau, mais sur un étroit chemin de
ronde borné par un mur élevé ; à cette fenêtre,

— des persiennes, ironie de l'élégance jetée aux
prisonniers — des persiennes en fonte, à lames
immobiles, ne tamisent qu'une lumière insuffisante,
même en plein midi ; un calorifère brisé et qui ne
fonctionne plus ; des murs qui suintent ; des draps de
lit toujours humides ; enfin un air méphitique et qui
suffit à peine à la respiration, tel est l'affreux réduit
où le gouvernement de M. Bonaparte enferme les
républicains ! »

Ce fut là que le malheureux Imbert passa vingt-six
jours ! Il y était entré plein de forces et de vigueur ;
il en sortit en proie aux atteintes du mal qui le conduisit rapidement à la tombe.

Si, comme le demandait un des accusés, médecin,
Imbert avait été transféré dans une maison de santé,
comme cela avait été fait pour Thourel et plusieurs
autres, on eût pu le sauver ; — mais sur l'avis de
l'Hippocrate officiel, qui nia le danger, la permission
ne fut pas accordée ; et quand le malade entra à
l'infirmerie, il n'était plus temps !

« Vers le milieu du mois de février, écrivait le
représentant du peuple, Jacques Brives, au journal
l'*Événement*, les détenus politiques virent inopiné-
ment paraître dans la cour un homme aux yeux
ternes, aux traits mornes et fatigués, à la parole
languissante et pénible ; sur ses facultés intellec-
tuelles pesait une sorte d'atonie : c'était Imbert. Ses

11

co-prévenus, ses meilleurs amis, ceux qui l'avaient vu un mois auparavant, avaient peine à le reconnaître. Parmi eux, ce fut un cri spontané, unanime : « Pauvre Imbert, comme il est changé ! »

Imbert ne se releva pas de ce coup. Chaque jour, ses camarades observaient avec inquiétude les signes de son affaiblissement. Bientôt il fut contraint d'entrer à l'infirmerie de la prison. Le mal, cette fois, avait éclaté avec une indomptable violence : les mains, les pieds, le ventre étaient enflés au point de rendre tout mouvement douloureux, et de lui arracher, à la moindre pression, des cris que son courage essayait en vain de retenir.

Cependant, malgré l'intensité de ses souffrances, Imbert était loin de se croire aussi dangereusement atteint : il conservait sa sérénité et rassurait ceux de ses amis qui avaient été autorisés à le veiller alternativement nuit et jour et qui lui prodiguaient des soins fraternels. Mais autour de lui tout espoir était perdu. Le 6, au matin, vers cinq heures, il se sentit la tête alourdie ; puis il eut un instant de délire et, après une courte agonie, il rendit le dernier soupir entre les bras de deux de ses meilleurs compagnons, qui lui fermèrent les yeux et ne le quittèrent qu'après avoir versé sur lui d'abondantes larmes.

Les autres camarades de prison du défunt tombèrent dans une affliction profonde. Plusieurs deman-

dèrent au parquet qu'une délégation, choisie parmi
eux, accompagnât le corps jusqu'au cimetière ; en
outre, deux des compatriotes d'Imbert, MM. Jouvenne
et Jean-Louis, détenus dans la même prison, solli-
citèrent la faveur de représenter aux obsèques les
nombreux amis que le décédé comptait à Marseille ;
mais ces demandes ne reçurent pas même une
réponse. Les agents du pouvoir n'étaient alors que
de plats valets.

Toutefois, dans la même journée, la sinistre nouvelle se répandait lentement parmi la population
lyonnaise. Elle avait appris que le convoi d'Imbert
était fixé au lendemain. L'autorité avait interdit les
convocations écrites ; les journaux de la réaction, les
seuls permis dans Lyon, n'avaient pas dit un mot du
funèbre événement ; mais cela n'avait pas empêché
l'esprit démocratique de suffire à toutes les nécessités
de la manifestation populaire qui allait avoir lieu.

Le 7, à deux heures du soir, une foule immense et
sympathique se pressait aux portes de la prison,
encombrait la place, la rue Saint-Jean et toutes les
rues adjacentes ; des milliers de patriotes venaient
porter l'hommage de leur cœur au pauvre prisonnier.
Consternés, les yeux baignés de larmes, les détenus se
rangèrent derrière le cercueil et, silencieux, la tête
découverte, le suivirent jusqu'à la porte de la geôle,
où elle se referma sur eux, après s'être ouverte devant

le mort, qui fut reçu par le peuple lyonnais, dans la même attitude de respectueuse affliction.

Le cortège se mit en marche, précédé et suivi de nombreuses escouades d'agents de police. Les deux aumôniers de la prison, qui avaient demandé avec prière d'accompagner Imbert à sa dernière demeure, marchaient en tête du convoi ; venait ensuite le corps porté par des anciens détenus politiques. Suivant le vœu des compagnons de captivité du mort, d'accord avec les démocrates lyonnais, les coins du drap mortuaire étaient tenus par MM. Doncieux, ex-commandant de l'Hôtel-de-Ville ; Kauffmann, rédacteur en chef du *Censeur Lyonnais ;* Métra, ex-colonel de la garde nationale, et Pénot, ex-membre du Comité du Rhône.

Le temps était affreux et de plus un enterrement démocratique avait lieu à la même heure. Malgré cela, plus de 8,000 citoyens, de tout rang et de toute condition, massés sur deux colonnes de quatre hommes de front chacune, suivaient dans le plus grand ordre, dans le plus grand recueillement.

C'était un spectacle admirable que cette foule silencieuse, se déroulant majestueusement sur les pentes de la montagne de Fourvières.

En entrant au champ du repos, toutes les têtes se découvrirent et c'est dans cette attitude respectueuse qu'on vint se ranger autour de la fosse qui attendait les restes mortels d'Imbert, et dont les abords étaient déjà envahis par une nuée de commissaires de police et de gendarmes.

Quand le corps eut été descendu dans la fosse, M. Doncieux monta sur un tas de terre avec l'intention d'adresser, au nom de tous, un adieu suprême à la victime des haines monarchiques. Mais comme on lui signifia aussitôt qu'on avait ordre d'interdire tout discours et d'employer au besoin la force, il se borna à prier les assistants de se retirer avec le calme et la dignité qui conviennent à des citoyens venant de rendre les derniers devoirs à un homme de bien. C'est ce que chacun fit, après avoir jeté tristement une poignée de terre sur le cercueil de l'infortuné républicain.

Ces obsèques mémorables donnèrent lieu à un incident qui produisit, à quelques pas de la prison, un frémissement d'émotion indescriptible : une jeune dame, élégamment vêtue, avait fendu la foule pour placer sur la bière triomphale une couronne d'immortelles. C'était l'offrande d'un groupe de dames de la ville de Lyon, qui se trouvaient sur le passage de l'enterrement. Il y avait encore à cette époque un certain nombre de femmes de la bourgeoisie, qui s'associaient de cœur et de fait aux hommages rendus à la mémoire de ceux qui avaient lutté et souffert pour la cause des pauvres gens.

Au milieu des préparatifs de ces obsèques si glorieuses pour la mémoire d'Imbert, un incident dramatique était venu jeter le trouble et l'attendrissement dans le cœur de ceux qui en avaient été les témoins. Exposée dans la chapelle de la prison, où les détenus venaient de faire célébrer un service funèbre, la bière attendait l'heure du départ, gardée par les amis du défunt, lorsque tout à coup deux femmes éplorées traversent le parloir et, se précipitant vers la nef, se trouvent en face de l'appareil mortuaire : c'étaient la compagne et la fille d'Imbert ! elles étaient arrivées la veille, à onze heures du soir, et ce n'est que le lendemain qu'elles avaient appris l'affreux malheur qui venait de les frapper.

« Peindre leur douleur et leur désespoir, disait quelques jours après le *Patriote des Alpes,* est au-dessus du pouvoir humain. Les pauvres affligées voulurent voir et embrasser une dernière fois ce mari, ce père qui leur fut si cher... la bière fut déclouée... et alors eut lieu une de ces scènes qui laissent dans l'âme une empreinte ineffaçable : ces adieux, ces sanglots déchirants, ce délire sublime de l'amour maternel et de l'amour filial confondant leur désespoir et leurs larmes, tout cela dit mieux que ne saurait le faire l'écrivain le plus éloquent, quelles furent les qualités de ce cœur qui avait cessé de battre, quels trésors de vertus privées renfermait cette âme ornée de toutes les vertus de l'homme et du citoyen. »

La malheureuse compagne d'Imbert ne voulut pas quitter Lyon sans avoir arrosé de ses pleurs la tombe où reposait l'objet de sa constante affection. Quelques amis du défunt la conduisirent avec sa fille au champ du repos. Elle en retourna épuisée de larmes, brisée d'émotion. Revenue à Marseille, son cœur y éprouva un nouveau déchirement à la vue de son fils, qui, ayant appris la douloureuse nouvelle, se jeta dans ses bras en exprimant des regrets entrecoupés de larmes et de sanglots.

Le fils aîné d'Imbert était alors en garnison à Constantine ; et c'est pendant le cours d'une expédition que lui parvint la lettre de deuil que lui écrivit son jeune frère. La réponse, que j'ai sous les yeux, est écrite en termes navrants : quel tribut de regrets à la mémoire de son père ! quelle respectueuse affection pour la mère de son frère et de sa sœur ! que de tendresses pour ceux-ci et que de consolations pour tous ! Il y avait, en effet, et il y a encore, une touchante union entre les trois enfants d'Imbert et la vaillante compagne de sa vie. Ces âmes aimantes et fidèles se retrouvèrent quelque temps après à Paris, où le brave sous-officier avait obtenu de poursuivre sa carrière.

XXI

La Famille Giraud. — Mort de Mme Imbert
Les Survivants|à ceux qui entrent dans la carrière
La Liberté

Maintenant il me reste à faire savoir au lecteur ce que sont devenus les divers membres de la famille de mon héros.

Vers 1823, M. Giraud quitta Gardanne avec sa femme et sa fille, pour aller habiter la petite ville de Frontignan, où il venait d'être nommé, à titre d'avancement, receveur des contributions indirectes. Il y mourut un an après sa nouvelle installation et un mois avant le mariage de Mlle Giraud, qui épousa M. Pierre Vacquier, négociant du pays. Jusqu'en 1832, le nouveau ménage ne connut que le bonheur. Mais de mauvaises affaires survinrent, à la suite desquelles M. Vacquier se décida à s'expatrier. La mère d'Imbert ne voulant pas se séparer de sa fille, suivit, malgré son âge avancé, les deux époux à Odessa, où, à force de travail et de persévérance, M. Vacquier parvint à se faire une honorable position.

Mais la pauvre femme, dont le mari, comme on le sait déjà, était mort sur l'échafaud et dont le fils aîné avait été tué à la bataille de Wagram, n'était pas encore au bout de ses dramatiques épreuves : pendant une partie de plaisir, sa fille chérie fit une chute de voiture dont elle ne se releva pas ; quelques années après, elle apprit la mort de son bien-aimé Jacques ; elle-même ne fut pas exempte d'une fin déplorable : elle fut atteinte à Kharkoff (petite Russie), de la maladie pédiculaire, maladie qui la tortura pendant plusieurs années et dont elle mourut, à l'âge de 102 ans.

Sa belle-fille, Mᵐᵉ Imbert née Finet, ne cessa, depuis sa séparation d'avec son mari, de vivre dans la pratique d'une ardente dévotion. Le malheur voulut que sa foi, qui était sincère et par conséquent respectable, fut diamétralement opposée à celle d'Imbert. Si elle avait eu assez de raison pour respecter les convictions profondes de celui-ci, elle eût été indubitablement la plus heureuse des femmes, car il est bon de répéter que son mari, en matière religieuse comme en matière politique, était le meilleur et le plus tolérant des hommes.

Elle mourut le 15 avril 1864, à l'âge de 78 ans, dans sa maison, rue Sainte-Marthe n° 12, maison hospitalière où la mère des deux Méry rendit le dernier sou-

pir (1) et dont le poète et l'historien avaient été maintes fois les hôtes.

M. Louis Méry honora la mémoire des deux époux
par les lignes suivantes, qu'il écrivit dans le *Courrier
de Marseille*, dont il était un des rédacteurs :

« Quelques amis ont accompagné, il y a peu de
jours, une digne femme qui, pendant une carrière
assez longue, a été un modèle de dévoûment et
d'affection pour son époux et pour son fils. Mariée
à un de nos compatriotes, qui a eu d'illustres amitiés
et qui consacra au progrès et à la liberté, sa vie souvent éprouvée par des persécutions politiques, à
M. Jacques Imbert, un des rédacteurs du *Peuple
Souverain*, feuille démocratique qui se publiait à
Marseille après 1830, elle avait concentré ses espérances sur un fils qui a noblement fait son chemin
dans la carrière des armes. On a pu, comme nous
l'avons fait nous-même, nous qu'une vieille amitié
liait à M. Imbert, ne pas approuver toujours une
exaltation politique qui, prenant sa source dans un
patriotisme ardent, a fait trouver à celui qui l'éprouvait à un si haut degré, la mort sur le grabat d'une
prison ; mais on regrettait vivement que de si belles
qualités, qu'un si rare désintéressement se fussent

(1) Mme Marie-Anne-Paule Semanier, veuve de Jean-Joseph-
Ferréol Méry, ancien marchand, mourut le 20 janvier 1835.

mis au service d'une belle et irréalisable utopie (1). Les respectables erreurs du père ont été amplement réparées par le fils, qui a honorablement porté son nom en Afrique, sur les champs de bataille, et qui sert son pays pour payer à sa manière, qui est la bonne, sa dette de soldat et de citoyen. M. le capitaine Imbert, en garnison à Lyon, a pu venir recueillir le dernier soupir de cette sainte femme, de sa mère, dont la main déjà glacée par l'agonie a serré la main d'un enfant bien cher, d'un petit-fils et d'une belle-fille, à ce moment suprême, où une vie de douleur fait place aux sérénités de la vie immortelle. »

Après avoir servi son pays pendant plus de trente-six ans dans le train des équipages, le fils aîné d'Imbert, parvenu au grade de chef d'escadron, se retira avec sa famille en Algérie, où il occupe un poste honorable dans le service du contrôle du chemin de fer du département de Constantine (2).

---

(1) Pas n'est besoin de dire que M. L. Méry était monarchiste. S'il vivait encore, considèrerait-il toujours la République comme une « irréalisable utopie? » Elle règne en paix depuis bientôt dix ans, en laissant à tous les partis la liberté de la discuter, de l'injurier et même de conspirer son renversement.

(2) En 1870, ce brave officier républicain se distingua dans le commandement des légions mobilisées des Bouches-du-Rhône. S'il n'eut pas l'occasion de les conduire au feu, il eut du moins l'honneur de les avoir organisées et disciplinées.

Pour compenser le retard qu'il avait éprouvé dans son avancement, à cause de ses opinions politiques, on aurait dû, après la guerre, le maintenir dans le grade de général, qui lui avait été conféré par le gouvernement de la Défense nationale; mais le

Le frère du commandant Imbert est devenu un savant ingénieur. Il a publié plusieurs opuscules remarquables qui lui ont valu les palmes d'officier d'académie.

Enfin, la compagne dévouée de mon héros, celle qui partagea ses misères, son exil, ses souffrances, coule en paix à Paris, avec sa fille, des jours qui seraient heureux, s'ils n'étaient pas souvent attristés par le lugubre souvenir de l'exposition de son cher mort dans la chapelle du lieu maudit où tant de républicains, faussement accusés de conspiration contre l'Etat, avaient été jetés par ordre de celui qui, *trois mois après leur condamnation*, devait fouler au pied la Constitution et les lois.

———

O vous, jeunes citoyens, vous qui entrez dans la carrière et qui aurez peut-être un jour, comme les enfants de la MARSEILLAISE, « *le sublime orgueil* » *de venger vos aînés morts pour la France, que la noble vie de Jacques Imbert vous serve d'exemple !*

Comme ce généreux enfant du peuple :

Aimez de toute votre âme la patrie de Voltaire et Danton ;

pouvoir étant tombé aux mains des royalistes, l'autocratie militaire reprit le dessus, et on s'empressa de remercier le général Imbert, comme furent remerciés tant d'autres serviteurs de la patrie et de la République.

Soutenez fermement la République, gouvernement du droit et de la raison, espérance des pauvres et des opprimés ;

Soyez bons, désintéressés, loyaux, respectueux des opinions sincères, dévoués à ceux qui n'ont rien, sans être les ennemis de ceux qui possèdent ;

« Faites ce que vous dites ; » *soyez contents de peu ; et si quelque jour vous avez à vous consoler des misères d'ici bas, comme le poète de la* BONNE VIEILLE :

> Levez les yeux vers ce monde invisible
> Où pour toujours nous nous réunissons.

Soyez enfin les amis constants de la liberté : pour une nation, comme pour l'homme, elle est le premier des biens : Quand tous les périls seraient dans la liberté et toute la tranquillité dans la servitude, a dit un moraliste, je préférerais encore la liberté ; car la servitude, c'est la mort, et la liberté, c'est la vie !

Marseille, 10 août 1886.

TABLE DES MATIÈRES

Avant-Propos.

LE PATRIOTE

Pages

I Naissance d'Imbert. — Ses Parents — Imbert père conspire contre la Révolution. — Il est arrêté. — Sa Condamnation. — Sa Mort. — Le Tribunal Criminel-Révolutionnaire.   1

II La Veuve. — Trait d'indignation. — Fuite à Gardanne. — Enfance de Jacques. — Ses jeux et ses exercices.   6

III Escapade de Jacques. — *L'Aimable-Jeunesse.* — En Mer. — « Tout le Monde sur le pont ! »   12

IV Le Souffleur. — « Navire ! » — Le Combat. — Prise du *John-Bull*   17

V Les derniers devoirs. — Alger. — Démonstrations enthousiastes des Indigènes   22

VI La Tempête. — Fin de la Course. — Satisfaction patriotique de Jacques.   28

VII Retour à Gardanne. — La Levée de 1813. — Départ pour Paris   31

VIII Le Bataillon d'instruction. — Journée du 13 Février 1814. — Première blessure. — L'Empereur harangue les troupes. — « Paris ! Paris ! » — Napoléon à Essonnes   36

Pages

IX Le Bivouac. — La Paix. — Mère et royaliste. — Les
Bourbons. — Retour de l'Ile d'Elbe. — *La Saulce*.   42

X 1815. — Amour et Déception. — Un coup de tête.
— La Garde royale. — Duel. — Rentrée au Pays. .   47

XI Les plaisirs du Dimanche. — Les ennuis de la Semaine. — Une bonne résolution. — Marseille. . . .   51

LE LIBÉRAL

I Lectures. — Voltaire et Rousseau. — Les *Carbonari*.
— Le commandant Caron et le capitaine Vallé. . .   57

II L'Équipement. — Mariage d'Imbert. — Echecs de
Saumur et de Belfort   63

III Vallé à Toulon. — La *Guinguette des Mûriers*. —
L'Imprudence. — La Trahison. — Arrestation de Vallé.   68

IV Vallé devant ses juges. — Sa Condamnation   74

V L'Exécution   81

VI Autres condamnations. — Le Patriote Pourriac. —
Démosthène Ollivier. — Conspiration du général Berton. — Fin du Carbonarisme marseillais   90

VII Le *Soldat-Laboureur*. — Cabale des Royalistes. —
Première victoire des Libéraux   96

VIII Le *Café Américain*. — *Leïs Matrias*. — Scène
dramatique. — Le Banquet. — La Bande de *Battaglia*. — Troisième victoire.   101

IX Les Casquettes séditieuses. — Armand Carrel. —
L'Intervention en Espagne. — Carrel et Caron combattent avec les Constitutionnels.   109

X *Histoire de la Révolution Française*. — Effet
qu'elle produit sur Imbert. — Le Prêtre entre le Mari
et la Femme. — La Séparation. — Imbert va se fixer
à Paris.   116

XI Le milliard des Emigrés. — Nobles paroles du général Foy. — Acte de désintéressement d'Imbert. —
Son dévoûment aux classes ouvrières.   123

Pages

XII Révolution de 1830. — Imbert est blessé à l'Attaque
des Tuileries. — Il tombe évanoui dans la salle du
Trône.— Le nouveau Roi. — Tout est à recommencer. 129

LE RÉPUBLICAIN

I La *Société des Amis du Peuple*. — La Croix de
Juillet. — Un combattant de la Bastille 137

II Effervescence populaire. — Nouveau moyen de répression. — La Cour abandonne la Légende monarchique. — Propositions avantageuses faites à Imbert,
qui les refuse. — La *Société des Droits de l'Homme*.
— Funérailles du général Lamarque 143

III Insurrection des 5 et 6 Juin. — Imbert est blessé. —
Trait de dévoûment. — Le *Peuple Souverain*. . . 149

IV Les Saint-Simoniens à Marseille. — Le Festin mystique. — Les Hymnes. — L'apôtre Barrault. — Félicien David. — Départ pour l'Orient. — « Aux habitants
du quartier Saint-Jean ». — Un entrefilet du *Sémaphore*. — Visite d'Armand Carrel. — Souvenir de
l'Auteur. — Sérénade provençale. — Désir exprimé
par Carrel à propos du Banquet qui lui est offert. —
Sa lettre à M. Honoré Rey. — Son passage à Aix.
— Lettre d'un Calomnié 159

V Garnier-Pagès et Laboissière à Marseille. — Ovations
et Sérénades.— Le Banquet *Au Délice Champêtre*.
— Toast d'Imbert. — Les Chouans marseillais. —
Le *Camarade de Lit*. — Les Philippistes 173

VI La Branche aînée et la Branche cadette 182

VII Conduite barbare des Autorités envers des Réfugiés
polonais. — Indignation du *Peuple Souverain*. —
La Société marseillaise des *Droits de l'Homme*.
— Déclaration de principes. — Imbert à Paris. —
Sa lettre à Martin Maillefer. 192

VIII Insurrection d'avril : Lyon ; Paris ; Lunéville ; Marseille. 202

Pages

IX Arrestation d'Imbert. — Le *Bonnet de la Liberté*.
Le *Procès-Monstre*. — Charles Lagrange. — Péroraison de Jules Favre   214

X L'Évasion de Sainte-Pélagie   225

XI Imbert se réfugie en Belgique. — Ses diverses professions. — Mort de Chiret. — Ses Obsèques. — Discours d'Imbert et de Ch. Delescluze.   238

XII Le Clergé de Binche. — La Question d'Orient. — Imbert se concerte avec les Démocrates belges. — Son
expulsion de Belgique est ordonnée. — Le Ministre
de l'intérieur revient sur sa décision. — Amnistie
de 1838. — Voyage à Marseille. — Le Banquet de
Saint-Just. — Retour en Belgique..   249

XIII Voyages d'Imbert dans le midi de la France. — Il
cherche à réorganiser la Démocratie militante. — Un
mandat d'amener est lancé contre lui. — Il rentre en
Belgique. — La Cour d'assises de Toulouse le condamne par contumace à cinq années de détention.
— Le Polignac de Louis-Philippe. — L'Adjonction
des capacités. — Les Banquets réformistes. — Discours de Lamartine. — Interdiction du Banquet du
XIIe arrondissement. — Journées des 22 et 23 Février 1848.—Catastrophe du boulevard des Capucines.   259

XIV Le 24 Février 1848. — Le Peuple aux Tuileries. —
Formation du Gouvernement provisoire. — Proclamation de la République.   268

XV Prédiction d'Imbert. — Son arrivée à Paris. — Ses
prouesses pendant l'Insurrection. — Il est nommé
Directeur de l'*Hospice des Invalides Civils*. — Sa
conduite envers les blessés.   273

XVI Vues politiques d'Imbert. — Appel au Peuple. —
Le 17 Mars. — Affaire de *Risquons-Tout*. — Disso-
lution des Ateliers nationaux. — Journées de Juin. —
Admirable conduite de mon héros   281

XVII Vengeances réactionnaires. — Actes de dévoûment
d'Imbert. — L'ex-gouverneur des Invalides civils. —
Elections de 1849. — Arles et Tarascon acclament
la candidature d'Imbert. — Encore un acte d'abnégation   291

Pages

XVIII Mort de Laponneraye. — Ses Obsèques. — « Le Convoi ». 304

XIX Lettre à Ledru-Rollin. — Le Choléra. — Les Cercles républicains. — Les Récompenses. — Double refus d'Imbert. — La Légion d'honneur. — Alphonse Gent et la *Jeune-Montagne*. — Congrès de Valence. — Arrestation des chefs du complot de Lyon 309

XX Congrès de Mâcon. — Arrestation d'Imbert. — Sa Captivité. — Sa Maladie. — Sa Mort. — Ses Obsèques. — Scènes de désolation 318

XXI La famille Giraud. — Mort de Mme Imbert. — Les survivants à ceux qui entrent dans la carrière. — La Liberté. 328

ERRATA

Page 8. ligne 21 : Tout autre connaissance,
lisez : *Toute autre connaissance*

Page 43, ligne 16 : Nouastreïs sourdas,
lisez : *Nouestreïs sourdas*

Page 123, ligne 17 : Projets de la loi, lisez : *Projets de loi.*

Page 157. ligne 3 : La discussion est épuisée avec,
lisez : *La discussion s'est épuisée avec*

Page 10, ligne 3 : du bataillon, lisez : *du pavillon.*
— 78, ligne 1 : de Caron, lisez : *de Vallée.*
— 27, ligne 3 : ces camarades, lisez : *ses camarades.*
— 255, ligne 8 : le peuple, lisez : *les peuples.*
— 255, ligne 16 : la pampre, lisez : *le pampre.*
— 245, ligne 12 : revinrent, lisez : *vinrent.*

Marseille. — Imprimerie Nouvelle, ALFRED VALZ, rue Bisançon, 9

DU MÊME AUTEUR

LES RÉPUBLICAINS ET LES MONARCHISTES

DANS LE VAR

EN DÉCEMBRE 1851

———

Un Volume in-16

————

PROCHAINEMENT

PETITES ŒUVRES FRANÇAISES & PROVENÇALES

———

LAMARTINE A HYÈRES. — MA LYRE. — COUPS D'AIGUILLON

———

CHARRADISSOS. — MEIS GARBETOS. — CASCAOUNADOS

Un Volume in-16

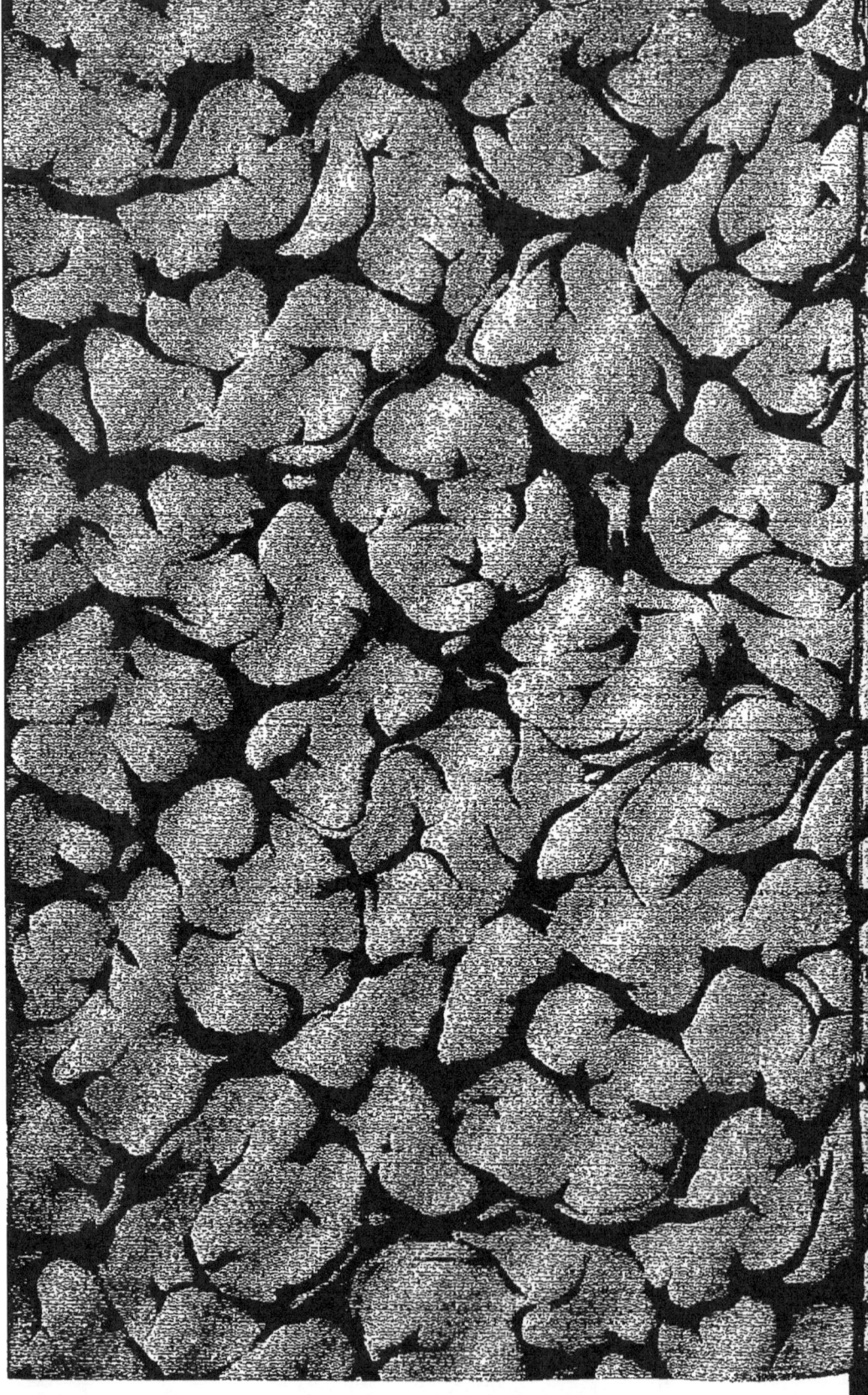

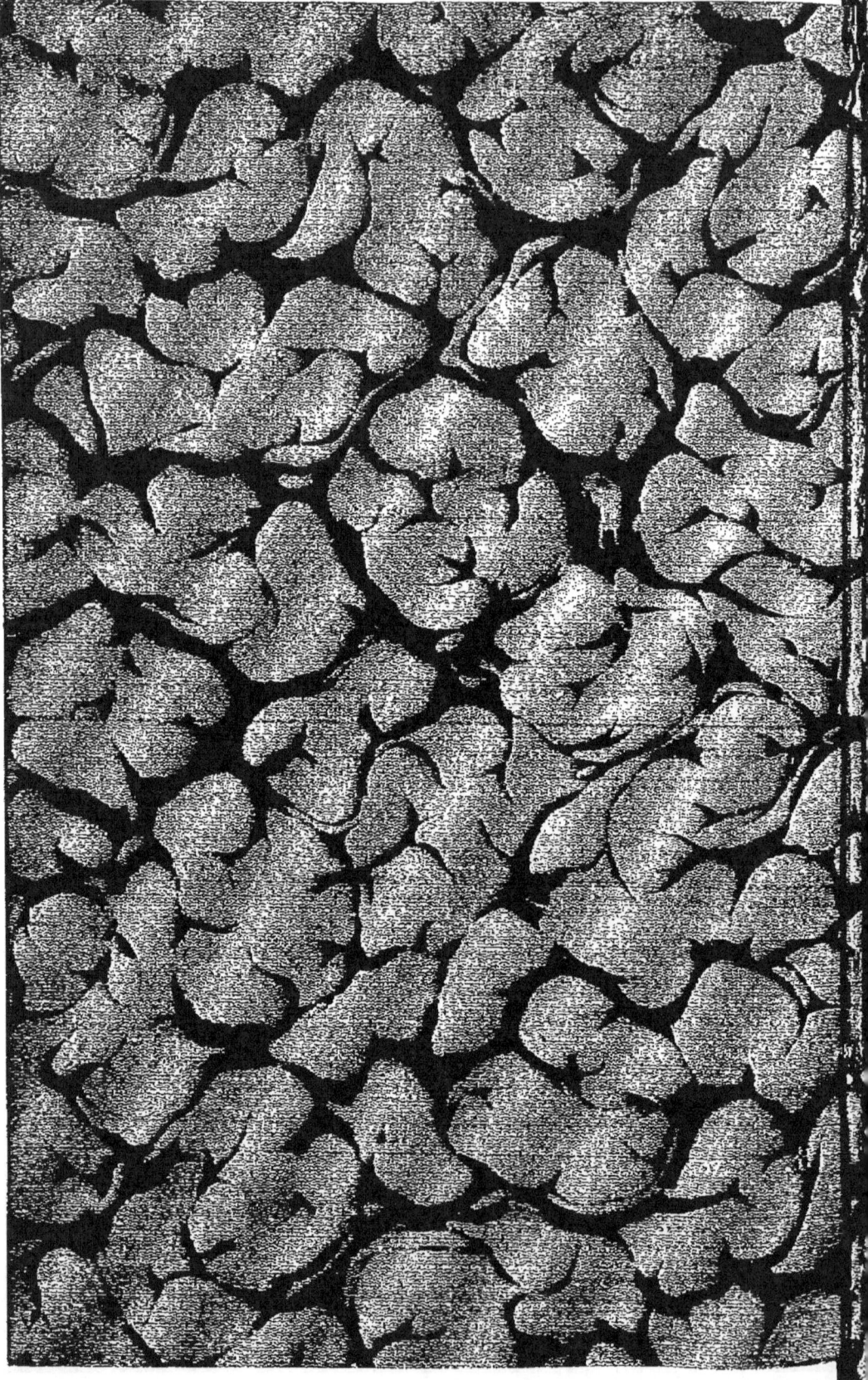

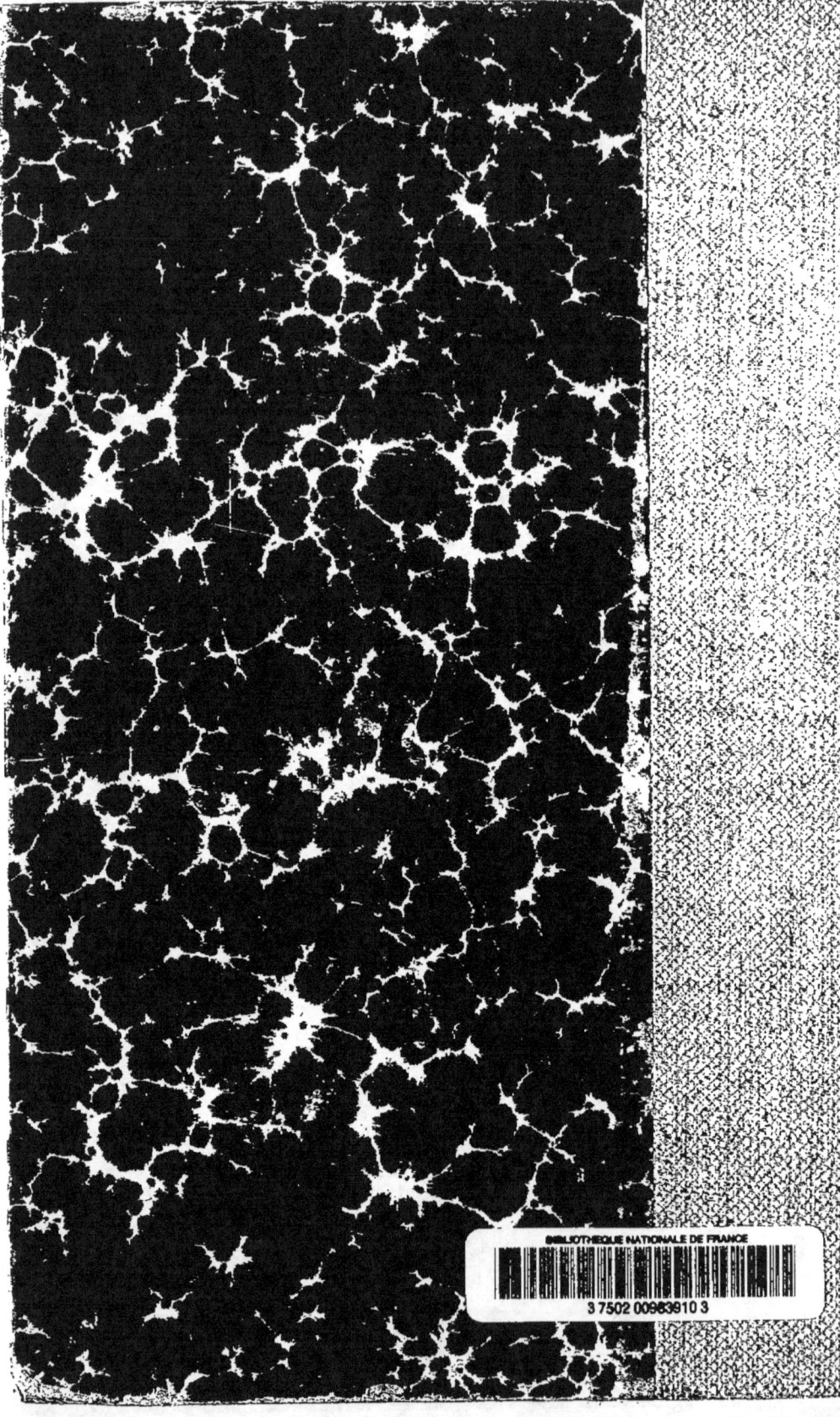